聊齋志異

原著／蒲松齡
編撰／曾珮琦
繪圖／尤淑瑜

好讀出版

中國第一部彰顯女性地位的故事集

文/呂秋遠

在我年輕的那個世代，大學國文只有《古文觀止》可以學習；不過運氣很好，一年級下學期時，學校開放選修文學名著，我選擇了《聊齋志異》。不過，這並不是我的第一次接觸，早在小學就已經開始接觸白話文版本。

《聊齋志異》所使用的語言，並不是艱深的文言文。事實上，作者蒲松齡身處十七世紀的中國，使用的文字已經不是那麼艱澀，而且他所蒐集的故事素材，也是透過不同的訪談及自己所聽說的故事撰寫而成，因此不至於過度艱澀。

有學者以爲，《聊齋志異》這部書，是一個落魄文人對於男性情愛幻想的烏托邦故事集。然而，如果把這部小說放在十七世紀的脈絡觀察，則可以看出當時保守的中國，有多少的女權情慾流動已經躁動萌芽。在《聊齋志異》中，女鬼、狐怪往往是善良的，而男性卻有許多負心人。女性在這部書中的愛情角色是主動積極、毫不畏縮的，如果與故事中的男主角相較，更可以看出其批判禮教迂腐與封閉之處，這點在書中隨處可見。蒲松齡筆下的俠女、鬼狐、民女，都具備勇氣且勇於挑戰世俗。在那個婚姻奉媒妁之言、父母之命的年代，他藉由這些鬼怪故事，塑造出「嬰寧」、「聶小倩」、「白秋練」、「鴉頭」、「細柳」等人，她們遇到變故時總是比男性更爲冷靜與機智；而男性在他筆下，無能者多、負心者眾。因此，論這部書，說它是中國第一部彰顯女性地位的故事集也不爲過。

因此，我們可以輕鬆的來閱讀《聊齋志異》，但是當我們讀這些精彩俠女復仇記，或狐仙助人記的同時，別忘了，蒲松齡隱藏在故事中，想要說、卻不容於當時的潛言語其實是——女性的千言萬語。

呂秋遠

宇達經貿法律事務所律師、東吳大學社工系兼任助理教授。雖為法律背景，然國學根柢深厚，近年經常在FB臉書以娓娓道來的敘事之筆分享經手案例與時事觀察，筆力之雄健、觀點之風格化，贏得了「臺灣最會說故事的律師」讚譽。

熱愛文字與分享，著有《噬罪人》《噬罪人II：試煉》一書，曾於書中提到「希望讀者在書中找到自己人性的歸屬，也可以理解天使與惡魔的試煉，都是不容易通過的。如果能因此讓自己更自在，則一切的經驗分享也就值得了」，巧妙的與蒲松齡在《聊齋志異二．倩女幽魂》〈蓮香〉一文中的精闢結論，若合符節——「唉！死者求生，生者又求死，天底下最難得的，難道不是人身嗎？只可惜，擁有人身者往往不懂珍惜，以至於活著不知廉恥，還不如一隻狐狸；死的時候悄無聲息，還不如一個鬼。」

讀鬼狐精怪故事 讀懂蒲松齡用心

文／曾珮琦

談到《聊齋志異》這部小說（共四百九十一篇故事），給人的印象大多是講述些鬼狐精怪故事，歷來更有不少故事被改編成影視作品（且風行不輟、改編不斷）——其中最膾炙人口的是〈聶小倩〉，講述書生與女鬼之間的戀愛故事；〈畫皮〉也被改編為電影，然原本故事僅講述女鬼變化成美女迷惑男子，裡面並無愛情成分。無論是人鬼戀，抑或鬼怪迷惑男子的故事，《聊齋志異》的作者蒲松齡，於屢次科舉失意後日益醉心蒐羅並撰寫鬼狐精怪、奇聞「異」事，其真正用意不只是談狐說鬼，而想藉由這些故事諷刺當時官僚的腐敗、揭露科舉制度的弊病，反映出社會現實。

書裡收錄的各短篇故事，均為奇聞異事，情節有趣、奇妙且精彩，不僅滿足讀者一窺天底下新鮮事的好奇心，還寓有教化世人、懲惡揚善的意涵，這也是這部古典文言文小說能從清朝流傳至今逾三百年的原因。當我們隨著蒲松齡的筆鋒遊覽神鬼妖狐的世界時，或可一邊思考故事背後隱含的思想，這些思想，很可能才是作者眞正想透過故事傳達的。

不過，《聊齋志異》中除了宣揚教化、諷刺世俗的故事，確實不乏浪漫純眞的愛情故事，如〈小翠〉、〈青鳳〉、〈聶小倩〉等均歌頌了人狐戀，意寓眞摯的愛情本質並不為人狐之間的界限所侷限，此等故事相當感人。

《聊齋志異》第一位知音——清初詩壇領袖王士禛

至於蒲松齡的寫作素材來自哪裡？他是將聽聞來的鄉野怪譚予以編撰、整理，亦有各地同好提供故事題材。他蒐羅故事的經過，傳說是在路邊設一個茶棚，免費提供茶水給過路旅客，條件是要講一個故事（但也有人認爲不太可能，因他一生一直爲生計奔忙，在別人家中設館教書，怎有空擺攤）。明末清初，蒲松齡的家鄉山東慘遭兵禍，當時屍橫遍野，於是流傳了許多鬼怪傳說，由此成了他寫作的題材。

《聊齋志異》這部小說在當時即聲名大噪，知名文人王士禛對此書更是大力推崇。王士禛（一六三四～一七一一），小名豫孫，字貽上，號阮亭，別號漁洋山人，人稱王漁洋，諡文簡。蒲松齡在四十八歲時結識了這位當時詩壇領袖，王士禛讀了《聊齋志異》後十分欣賞，爲之題了一首詩：「姑妄言之姑聽之，豆棚瓜架雨如絲。料應厭作人間語，愛聽秋墳鬼唱時（詩）。」不僅如此，王士禛也爲書中多篇故事做了評點，足見他對此書的喜愛，而其評點文字的藝術性之高，亦廣泛成爲後代文人研究分析的主題。蒲松齡對此甚感榮幸，認爲王士禛是眞懂他，亦做了詩回贈：「志異書成共笑之，布袍蕭索鬢如絲。十年頗得黃州意，冷雨寒燈夜話時。」還將王士禛所做的評點，抄錄收進書中。王士禛的評點融入了他個人對小說創作的理論與審美觀點，這點影響了後世《聊齋志異》的評點家，如馮鎮巒等人。王氏評點貢獻有三：一、評論小說的藝術描寫與生活寫實。二、評論小說中人物形象的刻畫（然，他的評點往往過於簡略，未切合重點）。三、總結與簡述《聊齋志異》裡頭的佳作，所使用的高超寫作手法與傑出藝術成就。例如，他將〈連瑣〉評爲「結而不盡，甚妙」，點出小說的敘事手法，亦表達出他的小說美學觀點。

在介紹《聊齋志異》這部小說前，先來談談作者蒲松齡的生平經歷。他是個懷才不遇的文人，參加鄉試屢次落榜，於是一邊教書，一邊將精力放在編寫奇聞怪譚故事上。讀這部書，可發現蒲松齡實際上將自己的人生經歷與思想寄託在其中——例如〈葉生〉，便是講述一個於科舉考試屢屢名落孫山的讀書人，而後遇到一個欣賞他才華的知府。後來他病重，知府正好在此時罷官準備還鄉，想等葉生一起回去。葉生後來雖病死，魂魄卻跟隨知府一起返鄉，並教導知府的兒子讀書，知府的兒子一舉中榜，這全是葉生的功勞。以此故事對照蒲松齡的經歷來看，可發現他屢經落榜挫折時，也曾受到江蘇寶應知縣孫蕙（字樹百）的青睞，邀他前往擔任文書幕僚，也就是俗稱的「師爺」，兩人不僅是長官與下屬關係，更是知己好友；也正是在此時，蒲松齡看盡了官場黑暗，對那些貪官汙吏、地方權貴深惡痛絕。

在〈成仙〉中，地方權貴與官府勾結，將成生的好友周生誣陷下獄，還隨便編派罪名，要置他於死地；於是成生後來看破世情，出家修道。蒲松齡本人並未如主人翁成生那樣出家修道，反倒將心中的憤懣不平，藉著他手上那支文人的筆宣洩出來。足見，《聊齋志異》不僅寫鬼狐精怪、奇聞異事，更抒發了蒲松齡懷才不遇的苦悶。難怪他在〈聊齋自誌〉中要說「三閭氏感而為騷」，意即將自己比喻成屈原——屈原被楚懷王放逐後，才作了《離騷》；同樣的，蒲松齡也因失意於考場，才編著了《聊齋志異》。

《聊齋志異》的勸世思想——佛教、儒家、道家及道教兼有之

蒲松齡除了將自己人生經歷融入這些奇聞怪譚中，還不忘傳遞儒釋道三教的懲惡揚善思想。如〈畫壁〉，故事主人翁是一名朱姓舉人，和朋友偶然經過一間寺廟，進去參觀，看到牆上壁畫有位美女，心中頓時起了淫念，隨後進入畫中世界展開一段奇妙旅程。朱舉人在壁畫幻境中，與裡面的美女相好，但擔心被那裡的金甲武士發現，最後躲了起來。朱舉人心中非常恐懼害怕，最後經寺廟中的老

和尚敲壁提醒，才總算從壁畫世界逃了出來，脫離險境。蒲松齡在故事末尾評論道：「人有淫心，是生褻境；人有褻心，是生怖境。」（人心中有淫思慾念，眼前所見就是如此；人有淫穢之心，故顯現恐怖景象。）

可見，是善是惡，皆來自人心一念，此種思想頗似佛教所謂的「一念三千」。「一念三千」是指，我們在日夜間所起的一念心，必屬十法界中之某一法界，與殺生等之瞋恚心相應的是地獄界，與貪欲相應的是餓鬼界。所以，顯現在我們眼前的是哪一個法界，源於我們心中起的是什麼樣的心念。〈畫壁〉一文，不僅蘊含了佛教哲理，苦口婆心勸戒世人莫做苟且之事，通篇還使用許多佛教詞彙，足見蒲松齡佛學涵養之深厚。

至於蒲松齡的政治理想，則是孔孟所提倡的仁政——他尊崇儒家的仁義禮智，講求道德實踐，因此《聊齋志異》書中時常可見懲惡揚善的思想。值得注意的是，孔孟所提倡的仁義禮智，並非外在教條，而要我們發自內心理性的自我要求。《孟子・告子上》提到：「仁義禮智，非由外鑠我也，我固有之也，弗思耳矣。」（仁義禮智，不是由外在的制約逼迫、強制自己必須這麼做，而是我發自內心想這麼做。）孟子還舉了個例子——只要是人見到一個小孩快掉進井裡，都會無條件的衝過去救他。這麼做不是想博得美名，也不是想巴結小孩的父母，純粹只是不忍小孩掉進井裡溺死罷了。

這個「不忍人之心」，每個人生下來即有，也就是孔子所說的「仁心」。而孟子將此仁心的十字打開，發展成「仁義禮智」，其實此四者簡言之，就是「仁」而已。清代政治腐敗，貪官汙吏橫行，權貴爲一己私慾，不惜傷害別人，甚至做出剝奪他人生存權利之事。孔孟所提倡的仁政與道德蕩然無存，這些貪官汙吏無視、更無法實踐，實是人心墮落與放縱私慾的結果。蒲松齡有感於此，藉著這些鄉野奇譚，寄寓了諷刺當時政治腐敗與人心黑暗的想法。因而，《聊齋志異》不僅是志怪小說，更是一部寓言。書中可看出蒲松齡試圖撥亂反正、為百姓伸張正義的苦心；現實生活中的他無能為力，只好將此憤懣不平心緒，藉自己的筆寫出，宣洩在小說中。

此外，《聊齋志異》也涵蓋了道家與道教的思想，像是書中時常可見《莊子》的詞彙與典故，亦有神仙方術、洞天福地等道教色彩。老莊等道家哲學，是以「道」為中心開展的哲學，追求人的心靈之自由自在，解消人的身體或形體對我們心靈帶來的束縛。而道教則認為，人可以透過神仙方術長生不老、飛升成仙。《聊齋志異》書中多篇故事，於是出現了懂得奇門遁甲法術、捉妖收妖、符咒的道士，這些奇幻的神仙色彩，增添了故事的精彩與可讀性，也讓後世之人改編成影視作品時有更多想像空間。

《聊齋志異》寫作體裁——筆記小說＋唐代傳奇

大陸學者馬積高、黃鈞主編的《中國古代文學史》，將《聊齋志異》分成三種體裁：一、短篇小說體：主要描寫主角人物的生平遭遇，篇幅較長，細膩刻畫了人物性格及曲折戲劇化的故事情節，此類作品有〈嬌娜〉、〈成仙〉等。二、散記特寫體：重點在於記述某事件，不著墨於人物刻畫，此則受到古代記事散文的影響，此類作品有〈偷桃〉、〈狐嫁女〉、〈考城隍〉等。三、隨筆寓言體：篇幅短小，將所聽之事記錄下來，並寄寓思想在其中，此類作品有〈夏雪〉、〈快刀〉等。

《聊齋志異》深受魏晉南北朝筆記小說、唐代傳奇小說的影響。筆記小說，是隨筆記錄下聽到的故事，比較像在記筆記，篇幅短小。此種小說乃受史書體例影響，十分重視將事件確實記錄下來，而非有意識的創作小說；且多為志怪小說，又以干寶的《搜神記》最著名。《聊齋志異》裡頭有多篇保留了筆記小說特點的篇幅短小故事，如〈蛇癖〉、〈眞定女〉等。

唐代傳奇，則是文人有意識的創作小說，內容是虛構的、想像的，題材有志怪、愛情、俠義、歷史等等。像是《聊齋志異》中的〈葉生〉，葉生死後，魂魄隨知己丁乘鶴返鄉，直到回家看見屍體，才發現自己已死；此種離魂情節，乃受到唐傳奇陳玄佑〈離魂記〉的影響。由此可見，蒲松齡無論在創作手法或故事題材上，無不受到古代小說影響，此乃《聊齋志異》之承先。

《聊齋志異》之啓後在於，蒲松齡將六朝志怪與唐宋傳奇小說的主要特色融爲一體，給予後世小說家很大啓發，進而出現許多效仿之作，如清代乾隆年間沈起鳳的《諧鐸》、邦額的《夜譚隨錄》等，以及現代諸多影視作品。不過值得注意的是，改編後的電影或戲劇，爲了情節精彩與內容多樣化，不一定按照原著思想精神呈現，若想了解《聊齋志異》的原貌，實應回歸原典，才能體會蒲松齡寄寓其中的思想精神與用心。

此次，爲讓現代讀者輕鬆倘佯《聊齋志異》的志怪玄幻世界，才有了這套書的編撰，畢竟古典文言文小說在我們現代人讀來相當艱澀且陌生。因此，除收錄「原典」，還加上了「評點」、「白話翻譯」、「注釋」。其中，評點部分要感謝元智大學中國語文學系兼任助理教授張柏恩（研究專長：文學批評、古典詩詞創作、明清詩學），提供了許多寶貴資料，特在此銘誌感謝。至於白話翻譯，儘管已盡量貼近原典，然而任何一種翻譯都是主觀詮釋，裡頭融合了編撰者本身的社會背景、文化思想等因素，這些都會影響對經典的理解。但這並不是說白話翻譯不可信，而想提醒讀者，本書白話翻譯僅止於一種詮釋觀點，並不能與原典畫上等號。眞正的原典精華，只有待讀者自己去找尋了。

本書使用方法

聊齋志異

僧孽

張姓暴卒，隨鬼使去，見冥王。王稽[1]簿，怒鬼使悞[2]捉，責令送歸。張下，私浼[3]鬼使，求觀冥獄[4]。鬼導歷九幽[5]，刀山、劍樹，一一指點。末至一處，有一僧扎股穿繩而倒懸[6]之，號痛欲絕。近視，則其兄也。張見之驚哀，問：「何罪至此？」鬼曰：「是為僧，廣募金錢，悉供淫賭，故罰之。欲脫此厄，須其自懺。」張既甦，疑兄已死。

時其兄居興福寺，因往探之。入門，便聞其號痛聲。入室，見瘡生股間，膿血崩潰，挂足壁上，宛然冥司倒懸狀。駭問其故。曰：「挂之稍可，不則痛徹心腑。」張因告以所見◆。僧大駭，乃戒葷酒，虔誦經咒。半月尋愈。遂為戒僧。

異史氏曰：「鬼獄渺茫，惡人每以自解；而不知昭昭之禍，即冥冥之罰也[7]。可勿懼哉！」

有個姓張的人突然死了，鬼差將他的魂魄拘去見冥王。冥王查核《生死簿》，發現鬼差抓錯人，盛怒之下命鬼差把人送回陽間。姓張的私下拜託鬼差帶他參觀冥獄，鬼差帶他導覽九幽、刀山、劍樹等景象。最後來到一個地方，見一僧人，繩子從其大腿穿透，頭下腳上的被懸在半空中，痛苦哀號不止，他走近一看，此人竟是自己兄長，驚問鬼差：「此人犯何罪？」鬼差答：「此人作爲和尚卻向信徒募款，把錢拿去嫖妓賭博，所以懲罰他。欲解脫，必須要他自己悔過才行。」姓張的醒來後，懷疑兄長已死。

118

原典，值得信賴

原典以一九九一年里仁書局出版的張友鶴《聊齋誌異會校會注會評》（簡稱《三會本》）為底本。

張友鶴是以蒲松齡的半部手稿本，以及鑄雪齋抄本（乾隆十六年抄本，抄者為歷城張希傑）為主要底本，從而編輯了《三會本》。他的版本最為完整，且融合了多家的校注、評點，極富參考與研究價值。

「異史氏曰」，真有意思

《聊齋志異》有些故事在正文結束後，會有一段以「異史氏曰」開頭的文字，這是蒲松齡對故事及人物所做評論，或是陳述他自己的觀點、見解（但他亦有些評論，不見得都冠上「異史氏曰」）。這種作法沿用自史書，如《史記》的「太史公曰」，即司馬遷自己的評論。值得注意的是，有些「異史氏曰」相關文字，不僅僅做評論，還會再加附其他故事，以與正文的故事相應和。

文章中除了蒲松齡自己的評論，亦可見以「友人云」為開頭的親友評論，其中最常出現的是蒲松齡文友王士禎以「王阮亭云」或「王漁洋云」為開頭的評論；這些評論由蒲松齡親自收錄在文章中，與後世所作評點不同。

注釋解析，增進中文造詣

針對原典中的艱難字詞加注，既有助讀者領略古人的用語，亦可賞讀蒲松齡作文之美。每條注釋，均扣緊原典的上下文文意而注，惟該字詞自有它用在別處的可能解釋，注釋意涵恐無法盡括。

注釋盡可能跟隨原典擺放，以收對照查看之效。

他前往兄長居住的興福寺探望，剛進門，便聽見兄長正痛苦哀號。走進內室，看到兄長的大腿長了膿瘡，膿血從傷口流出，雙腳懸掛在牆壁上，一如他在冥府所見。他驚訝的問兄長為何將自己倒掛在牆上？兄長回答：「若不這樣倒掛，將痛徹心扉。」姓張的便把在冥府所見所聞告知兄長。和尚非常震驚，立刻戒掉葷酒，虔誠誦經。不過半個月，病已痊癒，從此成為一名戒僧。

記下奇聞異事的作者如是說：「做壞事的人，以為鬼獄不過是傳說而已，哪裡知道人世間的禍患，即來自幽冥的處罰。」

【卷一】僧孽

1 稽：查核、稽查。
2 悞：出了差錯。同今「誤」字，是誤的異體字。
3 浼：讀作「每」，拜託、請求。
4 冥獄：人死後，受刑的牢獄。
5 九幽：原指極深暗的地底，此處指九泉之下，囚禁鬼魂之地。
6 扎股穿繩：以繩子穿過大腿。扎，穿孔、穿洞。股，大腿。倒懸：人的腿腳被繩子綁住，頭下腳上的被吊掛在半空中。
7 昭昭：人世間。冥冥：陰間、地府。

◆ **但明倫評點**：生時痛苦，即是陰罰；焉得見者而告之，使孽海眾生，翻然而登彼岸。

活著時受苦，正是來自冥獄的處罰，豈能讓你看到了解，使陷落在苦海的芸芸眾生，幡然悔悟而得解脫。

119

白話翻譯，助讀懂故事

為了讓讀者能輕鬆閱讀，每篇故事均附白話翻譯（採取意譯，非逐句逐字譯）。

值得注意的是，由於《聊齋志異》為古典文言文短篇小說集，作者蒲松齡講述故事時有時過於精簡，白話翻譯將視情況需要，於貼合原典的準則下，增加一些補述，以求上下文語意完整。

插圖，圖文共賞不枯燥

為了更增《聊齋志異》故事閱讀的生動，一方面盡可能收錄晚清時期珍貴的《聊齋志異圖詠》線稿圖畫，另方面亦邀請廿一世紀新生代繪者尤淑瑜，以藝術家的眼光、樸實的全彩筆觸，讓故事場景更加躍然紙上。

評點，有助理解故事

評點，是中國獨特的文學批評形式，近似讀書心得或讀書筆記。礙於篇幅關係，無法將《三會本》所收錄的評點全都附上，每篇僅擇最切合故事要旨、或發人深省哲思的一家評點，供讀者參考。由於《聊齋志異》並非每篇故事都有評點，若無，即從缺。

常見的代表性評點有與蒲松齡同時代的王士禎評本（清康熙年間）、馮鎮巒評本（清嘉慶年間）、何守奇評本（約清道光年間），以及但明倫評本（清道光年間）。其中，以馮、但這兩家的評點特別能顯出故事中隱藏的思想精神，他們皆以儒家的道德實踐為準則，著重揭露蒲松齡寫作的思想要旨、故事中人物的心理活動，同時也涉及社會現象等層面。

目次

聊齋自誌

披蘿帶荔[1]，三閭氏感而為騷[2]；牛鬼蛇神，長爪郎[3]吟而成癖。自鳴天籟[4]，不擇好音[5]，有由然矣。松[6]落落秋螢之火，魑魅[7]爭光；逐逐野馬之塵[8]，罔兩[9]見笑。才非干寶，雅愛搜神[10]；情類黃州[11]，喜人談鬼。聞則命筆，遂以成編。久之，四方同人，又以郵筒相寄，因而物以好聚，所積益夥。甚者：人非化外，事或奇于斷髮之鄉[12]；睫在眼前，怪有過于飛頭之國[13]。遄飛逸興[14]，狂固難辭；永托曠懷，癡且不諱。展如之人[15]，得毋向我胡盧[16]耶？然五父衢[17]頭，或涉濫聽[18]；而三生石[19]上，頗悟前因。放縱之言，有未可概以人廢者。

松懸弧[20]時，先大人[21]夢一病瘠瞿曇[22]，偏袒[23]入室，藥膏如錢，圓黏乳際。寤[24]而松生，果符墨誌[25]。且也：少羸[26]多病，長命不猶。門庭之淒寂，則冷淡如僧；筆墨之耕耘，則蕭條似缽。每搔頭自念：勿亦面壁人[27]果是吾前身耶？蓋有漏根因[28]，未結人天之果[29]；而隨風蕩墮，竟成藩溷[30]之花。茫茫六道[31]，何可謂無理哉！獨是子夜熒熒[32]，燈昏欲蕊；蕭齋[33]瑟瑟，案冷凝冰。集腋為裘[34]，妄續幽冥之錄[35]；浮白載筆[36]，僅成孤憤[37]之書：寄托[38]如此，亦足悲矣！嗟乎！驚霜寒雀，抱樹無溫；弔月秋蟲，偎闌自熱。知我者，其在青林黑塞[39]間乎！

康熙己未[40]春日。

1 披蘿帶荔：語出《九歌》中的〈山鬼〉：「若有人兮山之阿，披薜荔兮帶女蘿。」這是指出沒在野外的山鬼，而薜荔、女蘿皆植物名。《九歌》原為南方楚地祭祀用的樂歌，經屈原潤色而成。分別為〈東皇太一〉〈雲中君〉〈湘君〉〈湘夫人〉〈大司命〉〈少司命〉〈東君〉〈河伯〉〈山鬼〉〈國殤〉及〈禮魂〉等十一篇。

2 三閭氏感而為騷：三閭氏，指屈原，他曾擔任楚國的三閭大夫。騷，指《離騷》，是屈原被楚懷王放逐漢水之北時所作自傳，抒發其懷才不遇的苦悶心情，以及理想抱負不得施展的悲苦。（編撰者按：蒲松齡之所以在作者自序中提及屈原所作《離騷》，可能是因他與屈原遭遇相似——蒲松齡鄉試落榜，正如空有滿腔抱負、卻不得君王重用的屈原。）

3 長爪郎：指唐朝詩人李賀，有「詩鬼」之稱；因其指爪長，故稱為「長爪郎」。

4 天籟：典故出自《莊子・齊物論》：「夫吹萬不同，而使其自己也。」天籟是無聲之聲，天籟因其無聲給出了一個空間，讓大自然的各種孔竅洞穴能發出聲音。此處指渾然天成的優秀詩作。

5 不擇好音：指這些作品雖好，卻不受世俗認可。

6 松：指本書作者，蒲松齡的自稱。

7 魑魅：讀作「痴媚」，山野中的鬼怪精靈。

8 野馬之塵：本意為塵土，此處指視科舉功名若塵土。

9 罔兩：亦作「魍魎」，山川草木中的鬼怪精靈。

10 才非干寶，雅愛搜神：不敢說自己才比干寶，只酷愛些鬼怪奇談而已。干寶，是東晉編集《搜神記》的作者，此書蒐羅了一些志怪故事，為中國古代志怪故事代表作。

11 黃州：指蘇軾，自子瞻，號東坡居士。蘇軾在宋神宗元豐二年（西元一〇六九年）因烏臺詩案獲罪，次年被貶謫黃州。他曾寫詩自嘲：「問汝平生功業，黃州惠州儋州。」

12 化外、斷髮之鄉：皆指未受教化的蠻夷之地。

13 飛頭之國：古代神話中，人首能夠分離、且會飛的奇異國度。

14 遄飛逸興：很有興致，欲罷不能。遄，讀作「船」，迅速。

15 展如之人：真摯、誠懇之人。依照上下文意，應指那些只相信現實經驗、而不相信那些奇幻國度的人。

16 胡盧：笑聲。

17 五父衢：路名，在今山東曲阜東南。孔子不知其生父所葬之地，而將母親葬於此處。衢，讀作「渠」，通達四方的大路。

18 濫聽：不實的傳聞。

19 三生石：宣揚佛教輪迴觀念的故事。佛教認為人沒有靈魂，但今生所造的業，會帶到來生。人今生今世所受的果報，無論善或惡，皆由過去累世累劫積累而成，而今生所造的業，亦影響來生所承受的果報。

20 懸弧：古人若生男孩，便將弓懸掛在門的左邊。

21 先大人：蒲松齡的先父。

22 瞿曇：梵文，讀作「渠談」，為釋迦牟尼佛的俗家姓氏，此處指僧人。

23 偏袒：佛家語，指僧侶。原指古印度尊敬對方的禮法，後為佛教沿用，僧侶在拜見佛陀時，須穿著露出右肩的袈裟以示尊敬；但平時佛教徒所穿袈裟，則無偏袒。袒，讀作「坦」，裸露之意。

24 寤：讀作「物」，醒來、睡醒。

25 果符墨誌：與蒲松齡父親夢中所見僧人的胸前特徵相符——「藥膏如錢，圓黏乳際」。墨誌，指黑痣。

26 少羸：年少時，身體瘦弱。羸，讀作「雷」。

野外的山鬼，讓屈原有感而發寫成了《離騷》；牛鬼蛇神，被李賀寫入了詩篇。這種獨樹一幟的作品，不見容於世俗，其來有自。我於困頓時，只能與魑魅爭光；無法求取功名，受到鬼怪的嘲笑。雖不像干寶那樣有才華，能寫出流傳百世的《搜神記》，卻也喜愛志怪故事；也與被貶謫黃州的蘇軾一樣，喜與人談論鬼怪故事。聽到奇聞怪事就動筆記錄下來，這才編成了這部書。久而久之，各地同好便將蒐羅來的鬼怪故事寄給我，物以類聚，內容更加豐富。甚至——人不處於蠻荒之地，卻有比蠻荒更離奇的怪事發生；即便在我們周遭，也有比飛頭國更古怪的事情。我越寫越有興趣，甚至到了發狂的地步；長期將精力投注於此，連自己都覺得癡迷。那些不信鬼神的人，恐怕要嘲笑我。道聽塗說之事，或許不足採信；然而這些荒謬怪誕的傳聞，有助於人認清事實，增長智慧。這些志怪故事的價值，不可因作者籍籍無名而輕易作廢。

我出生之時，先父夢到一名病瘦的僧人，穿著露肩袈裟入屋，胸前貼著一個似錢幣的圓形膏藥。夢醒，我就出生了，胸前果然有一個黑痣。且我年幼體弱多病，恐活不長。門庭冷清，如僧人般過著清心寡慾的日子；整天埋首寫作，貧窮如僧人的空缽。常常自想，莫非那名僧人真是我的前世？我前世所做的善業不夠，所以才沒法到更好的世界；只能隨風飄蕩，落入污泥糞土之中。虛無飄渺的六道輪迴，不可謂全無道理。特別是在深夜燭光微弱之際，燈光昏暗蕊心將盡，書齋更顯冷清，書案冷如冰。我想集結眾人之力，妄圖再續《幽冥錄》；飲酒寫作，成憤世嫉俗之書：只能將平生之志寄託於此，實在可悲！唉！受盡風霜的寒雀，棲於樹上感受不到溫暖；憑弔月光的秋蟲，依偎著欄杆還能感到一絲溫暖。知我者，大概只有黃泉幽冥之中的鬼了！

寫於康熙十八年春。

27 面壁人：和尚坐禪修行，稱為面壁。面壁人，代指和尚、僧人。

28 有漏根因：佛家語。有漏，由梵語轉譯，是流失、漏泄之意，意即煩惱。有漏因，即招致三界（欲界、色界、無色界）果報的業因，語出景德傳燈錄卷三菩提達磨章（大五一・二一九上）：「帝曰：『何以無功德？』師曰：『此但人天小果，有漏之因，如影隨形，雖有非實。』」原文中並無「根」字。

欲界，指一切有情眾生所住之世界，地獄、餓鬼、畜生、阿修羅、人、六欲天皆屬此。欲界之有情，是指有食欲、淫欲、睡眠欲等。

色界之眾生脫離淫欲，不著穢惡之色法，此界之天眾無男女之別，其衣是自然而至，而以光明為食物及語言。

無色界，指超越物質現象經驗之世界，此界之有情眾生，沒有無色法、場所，無空間高下之分別。

29 人天之果：佛家語。有漏之業的善果。

30 藩溷：籬笆和茅坑。溷，讀作「混」。

31 六道：佛家語。眾生往生後各依其業前往相應的世界，分別為：地獄道、餓鬼道、畜生道、阿修羅道、人間道、天道。前三道為惡，後三道為善。

32 熒熒：讀作「迎迎」，微弱光影閃動的樣子。

33 蕭齋：對自己所居房屋或書齋的謙詞，典故出自——梁武帝造寺，命蕭子雲於寺院牆上寫一「蕭」字。寺院毀壞後，刻字的殘壁仍保存下來。至唐朝李約，將此牆壁運歸洛陽，區於小亭，以供賞玩，稱為「蕭齋」。

34 集腋為裘：意謂此部《聊齋志異》，集結了眾人之力，積少成多才完成。

35 幽冥之錄：南朝宋劉義慶所編纂的志怪小說集，屬於六朝志怪筆記小說，篇幅短小，為後世小說的先驅。

36 浮白：暢飲。載筆：此指寫作著書。

37 孤憤：原為《韓非子》一書的其中一篇篇名。此指憤世嫉俗的著作，意即對一些看不慣的世俗之事執筆記錄下來，以表心中悲憤。

38 寄托：寄託言外之音於文辭之間，猶言寓言。

39 青林黑塞：指夢中的地府幽冥。

40 康熙己未：清朝康熙十八年（西元一六七九年）。這一年，蒲松齡四十歲。

卷二

02

壽命長短天注定，人力如何能更改？
況且，在通達之人看來，生死無別，
何必認為生才是快樂，死就是痛苦呢？

嬰寧[1]

王子服，莒之羅店[2]人。早孤，絕惠，十四入泮[3]。母最愛之，尋常不令遊郊野。聘蕭氏，未嫁而夭，故求凰未就也。會上元[4]，有舅氏子吳生，邀同眺矚[5]。方至村外，舅家有僕來，招吳去；生見游女如雲，乘興獨遨。有女郎攜婢，撚梅花一枝，容華絕代，笑容可掬。生注目不移，竟忘顧忌。女過去數武[6]，顧婢曰：「个兒郎目灼灼似賊！」遺花地上，笑語自去。

生拾花悵然，神魂喪失，怏怏[7]遂返。至家，藏花枕底，垂頭而睡，不語亦不食。母憂之。醮禳[8]益劇，肌革銳減，醫師診視，投劑發表[9]。忽忽[10]若迷。母撫問所由，默然不答。適吳生來，囑密詰[11]之。吳至榻前，生見之淚下，吳就榻慰解，漸致研詰。生具吐其實，且求謀畫。吳笑曰：「君意亦復癡！此願有何難遂？當代訪之。徒步於野，必非世家。如其未字[12]，事固諧矣；不然，拚以重賂，計必允遂。但得痊瘳[13]，成事在我。」生聞之，不覺解頤[14]。吳出告母，物色女子居里，而探訪既窮[15]，並無蹤緒。母大憂，無所為計。然自吳去後，顏頓開，食亦略進。數日，吳復來，生問所謀。吳紿[16]之曰：「已得之矣。我以為誰何人，乃我姑氏女，即君姨妹行，今尚待聘；雖內戚有婚姻之嫌，實告之，無不諧者。」生喜溢眉宇，問：「居何里？」吳詭[17]曰：「西南山中，去此可三十餘里。」生又付囑再四，吳銳身自任[18]而去。

生由此飲食漸加，日就平復。探視枕底，花雖枯，未便彫落。凝思把玩，如見其人。怪吳不至，折柬[19]招之。吳支託不肯赴召。生恚[20]怒，悒悒不歡。母慮其復病，急為議姻；略與商搉[21]，輒搖首不願。惟日盼吳。吳迄無耗[22]，益怨恨之。轉思三十里非遙，何必仰息他人？懷梅袖中，負氣自往，而家人不知也。伶仃獨步，無可問程，但望南山行去。約三十餘里，亂山合沓[23]，空翠爽肌，寂無人行，止有鳥道。遙望谷底，叢花亂樹中，隱隱有小里落。下山入村，見舍宇無多，皆茅屋，而意甚修雅。北向一家，門前皆絲柳，牆內桃杏尤繁，間以修竹，野鳥格磔[24]其中。意[25]其園亭，不敢遽[26]入。回顧對戶，有巨石滑潔，因據坐少憩。俄聞牆內有女子，長呼「小榮」，其聲嬌細。方佇聽間，一女郎由東而西，執杏花一朵，俛[27]首自簪。舉頭見生，遂不復簪，含笑撚花而入。審視之，即上元途中所遇也。心驟喜，但念無以階進；欲呼姨氏，顧從無還往，懼有訛悞[28]。門內無人可問。坐臥徘徊，自朝至於日昃[29]，盈盈望斷，並忘飢渴。時見女子露半面來窺，似訝其不去者。

忽一老媼[30]扶杖出，顧生曰：「何處郎君，聞自辰刻便來，以至於今。意將何為？得勿飢耶？」生急起揖之，答云：「將以盼親。」媼聾聵不聞。又大言之，乃問：「貴戚何姓？」生不能答。媼笑曰：「奇哉！姓名尚自不知，何親可探？我視郎君，亦書癡耳。不如從我來，啖以粗糲，家有短榻可臥。待明朝歸，詢知姓氏，再來探訪，不晚也。」生方腹餒思啗[31]，又從此漸近麗人，大喜。從媼入，見門內白石砌路，夾道紅花，片片墮階上；曲折而西，又啟一關[32]，豆棚花架滿庭中。肅[33]客入舍，粉壁光明如鏡；窗外海棠枝朵，探入室中；裀[34]藉几榻，罔[35]不潔澤。甫坐，即有人自窗外隱約相窺。媼喚：「小榮！可速作黍[36]。」外有婢子噭聲而應。坐次，具展宗閥[37]。媼曰：「郎君外祖，莫姓吳否？」曰：「然。」媼驚曰：「是吾甥也！尊堂，我妹子。年來以家窶貧[38]，又無三尺男，遂至音問梗塞[39]。甥長成如許，尚不相識。」生曰：「此來即為姨也，匆遽遂忘姓氏。」媼曰：「老身秦姓，並無誕育；弱息僅存，亦為庶產。渠[40]母改醮[41]，遺我鞠

養[42]。頗亦不鈍，但少教訓，嬉不知愁。少頃，使來拜識。」

未幾，婢子具飯，雛尾盈握。媼勸餐已，婢來斂具，媼曰：「喚寧姑來。」婢應去。良久，聞戶外隱有笑聲。媼又喚曰：「嬰寧，汝姨兄在此。」戶外嗤嗤笑不已。婢推之以入，猶掩其口，笑不可遏。媼瞋目曰：「有客在，咤咤叱叱，是何景象？」女忍笑而立，生揖之。媼曰：「此王郎，汝姨子。一家尚不相識，可笑人也。」生問：「妹子年幾何矣？」媼未能解。生又言之。女復笑不可仰視。媼謂生曰：「我言少教誨，此可見矣。年已十六，呆癡裁[43]如嬰兒。」生曰：「小於甥一歲。」曰：「阿甥已十七矣，得非庚午屬馬者耶？」生首應之。又問：「甥婦阿誰？」答云：「無之。」曰：「如甥才貌，何十七歲猶未聘？嬰寧亦無姑家，極相匹敵；惜有內親之嫌。」生無語，目注嬰寧，不遑[44]他瞬。婢向女小語云：「目灼灼，賊腔未改！」女又大笑，顧婢曰：「視碧桃開未？」遽起，以袖掩口，細碎連步而出，至門外，笑聲始縱。媼亦起，喚婢襆被[45]，為生安置。曰：「阿甥來不易，宜留三五日，遲遲送汝歸。如嫌幽悶，舍後有小園，可供消遣；有書可讀。」

次日，至舍後，果有園半畝，細草鋪氈，楊花糝徑[46]；有草舍三楹，花木四合其所。穿花小步，聞樹頭蘇蘇有聲，仰視，則嬰寧在上。見生來，狂笑欲墮。生曰：「勿爾，墮矣！」女且下且笑，不能自止。方將及地，失手而墮，笑乃止。生扶之，陰捘[47]其腕。女笑又作，倚樹不能行，良久乃罷。生俟[48]其笑歇，乃出袖中花示之。女接之曰：「枯矣，何留之？」曰：「此上元妹子所遺，故存之。」問：「存之何意？」曰：「以示相愛不忘也。自上元相遇，凝思成疾，自分化為異物；不圖得見顏色，幸垂憐憫。」女曰：「此大細事。至戚何所靳惜[49]？待郎行時，園中花，當喚老奴來，折一巨綑負送之。」生曰：「妹子癡耶？」「何便是癡？」曰：「我非愛花，愛撚花之人耳。」女曰：「葭莩[50]之情，愛何待言。」生曰：「我所謂愛，非瓜葛[51]之愛，乃夫妻之愛。」女曰：「有以異乎？」曰：「夜共枕席耳。」女俛思良久，曰：「我不慣與生人睡。」語未已，婢潛至，生惶恐遁去。

少時，會母所。母問：「何往？」女答以園中共話。媪曰：「飯熟已久，有何長言，周遮乃爾[52]？」女曰：「大哥欲我共寢。」言未已，生大窘，急目瞪之，女微笑而止。幸媪不聞，猶絮絮究詰，生急以他詞掩之。因小語責女。女曰：「適此語不應說耶？」生曰：「此背人語。」女曰：「背他人，豈得背老母。且寢處亦常事，何諱之？」生恨其癡，無術可以悟之。食方竟，家中人捉雙衛[53]來尋生。

先是，母待生久不歸，始疑；村中搜覓幾徧[54]，竟無蹤兆。因往尋吳。吳憶曩[55]言，因教於西南山村行覓。凡歷數村，始至於此。生出門，適相值，便入告媪，且請偕女同歸。媪喜曰：「我有志，匪伊朝夕[56]。但賤軀不能遠涉；得甥攜妹子去，識認阿姨，大好！」呼嬰寧。寧笑至。媪曰：「有何喜，笑輒不輟？若不笑，當為全人。◆」因怒之以目。乃曰：「大哥欲同汝去，可便裝束。」又餉[57]家人酒食，始送之出曰：「姨家田產豐裕，能養冗人。到彼且勿歸，小學詩禮，亦好事翁姑。即煩阿姨，為汝擇一良匹。」二人遂發。至山坳，回顧，猶依稀見媪倚門北望也。

抵家，母睹姝麗，驚問為誰。生以姨女對。母曰：「前吳郎與兒言者，詐也。我未有姊，何以得甥？」問女，女曰：「我非母出。父為秦氏，歿時，兒在褓中，不能記憶。」母曰：「我一姊適秦氏，良確；然殂謝[58]已久，那得復存？」因審詰面龐、誌贅[59]，一一符合。又疑曰：「是矣。然亡已多年，何得復存？」疑慮間，吳生至，女避入室。吳詢得故，惘然久之。忽曰：「此女名嬰寧耶？」生然之。吳亟稱怪事。問所

自知，吳曰：「秦家姑去後，姑丈鰥[60]居，祟[61]於狐，病瘠[62]死。狐生女名嬰寧，繃臥牀上，家人皆見之。姑丈歿，狐猶時來；後求天師符[63]黏壁間，狐遂攜女去。將勿此耶？」彼此疑參。但聞室中吃吃[64]皆嬰寧笑聲。母曰：「此女亦太憨生。」吳請面之。母入室，女猶濃笑不顧。母促令出，始極力忍笑，又面壁移時，方出。纔一展拜，翻然遽入，放聲大笑。滿室婦女，為之粲然[65]。

吳請往覘[66]其異，就便執柯[67]。尋至村所，廬舍全無，山花零落而已。吳憶姑葬處，彷彿不遠；然墳壠[68]湮沒，莫可辨識，詫歎而返。母疑其為鬼。入告吳言，女略無駭意；又弔其無家，亦殊無悲意，孜孜憨笑而已。眾莫之測。母令與少女同寢止。昧爽[69]即來省問，操女紅精巧絕倫。但善笑，禁之亦不可止；然笑處嫣然，狂而不損其媚，人皆樂之。鄰女少婦，爭承迎之。母擇吉將為合巹[70]，而終恐為鬼物。竊於日中窺之，形影殊無少異。至日，使華妝行新婦禮；女笑極不能俯仰，遂罷。生以其憨癡，恐漏洩房中隱事；而女殊密秘，不肯道一語。每值母憂怒，女至，一笑即解。奴婢小過，恐遭鞭楚[71]，輒求詣母共話；罪婢投見，恆得免。而愛花成癖，物色徧戚黨；竊典金釵，購佳種，數月，階砌藩溷[72]，無非花者。

庭後有木香一架，故鄰西家。女每攀登其上，摘供簪玩。母時遇見，輒訶[73]之。女卒不改。一日，西人子見之，凝注傾倒。女不避而笑。西人子謂女意已屬，心益蕩。女指牆底笑而下。西人子謂示約處，大悅。及昏而往，女果在焉。就而淫之，則陰如錐刺，痛徹於心，大號而踣[74]。細視，非女，則一枯木臥牆邊，所接乃水淋竅也。鄰父聞聲，急奔研問，呻而不言。妻來，始以實告。爇火[75]燭竅，見中有巨蠍，如小蟹然。翁碎木捉殺之。負子至家，半夜尋卒。鄰人訟生，訐發嬰寧妖異。邑宰[76]素仰生才，稔知其篤行士，謂鄰翁訟誣，將杖責之。生為乞免，遂釋而出。母謂女曰：「憨狂爾爾，早知過喜而伏憂也。邑令神明，幸不牽累：設鶻突官宰，必逮婦女質公堂，我兒何顏見戚里？」女正色，矢不復笑。母曰：「人罔不笑，但須有時。」而女由是竟不復笑，雖故逗，亦終不笑；然竟日未嘗有戚容。

一夕，對生零涕，異之。女哽咽曰：「曩以相從日淺，言之恐致駭怪。今日察姑及郎，皆過愛無有異心，直告或無妨乎？妾本狐產。母臨去，以妾託鬼母，相依十餘年，始有今日。妾又無兄弟，所恃者惟君。老母岑寂山阿[77]，無人憐而合厝[78]之，九泉輒為悼恨。君倘不惜煩費，使地下人消此怨恫[79]，庶養女者不忍溺棄。」生諾之，然慮墳冢迷於荒草。女但言無慮。刻日，夫妻輿櫬[80]而往。女於荒煙錯楚[81]中，指視墓處，果得媪尸，膚革猶存。女撫哭哀痛。舁[82]歸，尋秦氏墓合葬焉。是夜，生夢媪來稱謝，寤[83]而述之。女曰：「妾夜見之，囑勿驚郎君耳。」生恨不邀留。女曰：「彼鬼也，生人多，陽氣勝，何能久居？」生問小榮，曰：「是亦狐，最黠[84]。狐母留以視妾，每攝餌相哺，故德之常不去心。昨問母，云已嫁之。」由是歲值寒食，夫妻登秦墓，拜掃無缺。女逾年，生一子。在懷抱中，不畏生人，見人輒笑，亦大有母風云。

異史氏曰：觀其孜孜憨笑，似全無心肝

者；而牆下惡作劇，其黠孰甚焉。至悽戀鬼母，反笑為哭，我嬰寧殆隱於笑者矣。竊聞山中有草，名「笑矣乎」。嗅之，則笑不可止。房中植此一種，則合歡、忘憂，並無顏色矣；若解語花，正嫌其作態耳。

1 嬰寧：《莊子・大宗師》云：「其名為攖寧。攖寧也者，攖而後成者也。」（人處在紛雜的困擾中，仍能保有自在天真。）嬰寧之名可能出自於此。《莊子》中的「攖寧」意謂，面對外在眾多的價值時，內心仍能解消外在價值標準的執定，回歸人的天生本真。本篇故事中的女主角嬰寧，就是道家典型自在天真人格的展現，她的愛笑就是其生命自然的體現。可是這種天生本真，在世俗之人眼中卻成了不倫不類、癡傻，最後導致其天真自然受到世俗觀點的限制、束縛，最後她不再笑了。

2 莒之羅店：莒，古縣名，今屬山東省日照市所管轄的一個縣。羅店，即莒縣洛河鎮羅米莊。

3 泮：童生通過州縣考試錄取為生員，意即考中秀才。古代學宮內有泮池（半月形的水池），故稱學宮為「泮宮」，稱「入泮」。泮，讀作「判」。

4 上元：上元節，即元宵節。

5 矚：觀看。

6 數武：走幾步。武，指半步的距離。

7 怏怏：悶悶不樂、不快樂的樣子。

8 醮：讀作「叫」，道士、和尚設壇祈福。禳，讀作「讓」的二聲，祭祀鬼神，祈求去除疾病災禍。

9 投劑：給予藥劑。發表：中醫療法，讓患者出汗，散發其體內邪毒。

10 忽忽：神智迷糊、不清。

11 詰：讀作「傑」，問。

12 未字：尚未出嫁。

13 瘳：讀作「抽」，病癒。

14 解頤：指笑得連下巴都掉下來，開心大笑。

15 窮：原指考究，此指詢問、追問。

16 紿：讀作「帶」，欺瞞、誆騙。

17 詭：詐騙。

18 銳身自任：表示願意相助，挺身而出。

19 折柬：裁紙寫信。柬，讀作「檢」，信件。

20 恚：讀作「惠」，惱怒、生氣。

21 搉：讀作「雀」，商量、商議。

22 耗：消息、音訊。

23 合沓：重疊、連綿且高大。沓，讀作「踏」。

24 格磔：形容鷓鴣鳥的鳴叫聲。磔，讀作「哲」。

25 意：猜想、揣測，通「臆」字。

26 遽：忽然、突然。

27 俛：低頭。同今「俯」字，是俯的異體字。

28 悞：出了差錯。同今「誤」字，是誤的異體字。

29 日昃：太陽西沉。昃，讀作「仄」。

30 媼：讀作「棉襖」的襖，指老婦人。同今「媪」字，是媼的異體字。

31 腹餒思啗：肚餓想進食。餒，飢餓。啗，讀作「旦」，吃。

32 關：門閂。

33 肅：迎接、引導。

34 裀：讀作「因」，墊褥。

35 罔：無、沒有。

36 作黍：煮飯。

37 宗閥：家世。

38 窶貧：貧困、艱苦。窶，讀作「劇」。

39 音問梗塞：音訊隔絕、阻礙。

40 渠：他，指第三人稱。

41 醮：讀作「叫」，女子結婚，後來改嫁。
42 鞠養：撫育、養育。鞠，讀作「局」。
43 裁：僅、只之意，通「纔」、「才」二字。
44 不遑：沒空。
45 襆被：此指整理被褥。襆，讀作「樸」，包袱、行囊。
46 糝徑：散落在小路上。糝，讀作「傘」。
47 捘：讀作「圳」，用手按、捏。
48 俟：讀作「四」，等待、等候。
49 靳惜：吝惜。靳，讀作「進」。
50 葭莩：讀作「家扶」，蘆葦中的薄膜，藉以比喻較少來往的遠房親戚。
51 瓜葛：比喻輾轉相連的親戚關係。
52 周遮乃爾：周遮，話多貌。乃爾，如此。
53 捉雙衛：牽兩匹驢子。
54 徧：同今「遍」字，是遍的異體字。
55 曩：讀作「囊」的三聲，以前、昔日之意。
56 匪伊朝夕：不只一兩日。匪：不，通「非」字。
57 餉：讀作「想」，贈送。
58 殂謝：亡故、辭世。殂，讀作「醋」的二聲。
59 誌贅：容貌和身體的特徵。贅，讀作「墜」。
60 鰥：讀作「關」，妻子過世、或年老無妻之人。
61 祟：指鬼神作祟，行害人之事。
62 瘠：讀作「吉」，身形消瘦。
63 天師符：張天師的神符。天師：張道陵，人稱張天師，東漢時期在鵠鳴山（今四川省大邑縣境內）創立五斗米道，因入教的徒眾須繳交五斗米，故名。教眾稱之「天師」，其以符咒替人治病，教授煉丹長生之術，是道教創始人。
64 吃吃：讀作「集集」，形容笑聲。
65 粲然：大笑貌。
66 覘：讀作「沾」，觀看、察視。
67 執柯：亦作「作伐」，幫人作媒之意。典出《詩經．豳風．伐柯》：「伐柯如何？匪斧不克；取妻如何？匪媒不得。」（一把好斧頭，需有一個相襯的斧柄；如同男子娶妻，需經迎娶程序才行，媒人則是此程序中的重要環節。）意即，男子娶妻需有媒人作媒。
68 壠：墳墓。同今「壟」字，是壟的異體字。
69 昧爽：天剛亮。
70 合巹：指成婚。古時，成親的夫婦要對飲合巹酒。巹，讀作「錦」。
71 鞭楚：以棍棒亂打。
72 藩溷：籬笆和茅坑。溷，讀作「混」。
73 訶：大聲喝斥、責罵，通「呵」字。
74 踣：讀作「柏」，跌倒。
75 爇火：點燈。爇，讀作「熱」或「若」，燒也。
76 邑宰：古代對縣令的尊稱，現今的縣長。下文的「邑令」，意思相同。
77 岑寂：寂靜、冷清。山阿：山凹之處。
78 合厝：合葬收埋。
79 恫：讀作「通」，傷痛、悲痛。
80 輿櫬：此指以車載運棺材。輿：車子、車輛。櫬：讀作「趁」，此指棺材。
81 荒煙錯楚：草木雜亂的地方。
82 舁：讀作「魚」，抬、扛舉。
83 寤：讀作「物」，醒來、睡醒。
84 黠：讀作「霞」。聰明、機靈。

◆**但明倫評點**：此時乃是真喜，乃是真笑；將應之曰：若不笑，不得為全人。

這時，嬰寧的喜是發自內心，笑也是出於肺腑；應當回答她：「如果不笑，才是不正常。」

山東莒縣洛河鎮羅米莊，有個叫王子服的人，幼年喪父，人很聰明，十四歲便考中秀才。母親極疼愛他，一向不讓他到野外玩。他曾和蕭氏訂親，蕭女未嫁過來便死了，求親未遂。適逢元宵節，表哥吳生邀他出遊，才剛走至村外，舅父家中便派僕人來找吳生回去；王子服見外出遊玩的仕女眾多，便乘興獨遊。有位女郎偕同女婢，手裡拿著一枝梅花，姿容絕代，笑容滿面。王生目不轉睛的盯著人家，竟忘了禮數。女子向前幾步，回頭對婢女說：「有個男人目光閃爍，像個賊似的！」她把花丟在地上，和婢女有說有笑的離去。

王子服撿起花，悵然若失，悶悶不樂返家。將花藏在枕頭底下，倒頭便睡，不說話也不吃飯。王母很擔憂，請人作法事驅邪消災，情況卻更惡化，其身形突然消瘦。請大夫前來看診、吃藥治療，但王子服仍精神恍惚。王母勸慰，詢問緣由，王子服靜默不答。正巧吳生前來，王母囑咐私下問其情形。來到床前，王子服一見他便潸然淚下，吳生勸慰寬解，慢慢詢問事情緣由。王子服一五一十告知，求吳生幫忙想法子。吳生笑道：「你也太傻了！這等心願有何難以實現？我代你去尋這名女子便是。會到郊外散步的，肯定不是什麼大家閨秀。若她還未嫁，事情便好辦；否則就以重金禮聘，一定能辦成。只要你身子快點好起來，這件事包在我身上。」王子服聽了開懷而笑。吳生步出房間告知王母此事，王母尋女子居所，方圓百里無一不訪，就是不見女子蹤影。王母很憂心，無計可施。自吳生離去後，王子服心情大好，也吃得下東西。過了幾日，吳生又來，王子服問籌劃得如何，吳生騙道：「已尋到那名女子。我還以爲是誰呢！原來是我姑母的女兒，也就是你阿姨的女兒，算是你表妹，至今仍未許婚；儘管親戚之間通婚是有些避忌，但只要實言相告，沒有辦不成的。」王子服喜上眉梢，忙問女子居處，吳生胡謅：「在西南邊的山裡，從這裡前往，三十餘里可達。」王子服又再三囑託說媒一事，吳生承攬下來後便離開。

王子服從此胃口大開，沒幾天即病癒。查看枕頭底下，花雖乾枯，卻未凋謝，放在手裡沉思把玩，好似見到夢中情人。等了許久，吳生一直沒來，便寫信相請。吳生隨便找藉口搪塞，就是不來。王子服爲此憤怒，鬱鬱寡歡。王母擔憂病又復發，想幫他物色妻室，每商議此事，他都搖頭不同意，只盼著吳生帶好消息前來。吳生依舊無消無息，王子服越發怨恨，轉念一想，三十里路並不太遠，何必仰仗他人？於是收枯梅入袖，瞞著家人賭氣前往。獨自行走，無人可問，只往南山而去。行約三十餘里，見群山連綿，翠綠一片，神清氣爽，杳無人跡，深山險絕，只飛鳥能行。遙望谷底，花叢樹林間隱約有個小村。他下山入村，見房舍不多，淨是些茅屋，頗爲雅致。

北面有戶人家門前盡皆柳樹，矮牆內桃花、杏花最多，其間夾雜修長的竹子，野鳥鳴叫其中。他料想這是人家的庭園，不敢貿然闖入。回頭望見對面人家，有一大石光滑乾淨，便坐其上稍事休息。不久，聞牆內有女子高呼「小榮」，聲音嬌細，正佇立聆聽，見一女郎由東邊走到西邊，手裡拿著一朵杏花，低頭欲將花簪在頭上。她抬頭突見王子服，停下簪花動作，含笑持花入屋。王子服審其容貌，正是元宵節遊玩途中所遇女子，心中很是歡喜。想隨之進入卻找不到攀談藉口，想呼喚阿姨卻想素無來往，恐傳言有誤。門內無人可問，只能坐臥徘徊門外，從早待到傍晚，殷殷盼切，連口渴飢餓都忘了。路上不時見到女子窺看自己，似驚訝他流連不去。

不久，有位老婦拄杖而出，看著他：「公子是何人，聽聞你天剛亮就來此，直到現在，意欲何爲？難道不餓嗎？」王子服連忙打躬作揖：「我是來探親的。」老婦重聽不聞，王子服又大聲說了一次，老婦才問：「你親戚姓什麼？」王子服不知如何回答。老婦笑道：「怪哉！你連親戚姓啥名誰都不知，還來探什麼親？我看公子你，是個書呆子。不如隨我來，吃些粗食；我家有矮床可睡，待明早再返回，問明你親戚姓氏後再來探訪也不遲。」王子服這才覺腹中飢餓，又可藉此接近那位姑娘，甚爲歡喜。他隨老婦入屋，見門內道路以白石子鋪成，兩旁種植紅花，殘花掉落在臺階上；隨老婦拐了個彎，朝西邊走去，她又開啓一扇門，庭中全是豆棚花架。

老婦引客入屋，四壁白牆潔白如鏡，窗外海棠花枝伸進屋內，茶几矮床其上墊褥無不整潔。才剛坐下，便覺有人自窗外偷眼瞧自己，老婦喚道：「小榮，趕緊去做飯。」窗外婢女高聲答應。兩人閒聊，王子服介紹了自己家世。老婦說：「公子的外祖父，是否姓吳？」王子服回答稱是。老婦驚訝的說：「這麼說來，你是我外甥，令堂是我妹子。近年家中貧困，又無男人，沒能與妹妹互通音訊。外甥都長這麼大了，我還不認識呢！」王子服說：「此番前來正是爲了探訪阿姨，匆促而來，忘了問清姓氏。」老婦說：「老身夫家姓秦，並無生育；僅有一女，也是庶出，其母改嫁，贈我養育。也不太笨，只缺人管束，整天嬉鬧不知愁。等會兒，我讓她前來拜見。」

不久，婢女將飯備妥，菜色頗豐。老婦勸他用餐，用畢，婢女前來收拾餐具。老婦對她說：「叫寧姑娘來。」婢女答應而去。過了些許時間，隱約聽見門外傳來笑聲，老婦又喚：「嬰寧，你表哥在此。」

門外女子嗤笑不已，婢女將她推進屋裡，嬰寧仍掩著嘴，笑聲不斷。老婦瞪視她：「有客人在，嘻嘻哈哈的，成何體統？」嬰寧忍笑而立，王子服朝她作揖。老婦介紹道：「這是王公子，你姨媽的兒子。一家人見面也不認識，眞是笑死人了。」王子服問：「寧妹妹今年芳齡幾何？」老婦沒聽清楚，王子服又問了一遍。嬰寧笑得直不起腰。老婦對他說：「我剛才說她欠缺管教，正是這副模樣；已經十六歲了，還癡傻如嬰孩。」王子服說：「表妹比我小一歲。」老婦說：「外甥已經十七歲了，莫非是庚午年生、肖馬？」王子服點頭稱是。老婦又問：「你的媳婦是誰？」王子服說自己尚未婚娶。老婦說：「如外甥你的才貌，何以十七歲還沒訂親？嬰寧也無婆家，你們兩人極相配，只可惜近親婚配有些忌諱。」王子服不言，只目不轉瞬的注視嬰寧。婢女對嬰寧說：「他目光閃爍，賊性未改！」嬰寧又大笑，回頭看婢女：「咱們去看看碧桃開花了沒？」說完起身，以袖掩口，小步走出，一到門外便放聲大笑。老婦也站起身，喚婢女爲王子服整理床鋪，說：「外甥好不容易來一趟，應當住上三五日，遲些時候再送你返家。若嫌這裡無聊，屋舍後有小園，可供打發時間，家裡也有書可讀。」

翌日，王子服來到屋後，果有庭園半畝，草地修整如毯，柳絮散落小徑；有茅屋三間，四處遍植花木。他穿過花徑，小步行走，聞樹上傳來蘇蘇聲響，抬頭一看，見嬰寧在上面。她看到王子服前來，狂笑不止，差點掉落。王子服說：「當心點，要摔下來了！」嬰寧一邊下樹一邊笑，不能自止。才剛落地，一不小心失手落下，這才止住笑。王子服上前攙扶，偷偷掐了一下她手腕。嬰寧又開始笑，倚靠著樹沒法行走，許久才止住笑。待她笑完，王子服這才拿出袖中枯花，嬰寧接過，問：「花都枯了，你還留著

做甚？」王子服說：「這是元宵節時妹子所遺，我一直保存至今。」嬰寧問：「你留著有何用意？」王子服說：「表示我對你念念不忘。自從元宵節那日相遇，相思成疾，以爲自己快死了，不想還能再見到你，只望你憫我此番相思之苦。」嬰寧說：「這等小事，你我親戚一場，有什麼好吝惜的！待你歸家之時，我當喚老奴將這園中花朵剪下一大綑讓你帶回。」王子服說：「妹子是眞傻嗎？」嬰寧問：「何以見得我傻？」王子服說：「我不是喜歡花，我是喜歡持花之人。」嬰寧說：「你我是表兄妹，相親相愛是應當的。」王子服說：「我所說的愛，不是表兄妹之間那種友愛，乃夫妻間的情愛。」嬰寧說：「什麼差別？」王子服說：「夫妻夜晚要同眠共枕。」嬰寧低頭想了很久，說：「我不習慣和陌生人同睡。」兩人話未說完，婢女悄悄前來，王子服惶恐，趕忙溜走。

不久，兩人一塊兒去見老婦。老婦問：「你們倆跑哪兒去了？」嬰寧答稱在花園與表哥聊天。老婦說：「飯已煮好許久，有什麼話，居然聊了那麼久？」嬰寧說：「表哥說要和我一起睡。」她話還沒說完，王子服便感周身不自在，趕緊瞪視，嬰寧微笑，才未繼續往下說。幸好老婦重聽不聞，王子服急忙轉移了話題。又小聲責備嬰寧，她反問：「這話難道不該說嗎？」王子服說：「這是我倆之間的悄悄話。」嬰寧說：「瞞別人可以，怎能連母親也瞞。而且睡覺是尋常事，有何好忌諱？」王子服恨她癡傻，無法讓她明白。吃完飯，見到王家差遣下人騎雙驢來尋王子服。

先前，王母在家等候許久始終不見兒子返家，遂起疑，遍尋村子，不見其蹤，便前去相詢吳生。吳生回想曾對王子服說過的話，要王母往西南方村子去尋。經過了數個村子，才找到這裡。王子服出門，正巧

相遇，便入屋告知老婦，希望嬰寧與自己一起返家。老婦大喜：「我早有此意。只是，老邁之軀無法出遠門，外甥可帶妹子同去，認識阿姨，當眞再好也沒有！」她喚嬰寧前來，嬰寧笑著來到，老婦說：「有何好高興的，一直笑個不停？如若不笑，就是個正常人了。」又怒視嬰寧，說，「你表哥要你和他一塊兒返家，你可去整理行裝。」又招待王家人吃飯，這才送他們出門，又囑咐嬰寧：「你阿姨家田產豐裕，可以養閒人。到了那裡就住下，學些詩書禮節，將來也好侍奉公婆。且勞煩阿姨，爲你擇一良婿。」兩人立刻出發，來到山坳回頭望去，依稀可見老婦倚門北望。

回到家，王母見容貌如花的美人，驚問此爲何人。王子服答稱是阿姨的女兒。王母說：「日前吳生跟你說的那些話，都是騙你的。我沒有姊姊，哪裡有外甥女？」王母便問嬰寧，她答：「我不是母親生的。父親姓秦，他死時，我還在襁褓中，沒有印象。」王母說：「不錯，我是有個姊姊嫁給姓秦的人家，但已過世許久，哪裡還活著？」便詳細詢問老婦體貌特徵，全都符合。她覺奇怪，又問：「是了。但死了多年，哪裡還能活著？」正疑慮之時，吳生來了，嬰寧迴避入內室。吳生詢問緣由，愣了許久，忽問：「此女名喚嬰寧嗎？」王子服說是。吳生極稱怪事，王子服問此話怎說，吳生答：「秦家姑媽過世後，姑丈沒再娶，受狐妖侵擾，最後病死。狐妖生女名喚嬰寧，以布包裹著，睡在床上，家人都見過的。姑丈死後，狐妖還時常來，後來求了天師符貼在牆上，狐妖這才帶著女兒離開。此女該不會是狐妖之女吧？」兩人正互相猜疑，只聞內室傳來嬰寧的笑聲。王母說：「此姑娘太傻氣。」吳生請求見她一面。王母入內室，嬰寧只顧著笑不理人。王母催促出來見客，這才忍住笑，又朝牆壁穩下情緒，走了出來。她才朝吳生一拜，便趕緊衝入內室，放聲大笑。屋子裡所有的婦女，都被嬰寧的笑聲感染了歡樂氣氛。

吳生要王子服領他前往嬰寧所住村子，欲向嬰寧的養母提親。他尋至村子，房舍全無，僅零星幾朵山花而已。吳生回憶姑丈下葬處似離此不遠，墳墓爲雜草淹沒，無法辨識，驚訝感嘆而回。王母疑心嬰寧是鬼，入內室將吳生所述轉告嬰寧，嬰寧也不驚訝；王母又感嘆她無家可歸，嬰寧也無悲傷神色，只傻笑不停。眾人都猜不透。王母要她與自家么女同睡。天剛亮她便來請安，女紅也做得很精巧，只是喜歡笑，旁人勸阻不來，然她笑起來甚美，狂而不損其媚，每個人都爲她的歡欣之情所感染，鄰家的女兒、少婦無不爭相與她結交。王母擇了黃道吉日讓她與王子服成婚，但始終懼怕她是鬼。王母偷偷在白天窺視，嬰寧形影與常人無異。到了大婚當日，要嬰寧盛裝打扮，行新娘之禮；她不斷的笑，無法行禮，這才作罷。王生認爲她憨傻，恐她洩漏閨房私密事；然嬰寧能守祕密，未向人洩漏半句。王母每擔憂憤怒，只要嬰寧一來，一笑便化解；奴婢犯了小錯，恐遭王母鞭打，便求嬰寧先去和王母聊天，犯錯的奴婢再進去，便能免罰。嬰寧極爲愛花，要求親朋好友代尋奇花異卉；她偷偷典當金釵，買了上等花種，數個月後，家中無論臺階或籬笆、茅廁，四周全種滿花卉。

庭院後方有木香一架，靠近西鄰。嬰寧時常攀至架上，摘花簪在頭上賞玩。王母有時見到，加以訓斥，然她始終不改此習。有天，西鄰人家之子見到嬰寧，爲其容貌傾倒，一直凝視著她。嬰寧也不避諱的對他笑，男子以爲嬰寧對自己有意，心神蕩漾。嬰寧指著牆底，笑著從花架爬下，男子以爲她暗示相約之處，心中大悅。傍晚前往，嬰寧果然在此。男子想輕薄她，突覺下體爲銳利之物所刺，痛徹心扉，大聲叫

嚷而跌倒。仔細一看，並非嬰寧，乃一枯木倒在牆邊，方才交媾之處則是雨水淋濕木頭所形成的小凹洞。鄰家老父聽聞兒子慘叫，趕緊跑來相詢，男子只呻吟不語，直至妻前來，才實情相告。

老翁拿燭火一照，枯木洞中有隻大蠍，像小螃蟹那般大，便打碎木頭，捉出蠍子殺了，將兒子揹回家，半夜即死。老翁告上官府，揭發嬰寧是妖物。知縣一向仰慕王子服才學，深知其爲品行敦厚的讀書人，聲稱鄰家老翁誣告，欲施以杖刑。王子服爲其求情，求知縣赦免，知縣釋放老翁，逐出衙門。王母聽聞此事，責備嬰寧：「看你整日傻笑，我早知道整天嘻嘻哈哈必招致禍患。幸好知縣是明理之人，未牽連吾兒；若換成糊塗的官老爺，必將你捉去公堂對質，到那時吾兒有何顏面見親戚朋友？」嬰寧收斂笑容，下定決心不再笑了。王母說：「人都會笑，但要看時機場合。」從此，嬰寧竟不再笑，就算逗她，也不笑；但整日未見愁容便是。

一晚，嬰寧朝著夫君流淚。王子服覺得奇怪，她哽咽說道：「以前與你相處時日還不久，若告知實情，恐怕嚇著你。今日，看婆婆與夫君皆對我疼愛有加，直言相告或許沒關係吧？我乃狐妖所生，生母離去前，將我託付鬼母，我們母女相依十餘年，才有今日的我。我又無兄弟，只能依靠夫君。鬼母至今仍孤寂的待在荒山野嶺，無人憐憫，沒法與丈夫合葬，在九泉之下常以此爲憾事。若你不怕花錢，何不讓已死之人消解怨恨，好讓那些生養女兒之人不再捨得溺死或遺棄女嬰。」王子服答允，但擔憂鬼母之墳已爲野草掩蓋，嬰寧只說無須擔憂。即日，夫妻倆以車載運棺材前往。嬰寧在荒煙蔓草中指點鬼母埋葬處，就地挖掘，果然找到屍體，體膚仍保存完好。嬰寧撫屍痛哭。兩人抬回棺材，找到鬼母丈夫之墳將兩人合葬。

當晚，王子服夢見鬼母前來道謝，醒來後告知嬰寧此事。嬰寧說：「我昨晚見到了母親，她囑咐我別驚動你。」王子服怨她未將鬼母留下，嬰寧答：「它是鬼，此地活人多，陽氣盛，它如何能久待？」王子服詢問了小榮的去處，嬰寧說：「牠也是狐，狐母留牠下來照顧我，牠常拿東西餵我，此恩德我常記掛在心。昨日問鬼母，說牠已嫁人了。」後逢寒食節，夫妻倆便到秦氏墓前祭拜掃墓。過了一年，嬰寧產下一子，尚在襁褓，卻不怕生，見人就笑，大有乃母之風。

記下奇聞異事的作者如是說：「別看嬰寧孜孜傻笑，似全無城府，於牆下惡整西邊鄰人之子，也算很聰慧的了。後來，哀戚懷念鬼母，反笑為哭，大概是藉著笑聲隱藏自己悲哀的身世吧！我聽說山裡長著一種名叫『笑矣乎』的草，聞之使人笑個不停。居家種植此草，合歡花、忘憂草全都相形失色，至於解語花，我還嫌它太矯揉造作呢！」

聶小倩

甯采臣，浙人1。性慷爽，廉隅2自重。每對人言：「生平無二色3。」適赴金華4，至北郭，解裝蘭若5。寺中殿塔壯麗；然蓬蒿6沒人，似絕行蹤。東西僧舍，雙扉虛掩；惟南一小舍，扃鍵7如新。又顧殿東隅，修竹拱把8；下有巨池，野藕已花。意甚樂其幽杳。會學使按臨9，城舍價昂，思便留止，遂散步以待僧歸。日暮，有士人來，啟南扉。甯趨為禮，且告以意。士人曰：「此間無房主，僕亦僑居。能甘荒落，旦晚惠教，幸甚。」甯喜，藉藁10代牀，支板作几，為久客計。是夜，月明高潔，清光似水，二人促膝殿廊，各展姓字。士人自言：「燕姓，字赤霞。」甯疑為赴試諸生11，而聽其音聲，殊不類浙。詰12之，自言：「秦人。」語甚樸誠。既而相對詞竭，遂拱別歸寢。

甯以新居，久不成寐。聞舍北喁喁13，如有家口14。起伏北壁石窗下，微窺之。見短牆外一小院落，有婦可四十餘；又一媼衣黷緋15，插蓬沓16，鮐背龍鍾17，偶語月下。婦曰：「小倩何久不來？」媼云：「殆好至矣。」婦曰：「將無向姥姥有怨言否？」曰：「不聞，但意似蹙蹙18。」婦曰：「婢子不宜好相識！」言未已，有一十七八女子來，彷彿豔絕。媼笑曰：「背地不言人，我兩個正談道，小妖婢悄來無迹19響。幸不訾20著短處。」又曰：「小娘子端好是畫中人，遮莫21老身是男子，也被攝魂去。」女曰：「姥姥不相譽，更阿誰道好？」婦人女子又不知何言。甯意22其鄰人眷口，寢不復聽。又許時，始寂無聲。方將睡去，覺有人至寢所。急起審顧，則北院女子也。驚問之。女笑曰：「月夜不寐，願修燕好。」甯正容曰：「卿防物議，我畏人言；略一失足，廉恥道喪。」女云：「夜無知者。」甯又咄[23]之。女逡巡[24]若復有詞。甯叱：「速去！不然，當呼南舍生知。」女懼，乃退。至戶外復返，以黃金一鋌[25]，置褥上。甯掇擲庭墀[26]，曰：「非義之物，污吾囊橐[27]！」女慚，出，拾金自言曰：「此漢當是鐵石。」

詰旦[28]，有蘭溪[29]生攜一僕來候試，寓[30]於東廂，至夜暴亡。足心有小孔，如錐刺者，細細有血出。俱莫知故。經宿，僕一死，症亦如之。向晚，燕生歸，甯質之，燕以為魅。甯素抗直，頗不在意。宵分，女子復至，謂甯曰：「妾閱人多矣，未有剛腸如君者。君誠聖賢，妾不敢欺。小倩，姓聶氏，十八夭殂[31]，葬寺側，輒被妖物威脅，歷役賤務；覥[32]顏向人，實非所樂。今寺中無可殺者，恐當以夜叉[33]來。」甯駭求計。女曰：「與燕生同室可免。」問：「何不惑燕生？」曰：「彼奇人也，不敢近。」問：「迷人若何？」曰：「狎昵[34]我者，隱以錐刺其足，彼即茫若迷，因攝血以供妖飲；又或以金，非金也，乃羅剎[35]鬼骨，留之能截取人心肝：二者，凡以投時好耳。」甯感謝。問戒備之期，答以明宵。臨別泣曰：「妾墮玄海，求岸不得。郎君義氣干雲，必能拔生救苦。倘肯囊妾朽骨，歸葬安宅，不啻[36]再造。」甯毅然諾之。因問葬處，曰：「但記取白楊之上，有烏巢者是也。」言已出門，紛然而滅。

明日，恐燕他出，早詣邀致。辰後具酒饌，留意察燕。既約同宿，辭以性癖耽寂。甯不聽，強攜臥具來。燕不得已，移榻從之。囑曰：「僕知足下丈夫，傾風良切。要有微衷，難以遽白[37]。幸勿翻窺篋襆[38]，違之，兩俱不利。」甯謹受教。既而各寢。燕以箱篋置窗上，就枕移時，齁如雷吼。甯不能寐。近一更許，窗外隱隱有人影。俄而近窗來窺，目光睒閃[39]。甯懼。方欲呼燕，忽有物裂篋而出，耀若匹練，觸折窗上石櫺[40]，欻[41]然一射，即遽斂入，宛如電滅。燕覺而起，甯偽睡以覘[42]之。燕捧篋檢徵，取一物，對月嗅視，

白光晶瑩，長可二寸，徑韭葉許。已而數重包固，仍置破篋中。自語曰：「何物老魅，直爾大膽，致壞篋子。」遂復臥。甯大奇之，因起問之，且以所見告。燕曰：「既相知愛，何敢深隱。我，劍客也。若非石櫺，妖當立斃；雖然，亦傷。」問：「所緘[43]何物？」曰：「劍也。適嗅之，有妖氣。」甯欲觀之。慨[44]出相示，熒熒[45]然一小劍也。於是益厚重燕。明日，視窗外，有血跡。遂出寺北，見荒墳纍纍，果有白楊，烏巢其顛。迨營謀[46]既就，趣裝欲歸。燕生設祖帳，情義殷渥。以破革囊贈甯，曰：「此劍袋也，寶藏可遠魑魅[47]。◆」甯欲從授其術。曰：「如君信義剛直，可以為此；然君猶富貴中人，非道中人也。」甯乃託有妹葬此，發掘女骨，斂以衣衾[48]，賃舟而歸。

甯齋臨野，因營墳葬諸齋外。祭而祝曰：「憐卿孤魂，葬及蝸居，歌哭相聞，庶不見陵於雄鬼。一甌[49]漿水飲，殊不清旨，幸不為嫌。」祝畢而返。後有人呼曰：「緩待同行！」回顧，則小倩也。歡喜謝曰：「君信義，十死不足以報。請從歸，拜識姑嫜[50]，媵御[51]無悔。」審諦之，肌映流霞，足翹細筍，白晝端相，嬌豔尤絕。遂與俱至齋中。囑坐少待，先入白母。母愕然。時甯妻久病，母戒[52]勿言，恐所駭驚。言次，女已翩然入，拜伏地下。甯曰：「此小倩也。」母驚顧不遑[53]。女謂母曰：「兒飄然一身，遠父母兄弟。蒙公子露覆，澤被髮膚，願執箕帚[54]，以報高義。」母見其綽約可愛，始敢與言，曰：「小娘子惠顧吾兒，老身喜不可已。但生平止此兒，用承祧緒[55]，不敢令有鬼偶。」女曰：「兒實無二心。泉下人，既不見信於老母，請以兄事，依高堂，奉晨昏，如何？」母憐其誠，允之。即欲拜嫂。母辭以疾，乃止。

女即入廚下，代母尸饔[56]，入房穿榻，似熟居者。日暮，母畏懼之，辭使歸寢，不為設牀褥。女窺知母意，即竟去。過齋欲入，卻退，徘徊戶外，似有所懼。生呼之。女曰：「室有劍氣畏人。向道途之不奉見者，良以此故。」甯已悟為革囊，取懸他室。女乃入，就燭下坐。移時，殊不一語。久之，問：「夜讀否？妾少誦楞嚴經[57]，今強半遺忘，浼[58]求一卷，夜暇，就兄正之。」甯諾。又坐，默然，二更向盡，不言去。甯促之。愀然曰：「異域孤魂，殊怯荒墓。」甯曰：「齋中別無牀寢，且兄妹亦宜遠嫌。」女起，容顰蹙[59]而欲啼，足恇儴[60]而懶步，從容出門，涉階而沒。甯竊憐之。欲留宿別榻，又懼母嗔。女朝旦朝母，捧匜沃盥[61]，下堂操作，無不曲承母志。黃昏告退，輒過齋頭，就燭誦經。覺甯將寢，始慘然去。

先是，甯妻病廢，母劬不可堪；自得女，逸甚。心德之。日漸稔，親愛如己出，竟忘其為鬼；不忍晚令去，留與同臥起。女初來未嘗食飲，半年漸啜稀餰[62]。母子皆溺愛之，諱言其鬼，人亦不之辨也。無何，甯妻亡。母陰有納女意，然恐於子不利。女微窺之，乘間告母曰：「居年餘，當知兒肝鬲[63]。為不欲禍行人，故從郎君來。區區無他意，止以公子光明磊落，為天人所欽矚，實欲依贊三數年，借博封誥[64]，以光泉壤[65]。」母亦知其無惡，但懼不能延宗嗣。女曰：「子女惟天所授。郎君註福籍，有亢宗子三，不以鬼妻而遂奪也。」母信之，與子議。甯喜，因列筵告戚黨。或請覿[66]新婦。女慨然[67]華妝出，一堂盡眙[68]，反不疑其鬼，疑為仙。由是五黨[69]諸內

眷，咸執贄[70]以賀，爭拜識之。女善畫蘭梅，輒以尺幅酬答，得者藏什襲[71]以為榮。

一日，俛頸[72]窗前，怊悵若失。忽問：「革囊何在？」曰：「以卿畏之，故緘置他所。」曰：「妾受生氣已久，當不復畏，宜取挂[73]牀頭。」甯詰其意，曰：「三日來，心怔忡無停息，意金華妖物，恨妾遠遁，恐旦晚尋及也。」甯果攜革囊來。女反復審視，曰：「此劍仙將盛人頭者也。敝敗至此，不知殺人幾何許！妾今日視之，肌猶粟慄[74]。」乃懸之。次日，又令移懸戶上。夜對燭坐，約甯勿寢。欻有一物，如飛鳥墮。女驚匿夾幙[75]間。甯視之，物如夜叉狀，電目血舌，睒閃攫拏[76]而前。至門卻步；逡巡久之，漸近革囊，以爪摘取，似將抓裂。囊忽格然一響，大可合簣；怳惚有鬼物，突出半身，揪夜叉入，聲遂寂然，囊亦頓縮如故。甯駭詫。女亦出，大喜曰：「無恙矣！」共視囊中，清水數斗而已。後數年，甯果登進士。女舉一男。納妾後，又各生一男，皆仕進有聲[77]。

1 浙人：浙江人氏。
2 廉隅：品行端正。隅，讀作「魚」。
3 二色：納妾、外遇。
4 金華：地名，今浙江省金華市。
5 蘭若：此指寺院。
6 蓬蒿：指野草。蒿，讀作「郝」的一聲。
7 扃鍵：門鎖。扃，讀作「窘」的一聲，當名詞用，指門閂。
8 修竹拱把：修長的竹子有雙手合圍那麼粗。
9 學使按臨：提督學政至所屬各級縣市主持歲試與科試。學使：官名，指提督學政，掌管教育行政及各省學校生員的升降考核，又名文宗、學道、學政等。
10 藁：乾枯的草。同今「槁」字，是槁的異體字。
11 諸生：秀才。
12 詰：讀作「傑」，問。
13 喁喁：讀作「魚魚」，低聲說話的聲音。
14 家口：原意為家中的人口，此應指宅子裡的人。

15 媼：讀作「棉襖」的襖，指老婦人。同今「媪」字，是媪的異體字。黯緋：變色的紅衣。黯，讀作「夜」，變色。
16 蓬沓：古代婦女的髮飾，約一尺長的大銀櫛。沓，讀作「踏」。
17 鮐背龍鍾：駝背的老人。鮐，讀作「臺」。
18 蹙蹙：憂慮不安。
19 迹：蹤跡、行跡、痕跡。同今「跡」字，是跡的異體字。
20 呰：讀作「紫」，詆毀、說壞話。
21 遮莫：如果、假若。
22 意：猜想、揣測，通「臆」字。
23 咄：讀作「惰」，喝斥、怒罵。
24 逡巡：徘徊不前進。逡，讀作「群」的一聲。
25 鋌：讀作「定」，金錠。
26 墀：讀作「持」，臺階上的平地。
27 橐：讀作「陀」，袋子。
28 詰旦：翌日早晨。
29 蘭溪：古縣名，今浙江省金華市東北。

30 寓：寄人籬下、暫住。

31 夭殂：短命、早夭。殂，讀作「醋」的二聲。

32 靦：讀作「勉」，羞愧的樣子。同今「靦」字，是靦的異體字。

33 夜叉：佛教典籍中，一種凶惡的鬼。

34 狎昵：讀作「霞逆」，親密。此處指親熱，男女交歡之意。

35 羅剎：佛教梵語的音譯。印度神話中的惡魔，一種能走、能飛，牙爪銳利，專食人血、人肉的惡鬼。

36 不啻：宛如、無異。啻，讀作「斥」。

37 遽白：匆促之間難以說明。遽，匆忙。白，讀作「博」，告訴、告知。

38 篋：讀作「竊」，置物箱。襆，讀作「樸」，包袱、行囊。

39 睒閃：眼睛閃閃發光。睒，讀作「閃」。

40 櫺：讀作「凌」，窗戶框上或欄杆上雕花的格子。

41 欻：讀作「乎」，忽然之意。同今「欻」字，是欻的異體字。

42 覘：讀作「沾」，觀看、察視。

43 緘：讀作「肩」，封藏。

44 慨：讀作「凱」，大方不小氣。

45 熒熒：讀作「迎迎」，微弱光影閃動的樣子。

46 營謀：此指將事情安排妥當，處理完畢。

47 魑魅：讀作「癡媚」，山野中的鬼怪精靈。

48 衣衾：此指辦理喪事的器具，壽衣、蓋在死者身上的白紙等。衾：讀作「親」，被子。

49 甌：讀作「歐」，喝酒、飲茶的碗杯。

50 姑嫜：公婆。嫜，讀作「章」。

51 媵御：侍妾。媵，讀作「硬」，古代之陪嫁女。

52 戒：警告、告誡。

53 驚顧不遑：慌亂得不知如何是好。不遑，慌亂。

54 執箕帚：託付終身，嫁他作侍妾。

55 承祧緒：傳承香火。祧緒：祭祀祖先；祧，讀作「挑食」的挑。

56 尸饔：打理烹飪飲食之事。饔，讀作「傭」。

57 楞嚴經：佛教典籍，《大佛頂如來密因修證了義諸菩薩萬行首楞嚴經》的簡稱，屬於如來藏系的著作，主張一切法都是心的顯現。吾人之心原本清淨無染污，眾生不知心本清淨，為一切事物生死流轉所惑（佛教認為一切會變動之事皆虛幻，即在經驗世界中一切事物無不處在變動中，故為虛幻。而凡夫往往執著於事物目前的狀態，不明事物之本質皆為變動，故產生種種困苦），當修禪定而證悟解脫。

58 浼：讀作「每」，拜託、請求。

59 顰蹙：皺眉蹙額，憂心忡忡。

60 恇儴：此指徘徊不前。恇：讀作「框」，急迫不安貌。同今「劻」字，是劻的異體字。

61 捧匜沃盥：伺候梳洗。匜，讀作「宜」，裝水的容器。

62 稀饘：稀粥。饘，讀作「椅」。

63 肝鬲：此指心腸。

64 封誥：朝廷頒布詔令，封賜爵號給臣子的親屬。

65 泉壤：九泉，指人死後埋葬處。

66 覿：讀作「迪」，見。

67 慨然：爽快、不猶豫。慨，讀作「凱」。

68 眙：讀作「斥」，盯著瞧。

69 五黨：泛指所有的親戚。

70 執贄：贈送見面禮。贄，讀作「至」。

71 什襲：層層包覆，意即珍重收藏。

72 俛頸：低頭。同今「俯」字，是俯的異體字。

73 挂：讀作「掛」，懸吊之意，通「掛」字。

74 粟慄：懼怕得皮膚起了雞皮疙瘩。粟，指皮膚因寒冷而起雞皮疙瘩。

75 幙：帷幕。同今「幕」字，是幕的異體字。

76 攫：讀作「決」，用爪子抓取。拏：同今「拿」字，是拿的異體字。

77 仕進有聲：在朝中做官頗有名聲。

◆**但明倫評點**：信義剛直，自與劍客臭味相投。革囊之贈，非同泛泛。

甯采臣為人剛正，守信又講義氣，自然與燕赤霞這等劍客臭味相投。燕以劍袋贈甯，日後助他脫離妖物的迫害，此情義非同一般。

浙江人氏甯采臣，性格爽快，品行端正，莊重自持，時常對人說：「生平無外遇。」他前往金華，來到北城，至一間寺院歇息。寺中殿塔壯麗，然野草長得頗高，久無人跡。東西側僧侶舍房皆雙門虛掩，僅南邊一小屋門鎖簇新。又見大殿東面一角，竹子長得既高且粗；臺階下有個大池塘，裡頭野生蓮藕已然開花。他喜此處幽靜；正逢提督學政前來金華主持考試，城中住宿價格上漲，便想留宿此寺院，隨意走走，等待寺院僧侶回返。傍晚，有個讀書人前來，打開南邊小屋的門。甯采臣向他施禮，告知來意，那人說：「這間屋子沒有屋主，我亦來此暫住。你若能在此荒宅住下，我倆也能做伴，早晚惠蒙指教，十分榮幸。」甯采臣很高興，將乾草鋪於地當作臨時的床，拿幾塊木板當作茶几，打算在此長住。當晚，明月懸空，月光清涼似水，兩人在大殿走廊促膝閒聊，各自報上姓名。那名讀書人自我介紹：「我姓燕，字赤霞。」甯采臣原以為他是赴考的秀才，但聽口音不像浙江人，便相詢來自何處。燕赤霞答：「我是陝西人。」言談之間甚為誠懇質樸。兩人也想不出其他話題可聊，便拱手施禮各自返回就寢。

甯采臣剛搬到一處陌生地方，許久無法入睡，聽聞北邊屋舍有人低聲說話，似有人居住，便起床蹲伏北壁窗下偷看。見短牆外有一小院落，有名年約四十餘歲的婦人，又有一老婦身穿褪色紅衣、頭上插著約一尺長的大銀櫛，駝著背，老態龍鍾的模樣，兩人在月下說話。婦人問：「小倩怎麼這麼久還不來？」姥姥說：「差不多快來了。」婦人又問：「她該不會對姥姥您有所怨言吧？」姥姥說：「沒聽她說過，但她似乎悶悶不樂。」婦人說：「這小丫頭，絕不要給她好臉色看！」兩人還未說完，有名十七八歲的女子前來，似美豔絕倫。姥姥笑道：「都說別在背地裡說人閒話，我倆正談到你，小妖女走路也沒個聲響。幸好我們沒說你壞話。」又說，「你這小妮子活脫畫裡走出來的人物，如若我是男人，魂魄也會被你攝去。」女子答：「這裡除了姥姥，還有誰會讚美我呢？」三人不知又說了些什麼，甯采臣以為是鄰居家眷，便返回睡覺不再偷聽。又過一會兒，院內才寂靜無聲。正要睡去，察覺有人進到屋裡，忙起身細瞧，原來是剛才北院那名年輕女子。他驚訝問道三更半夜進來房間做什麼，女子笑說：「月色如此皎潔，我睡不著，想與公子共度良宵。」甯采臣正色說：「你要小心別人非議，我怕人對我指指點點；走錯一步，便喪失廉恥，將敗壞名聲。」女子說：「這麼晚了，沒人知道的。」甯采臣又斥責她。女子在室中徘徊，口中似唸唸有詞，甯采臣喝斥：「快走！否則我要大喊住在南院的燕兄前來！」女子害怕，離去；才剛步出又返回，將一錠黃金放於被褥之上。甯采臣拿起金錠朝庭院扔去，說：「不義之財，玷污我錢袋！」女子慚愧，步出了門，撿起金錠，喃喃自語：「這漢子心腸是鐵石鑄的。」

翌日早晨，有位住東邊廂房、來自浙江金華東北的讀書人，帶著僕人前來準備應考，於昨晚暴斃。腳心有小孔，似被錐子刺傷，有血從傷口流出。大夥都不知是何緣由。又過一晚，僕人也死了，情狀與主人相同。傍晚，燕赤霞回來，甯采臣問他對此事看法，燕赤霞認為是鬼魅作祟。甯采臣一向行得正、坐得端，並不在意。夜裡，那名女子又來，對甯采臣說：「我閱人無數，沒有一個像你這般心意堅定。你是聖賢之輩，我不敢欺瞞你。我姓聶，名喚小倩，十八歲便夭折，葬在這寺院旁，常被此處妖怪威脅，替它做傷天害理之事。厚顏無恥迷惑男人，實非我所願。現今寺中已無可殺之人，恐怕那妖怪會派夜叉前來索你命。」甯采臣驚懼，詢問該如何是好，女鬼答：「你與燕赤霞同居一室，可免此災厄。」他又問：「為何

不去迷惑燕赤霞？」女鬼答：「他是身懷奇術之人，我不敢靠近。」甯采臣問：「你如何迷惑男人？」女鬼答：「與我親密之人，我暗中以錐子刺他腳心，他便昏昏沉沉，然後攝取其血供妖物飲食；又或者拿羅刹鬼骨變成的金子，留在房中，以取人心肝；此二法，皆投其所好。」甯采臣感謝女鬼前來示警，詢問夜叉何時來，答稱就在明晚。臨別時，女鬼泣訴：「我淪陷苦海，不得超脫。你為人義薄雲天，定能救我脫離苦海。若肯替我收骸骨、運回家安葬，恩同再造。」甯采臣毅然答允，便問葬身之處，女鬼說：「只要記得白楊樹上有烏鴉築巢的那株就是了。」說完便步出門外，消失無蹤。

翌日，甯采臣恐燕赤霞外出，早早邀他前來。上午九點過後，便備妥酒菜，留意其舉動。夜晚又邀他同房而睡，燕赤霞以自己個性孤僻、喜愛清靜為由推辭。甯采臣不理會，硬攜寢具而至。燕赤霞不得已，只好挪動床榻，騰出了空位，又囑道：「我知道閣下是正人君子，素來傾慕你人品。我有隱衷，不便相告，你莫要翻看我箱子包袱，否則我們二人都要遭殃。」甯采臣謹遵囑付。夜晚兩人各自安寢。燕赤霞將箱子放在窗上，剛躺下沒多久，鼾聲如雷鳴。甯采臣被他吵得無法入睡。晚間快要九時，窗外隱約見人影。不久，人影走近窗戶窺探，雙目閃閃發光。甯采臣心中驚懼，正欲呼喚燕赤霞，忽有東西破箱而出，光亮如白絹，撞斷窗上石櫺，忽然一射，立刻又回到箱裡，速度快似閃電，又恢復了原先寂靜。燕赤霞察覺，起身探看，甯采臣佯睡，暗中觀察。燕赤霞捧著箱子檢查，拿出一件物事，朝月光聞一聞、看一看，只見那東西白光晶瑩，長兩寸多，寬如韭菜葉。檢視完畢，以布層層包好，又放回破裂的箱中，喃喃自語：「何方老妖怪，如此大膽，竟敢破壞箱子。」又躺回了床上。甯采臣覺得奇怪，起身相詢，告知所見之事。燕赤霞答：「我倆既是朋友，也無甚可隱瞞的。我乃一名劍客，若非石櫺擋住，那妖怪便將斃命當場，雖未死，亦已重傷。」甯采臣又問箱裡封藏何物。燕赤霞道：「是劍。剛才聞過了，上面沾染了妖氣。」甯采臣表明想看，燕赤霞亦大方取出，那是一柄閃著鋒芒的短劍。自那晚之後，甯采臣更加敬重此人。翌日，甯采臣見窗外有血跡；走到寺院北角，見一座座荒墳，其中果然有株白楊樹，烏鴉築巢其上。辦完此行事務，整裝欲歸，燕赤霞情義深重，設酒宴爲他餞行，又以破皮囊相贈，說：「這是劍袋，你且收好，可防鬼魅近身。」甯采臣求他相授劍術，燕赤霞答：「像你這樣剛正不阿的人，可學劍術；只可惜你命中注定大富大貴，非我輩中人。」甯采臣託言有妹埋葬此處，便將其屍骨挖出，穿上壽衣，租船回家。

甯采臣的書齋鄰近郊外，他將聶小倩葬在書齋外，祭拜祝禱道：「我可憐你孤魂野鬼，將你葬於寒舍附近，以後相互有個照應，不爲鬼怪欺凌。略備薄酒，不成敬意，望你莫要嫌棄。」祭拜後返家，聽聞背後有人叫道：「等等我，一起走！」回頭，見那人是小倩。小倩感激的說：「你果然守信，我就算死去十次也不足爲報。請讓我跟你一起回家，拜識公婆，就算要我做妾也無怨言。」甯采臣仔細打量它一番，肌膚白裡透紅，鞋尖翹起如細筍，白日端詳，更加嬌豔動人。便讓它一起回書齋，囑咐稍待，他先進去稟告母親。甯母聞之愕然。那時，甯采臣之妻久病臥床，甯母誡告他莫要告訴妻子，以免嚇著她。說完，小倩翩然進入，跪在地上，拜見甯母。甯采臣介紹道：「這是小倩。」甯母看著它，驚慌失措，不知如何是好。小倩對甯母說：「小女子飄然一身，遠離父母兄弟。蒙公子相救，恩同再造，我願委身於他，以報大

恩。」甯母見它端莊苗條，才敢與之說話：「姑娘照顧我兒，老身甚感高興。但我只有這麼一個兒子，將來還仰仗他繼承祖業、傳宗接代，不希望他娶個女鬼做妻子。」小倩說：「小女子實無二心。既然您不相信我這個鬼，那麼請讓我與公子兄妹相稱，我將以兄長之禮相待，早晚侍奉您老，如何？」甯母憐其誠心，便答應。小倩欲拜見嫂子，甯母以甯妻臥病推辭。

小倩入廚房，代甯母做飯，在屋裡忙進忙出，彷若極熟悉家中環境。夜晚，甯母懼怕它是鬼，要它回去睡，不替它準備床鋪。小倩知甯母不欲自己睡在屋裡，於是離開。路經書齋欲入，又退幾步，在門外徘徊，似有所懼。甯采臣便要它進來，小倩卻道：「你房中有劍氣，教人害怕。先前回程途中我沒敢出來相見，正是此故。」甯采臣這才想到是燕赤霞相贈的劍袋之故，便取出掛於其他房間，小倩這才進入，在燈下端坐。良久，兩人不發一語，過了一段時間，它才問：「公子晚上讀書麼？我年幼時誦讀《楞嚴經》，現今遺忘大半。想跟你借一卷，待夜晚閒暇時拿來讀，也請兄長指點。」甯采臣遂允諾。兩人又坐著，默默無語，晚間十一時將過，小倩卻無離開之意。甯采臣促它離開，小倩卻道：「我乃異鄉孤魂，害怕獨自待在荒野孤墳裡。」甯采臣說：「我這書齋僅一張床榻，我倆既以兄妹相稱，應該避嫌。」小倩只好起身，神情憂傷欲哭，想走卻邁不出步伐，最後仍從容走出房門，走下臺階消失。甯采臣心中雖暗自可憐它，想留它睡在其他床鋪，又怕母親不悅。小倩一早便向甯母請安，打水伺候甯母梳洗，一手包辦家事，全照甯母意思去做。黃昏便告退，來到書房，就著燭光誦經；察覺甯采臣要就寢，才黯然離去。

先前，甯妻臥病在床，無法操持家務，家事全由甯母來做，甚感勞累；自小倩來到家中，甯母輕鬆不

少，心中著實感念它幫忙。相處既久，甯母視如己出，竟忘了小倩是鬼，不忍它一到晚上便離開，於是留它同宿。小倩初來時不曾喝水吃飯，半年後漸漸可吃稀粥。甯家母子都很疼愛它，不說它是鬼，旁人也分辨不出。沒多久，甯妻亡。甯母有意爲甯采臣續弦小倩，又懼怕它是鬼會對自己兒子有害。

小倩知道甯母想法，便乘機告知：「我在此住了一年多，您應該知道我的爲人。正因不想再禍害來往旅人，才隨公子前來。我無他意，只因公子行事光明磊落，神人皆讚嘆傾慕，我想留在他身邊幾年，沾他的光封個誥命夫人，也好光耀九泉。」甯母亦知它無歹意，又擔心它無法傳宗接代，小倩答稱：「命中有多少子嗣皆上天注定。郎君福澤深厚，將有三個光宗耀祖的兒子，不因娶了鬼妻，便有所改。」甯母信其話，便與兒子商議，甯采臣大喜，辦喜宴告知親戚朋友。賓客想看新娘子，小倩便盛裝而出，全場賓客看得目不轉睛，反不疑它是鬼，而疑其爲仙女。此後，所有親戚女眷無

不帶著禮物前來道賀，爭相結識它。小倩善畫蘭花與梅花，便以一小幅畫作爲謝禮，得到的人全都珍藏以爲榮。

有天，小倩俯首坐於窗前，悵然若失，忽問甯采臣：「燕赤霞送你的劍袋在哪裡？」甯采臣答：「因你懼怕，所以將它收藏在別處。」小倩說：「我受陽氣已久，已經不怕了，你將它取來掛在床頭。」甯采臣問起緣由，小倩說：「這三天來，我內心惶惶不安，想是金華妖怪恨我逃走，恐怕早晚會找到這兒來。」甯采臣便取來劍袋，小倩反覆審視：「此乃劍仙裝人頭用的袋子，破損至此，不知殺過多少人！現今一看，仍起雞皮疙瘩，汗毛直豎。」於是將之掛在床頭。

翌日，又讓甯采臣改懸門上。夜晚，兩人點燈對坐，相約不睡。突有一物如飛鳥墜地，小倩嚇得躲在帷幕後面，甯采臣前往一觀——妖怪形貌如夜叉，目光似閃電，帶紅色舌頭。眼睛射出電光，向前撲抓。剛到門口便止步不前，徘徊許久，逐漸靠近劍袋，以爪摘取，似要抓裂。劍袋突一聲作響，瞬即膨脹如兩個土籠大；裡面彷若有鬼物，突現出半身，將夜叉抓入，又恢復寂靜，劍袋縮了回去，如之前那般大小。甯采臣又驚又詫，小倩也步出，高興的說：「已經沒事了。」兩人一起探看袋中，僅清水數斗而已。幾年後，甯采臣果然中了進士，小倩生了個男孩；納妾後，兩名妾侍又各生一男，後皆在朝爲官，頗有官聲。

地震

康熙七年六月十七日戌刻[1]，地大震。余適客稷下[2]，方與表兄李篤之對燭飲。忽聞有聲如雷，自東南來，向西北去。衆駭異，不解其故。俄而几案擺簸[3]，酒杯傾覆；屋梁椽柱，錯折有聲。相顧失色。久之，方知地震，各疾趨出。見樓閣房舍，仆[4]而復起；牆傾屋塌之聲，與兒啼女號，喧如鼎沸。人眩暈不能立，坐地上，隨地轉側。河水傾潑丈餘，雞鳴犬吠滿城中。踰一時許，始稍定。視街上，則男女裸聚，競相告語，並忘其未衣也。後聞某處井傾仄[5]，不可汲；某家樓臺南北易向；棲霞[6]山裂；沂水[7]陷穴，廣數畝。此真非常之奇變也。

有邑[8]人婦，夜起溲溺[9]，回則狼啣其子。婦急與狼爭。狼一緩頰，婦奪兒出，攜抱中。狼蹲不去。婦大號。鄰人奔集，狼乃去。婦驚定作喜，指天畫地，述狼啣兒狀，己奪兒狀。良久，忽悟一身未著寸縷，乃奔。此與地震時男婦兩忘者，同一情狀也。人之惶急無謀，一何可笑！◆

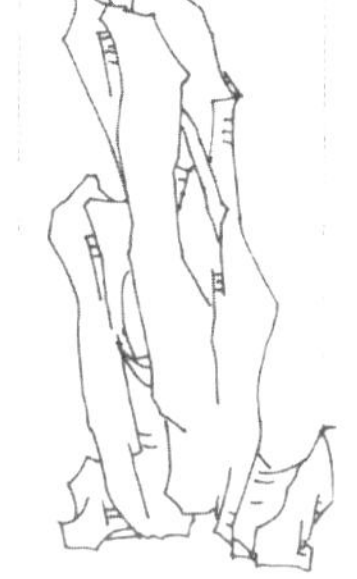

康熙七年六月十七日晚間七點到九點這段時間，發生了大地震。我當時剛好旅居臨淄北邊，正與表哥李篤之就著燭火飲酒。忽聞聲如打雷，自東南方向傳來，往西北而去。因不知是何緣故，大夥都很驚怕。不久，茶几搖晃顛簸，酒杯翻倒，屋中梁柱發出折斷聲響。眾人互視，臉色慘然。過了一段時間，才知發生了地震，眾人奔逃而出。見樓閣房屋左右搖晃，聞牆傾屋塌聲響，以及小孩、女人哭嚎聲吵鬧不休。人頭暈目眩不能站立，坐於地，隨地面震動而旋轉。河面湧起一丈高滔天巨浪，潑瀉到河岸，滿城皆雞犬鳴吠聲。過了幾個時辰，震動才減緩。見大街上男女赤身裸體聚在一起，爭著討論剛才情狀，渾然忘記身上沒穿衣。後來聽說某處的井傾倒，不能打水；某家樓臺改變方向，棲霞境內的山崩塌；沂水土地下陷，形成一個大洞，寬達數畝。這眞是非常奇特的變故。

曾聞當地有個婦人晚間起身解手，返回時，見狼叼走自己的孩子，婦人急得和狼搶起小孩。狼一鬆口，婦人便將孩子從狼口奪回，抱在懷裡。狼蹲伏於地不肯離去，婦人大喊大叫，鄰居跑到此地聚集，狼才離開。婦人這才由驚轉喜，指手畫腳敘述狼叼兒子的情景，以及自己如何從狼口搶回兒子。過了許久，她才想到自己一絲不掛，趕緊跑開。此事，與地震時男男女女忘記著衣之情形如出一轍。人在慌亂時，難免丟三落四，以至忘了穿衣，這是何等可笑！

1 康熙七年：西元一六六八年。戌刻：晚間七點至九點。
2 稷下：古地名，今山東省臨淄縣北。春秋戰國時，齊王在齊國都城臨淄的城門設稷下學宮，許多學者聚集於此講學、論說，並提供治國方針。
3 擺簸：搖晃顛簸。簸，讀作「跛」。
4 仆：讀作「撲」，倒臥、跌倒而趴在地上。
5 仄：讀作「ㄗㄜˋ」，當動詞用，傾斜、傾倒。
6 棲霞：古縣名，今屬山東省煙臺市所管轄的一個市。
7 沂水：古縣名，今屬山東省臨沂市所管轄的一個縣。沂，讀作「怡」。
8 邑：此處指縣市。
9 溲溺：讀作「搜尿」，小便。

◆何守奇評點：災異。

這是何等的災難變異！

義鼠

楊天一言：「見二鼠出，其一為蛇所吞；其一瞪目如椒，似甚恨怒，然遙望不敢前。蛇果腹，蜿蜒[1]入穴。方將過半，鼠奔來，力嚼其尾。蛇怒，退身出。鼠故便捷，欻[2]然遁去。蛇追不及而返。及入穴，鼠又來，嚼如前狀。蛇入則來，蛇出則往，如是者久。蛇出，吐死鼠於地上。鼠來嗅之，啾啾如悼息[3]，啣之而去。」友人張歷友[4]為作〈義鼠行[5]〉。◆

楊天一說：「見兩隻老鼠跑出來，一隻被蛇吞下腹，另一隻雙眼如花椒子般瞪視著蛇，似非常恨怒，只敢遠遠望之而不敢向前。蛇吃飽，爬行入山洞，身體才進入一半，老鼠便衝過來用力咬蛇的尾巴。蛇怒，退身出洞。老鼠身手矯捷，一溜煙即跑走。蛇追去，追不著又返回。待蛇入山洞，老鼠又來啃牠尾巴。蛇只要一入山洞，老鼠就咬牠尾巴；蛇爬出洞外，老鼠就逃之夭夭。就這樣，一蛇一鼠僵持許久，蛇從洞中出來，將吃下肚的死鼠吐出。那老鼠前來嗅聞死鼠同伴的屍體，發出哀鳴嘆息，叼著死屍離開了。」我的好友張歷友爲此寫了首古詩〈義鼠行〉。

1 蜿蜒：蛇爬行的樣子。

2 欻，讀作「乎」，忽然之意。同今「欻」字，是欻的異體字。

3 啾啾：狀聲詞，形容悲傷哀鳴的聲音。悼息：悲傷的嘆氣。

4 張歷友：名篤慶，字暦友，號厚齋。康熙年間的副榜貢生，蒲松齡的同鄉詩友。博極群書，而終身未仕。晚年住在山東省淄川縣的西崑崙山下，自號昆侖山人，著有《昆侖山房古詩文集》等。

5 行：古代詩歌體裁的一種。

◆**但明倫評點**：此鼠不惟義；其不輕進、不遽退，俟蛇半入穴而後嚙之，蛇出即去，蛇入復來，至蛇吐鼠而後止，嗚呼！亦智矣哉！

這隻老鼠不僅對同伴講義氣，還懂得進退有據——待蛇的身軀一半進了洞穴後才咬，蛇出來就逃走，蛇入洞就跑來咬，直到蛇將其同伴吐出來才作罷，唉！真是隻聰明的老鼠啊！

海公子

東海古蹟島，有五色耐冬花，四時不凋。而島中古無居人，人亦罕到之。登州[1]張生，好奇，喜游獵。聞其佳勝，備酒食，自掉扁舟而往。至則花正繁，香聞數里；樹有大至十餘圍者。反復留連，甚慊[2]所好。開尊[3]自酌，恨無同游。忽花中一麗人來，紅裳炫目，略無倫比。見張，笑曰：「妾自謂興致不凡，不圖先有同調。」張驚問何人。曰：「我膠娼[4]也。適從海公子來。彼尋勝翱翔，妾以艱於步履，故留此耳。」張方苦寂，得美人，大悅，招坐共飲。女言詞溫婉，蕩人神志，張愛好之。恐海公子來，不得盡歡，因挽與亂。女忻[5]從之。相狎[6]未已，忽聞風肅肅[7]，草木偃折有聲。女急推張起，曰：「海公子至矣。」張束衣愕顧，女已失去。

旋見一大蛇，自叢樹中出，粗於巨筩[8]。張懼，幛[9]身大樹後，冀[10]蛇不睹。蛇近前，以身繞人並樹，糾纏數匝[11]；兩臂直束胯間，不可少屈。昂其首，以舌刺張鼻。鼻血下注，流地上成窪，乃俯就飲之。張自分必死，忽憶腰中佩荷囊，有毒狐藥，因以二指夾出，破裹堆掌中；又側頸自顧其掌，令血滴藥上，頃刻盈把。蛇果就掌吸飲。飲未及盡，遽[12]伸其體，擺尾若霹靂聲，觸樹，樹半體崩落，蛇臥地如梁而斃矣。張亦眩莫能起，移時方蘇。載蛇而歸。大病月餘。疑女子亦蛇精也。◆

1 登州：地名，位於山東半島北端，範圍涵蓋煙臺市、威海市及青島市東部。
2 慊：讀作「竊」，當動詞用，感到滿足、歡快。
3 尊：盛酒的器具。
4 膠娼：膠州的娼妓。膠州，古地名，今屬山東省青島市所管轄的一個市。
5 忻：歡喜。同今「欣」字，是欣的異體字。

6 狎：讀作「霞」，親近。此處指親熱。
7 肅肅：狀聲詞，形容風的聲音。
8 筩：讀作「統」，竹筒。
9 幛：讀作「障」，遮蔽。
10 冀：希冀、期望。
11 匝：讀作「紮」，環繞一圈。
12 遽：就、遂。

◆**何守奇評點**：凡人跡罕到處不可遊，必有怪異，獨遊更不可。

凡是人跡罕見之處萬不可前往遊玩，必發生怪異之事，獨自前往更加不可。

東海的古蹟島生長著五彩耐冬花，四季不凋謝。島中無人居住，人跡亦罕見。登州有個姓張的人，性喜好新奇，亦喜外出遊玩打獵。聽聞此地風景甚佳，備妥酒菜，便獨自划小船前往。到了之後，花開正盛，幾里外都能聞到花香，有些樹木甚至粗若十幾圍。張生流連徘徊，心滿意足，取出酒來飲，悔恨未帶遊伴同行。忽然，花叢中走出一美麗女郎，身穿耀眼紅衣，美豔絕倫，見到張生，笑稱：「我以為只有我有興致來此，沒想到還有同道中人比我更早到。」張生驚訝，問她是誰，女子答：「我乃膠州娼妓，適才跟隨海公子前來。他倒好，四處尋勝翺翔，我卻步履維艱，只能留在此地。」張生正苦悶無人陪伴，現得此美人，心中大悅，邀她一起共飲。女子言詞溫柔婉約，令人神魂蕩漾，張生非常喜愛。他擔心海公子歸來後，無法與美人盡興，便挽起她的手，與之親熱，女子欣然迎合。兩人正親熱之際，忽聞蕭蕭風聲，草木折斷，發出聲響。女子忙推開張生起身，說：「海公子來了。」張生穿衣，驚訝四顧，女子已然不見蹤影。

不久，見一條大蛇從樹叢爬出，身軀比大竹筒還粗。張生害怕，躲在大樹後面，希望蛇沒看見自己。蛇爬近張生躲藏的大樹，連人帶樹一併纏繞數圈，張生兩手伸直被綁縛在腰間，無法動彈。巨蛇抬起頭，以舌刺張生鼻子。張生鼻子血流如注，滴於地成一灘血水，巨蛇俯身飲血。張生以為自己死定，忽思及腰間佩帶之小囊袋放了毒狐狸的藥，便以兩指夾出，撕破囊袋，將藥放於掌心，轉過頭讓鼻血滴在藥上，立即滴滿一手掌的血。巨蛇果然趨前吸飲張生掌中之血，還沒喝完，便直起身軀，尾巴擺動，發出霹靂聲響，碰撞樹，樹斷成了兩半。巨蛇躺於地，陣仗如屋子大梁般死絕。張生頭暈目眩，倒地不起，過了一會兒才醒就。他載著巨蛇回家，生了場大病，半月有餘，懷疑那名女子也是蛇精。

丁前溪

丁前溪，諸城[1]人。富有錢穀。游俠好義，慕郭解[2]之為人。御史行臺按訪[3]之。丁亡[4]去，至安丘[5]，遇雨，避身逆旅[6]。雨日中不止。有少年來，館穀豐隆；既而昏暮，止宿其家，莝豆[7]飼畜，給食周至。問其姓字，少年云：「主人楊姓，我其內姪[8]也。主人好交遊，適他出，家惟娘子在。貧不能厚客給，幸能垂諒。」問：「主人何業？」則家無貲[9]產，惟日設博場，以謀升斗。次日，雨仍不止，供給弗懈。至暮，剉芻[10]；芻束溼，頗極參差。丁怪之。少年曰：「實告客：家貧無以飼畜，適娘子撤屋上茅耳。」丁益異之，謂其意在得直[11]。天明，付之金，不受；強付少年持入。俄出，仍以反客，云：「娘子言：我非業此獵食者。主人在外，嘗數日不攜一錢；客至吾家，何遂索償乎？」丁歎贊而別。囑曰：「我諸城丁某，主人歸，宜告之。暇幸見顧。」

數年無耗[12]。值歲大饑，楊困甚，無所為計。妻漫勸詣丁，從之。至諸，通姓名於門者。丁茫不憶，申言始憶之。跴履[13]而出，揖客入。見其衣敝踵決[14]，居之溫室，設筵相款，寵禮異常。明日，為製冠服，表裏溫煖[15]。楊義之；而內顧增憂，褊心不能無少望[16]。居數日，殊不言贈別。楊意甚亟，告丁曰：「顧不敢隱，僕來時，米不滿升。今過蒙推解，固樂；妻子如何矣！」丁曰：「是無煩慮，已代經紀[17]矣。幸舒意少留，當助資斧。」走伻[18]招諸博徒，使楊坐而乞頭，終夜得百金，乃送之還。歸見室人，衣履鮮整，小婢侍焉。驚問之。妻言：「自若去後，次日即有車徒齎[19]送布帛菽粟，堆積滿屋，云是丁客所贈。又婢十指，為

妄驅使。」楊感不自已。由此小康，不屑舊業矣。

異史氏曰：「貧而好客，飲博浮蕩者優為[20]之；最異者，獨其妻耳。受之施而不報，豈人也哉？然一飯之德不忘，丁其有焉。」◆

山東諸城有個名叫丁前溪的人，家境富有，喜行俠仗義，傾慕西漢遊俠郭解的爲人。巡按御史要調查他，他便逃跑，來到安丘，遇大雨，找了間客屋躲雨。雨下至中午未見停歇，有名少年出來，以豐盛餚招待，夜晚丁前溪便寄宿於此，少年還拿飼料餵他的馬，晚飯也準備得很豐厚。丁前溪問其姓名，少年答：「我家主人姓楊，我是他的內姪。主人喜結交朋友，適才出門了，家中只有娘子在。家貧不能以好酒好菜招待貴客，還請見諒。」丁前溪問：「你家主人是做什麼的？」聽了少年所說，才知姓楊的主人並無豐厚家產，只靠設賭局爲生。翌日，雨仍然下個不停，少年依舊張羅好吃好喝的相待。

到了傍晚，少年切草餵馬，草濕，品質比前日還差。丁前溪覺得奇怪便問緣由，少年答：「我實話告訴你吧，因家中貧窮，沒有飼料餵養牲畜，這是我家娘子適才從屋頂拆下的茅草。」丁前溪覺得訝異，這家人如此相待，可能想從他這兒得到些好處。天一亮，他便拿錢給少年，少年不接受；丁前溪硬要其收下，少年拿了錢，走入內室。不久出來，少年仍歸還錢財，說：「我家娘子說，我並非以接待旅客爲生。主人外出，曾好幾天都不帶一文錢，只靠朋友接濟；有客人來我們家，又何須收取報酬呢？」丁前溪讚嘆楊氏夫妻爲人，臨別時囑咐：「我是諸城丁某人，你家主人回來，可告訴他。有空可來找我。」

過了數年，楊家主人一直未與丁前溪來往。有一年，正逢飢荒，楊某十分困頓，沒法生活，楊妻便勸他去找丁前溪，於是前往。到了諸城丁府，向守門的人通報姓名，丁前溪一時沒想起，楊某反覆說了些過往的事，這才記起。丁前溪連鞋都來不及穿，便出去迎接貴客入內。見他衣衫襤褸，便請他到溫暖的房間休息，設宴款待，十分禮遇。翌日，替他訂做新的衣帽，讓他溫暖舒適。楊某對丁前溪慷慨之舉非常感激，但想起家中飢貧交迫的妻子，心中憂慮，難免對丁前溪有些不滿。住了幾日，丁前溪仍未提要贈他金錢糧食之事，楊某內心焦急，便對丁前溪說：「實不相瞞，我前來之時，家中的米已所剩不多。現承蒙您招待，固然歡喜，可家中妻子當如何？」丁前溪答：「這你無須擔憂，我已替你安排妥當。你儘管安心在此住下，待要離開時，我會送你盤纏。」丁前溪派人將附近賭徒都找來，設賭局，設楊某抽頭，一晚便賺了一百兩銀子，這才送他返家。楊某回家見到妻子衣著光鮮亮麗，有婢女服侍，驚訝問其緣由。楊妻答：「你離開後，第二天就有人用車載來糧食、布疋，堆滿了整間屋子，說是丁前溪送的。又送了個婢女讓

我使喚。」楊某非常感動，從此生活富足，不再設賭局爲生。

記下奇聞異事的作者如是說：「貧窮卻仍好客的，往往是那些市井小民；最奇特的是楊某的妻子，受人恩惠而不思圖報，這一點也不尋常。然，不忘一飯之恩、且思圖報的，正是像丁前溪這樣的人。」

1 諸城：古地名，今屬山東省濰坊市所管轄的一個市。
2 郭解：字翁伯，西漢何內軹人（今河南省濟源縣軹城）。為人勇猛仗義，好打抱不平。後被御史大夫公孫弘所殺，並滅其族人。參見司馬遷《史記．遊俠列傳》。
3 御史行臺：官名。明、清設有監察御史，執掌監察權。按訪：查探、調查。
4 亡：逃。
5 安丘：古地名，今屬山東省濰坊市所管轄的一個市。
6 逆旅：旅館。逆，迎接。
7 莝豆：馬飼料。莝，讀作「挫」，鍘碎的草。
8 內姪：妻子兄弟的兒子。
9 貲：指財物、錢財，通「資」字。
10 剉芻：切割草料，準備餵馬。剉，讀作「挫」。芻，餵馬的草料。
11 意在得直：此指想從他身上拿點好處。意，猜想、揣測，通「臆」字。直，價值，通「值」字。
12 耗：消息、音訊。
13 跴履：來不及把鞋穿上，趿著鞋子前往迎接。跴，讀作「採」，踐踏。
14 衣敝踵決：衣衫襤褸，鞋子的後跟都磨破了。
15 煖：同今「暖」字，是暖的異體字。
16 褊心不能無少望：氣量狹小，難免有些埋怨。褊，讀作「扁」。
17 經紀：經營打理。
18 走伻：此指差遣僕人辦事。伻，讀作「崩」，使者。
19 齎：讀作「雞」，贈送物品給人。
20 優為：擅長做某件事。

◆**何守奇評點**：俠士輕財，正復爾爾。顧緩急人時所有，天下安可無此人乎？

像丁前溪這般急公好義的俠士，往往把錢財看得很輕。人總有周轉不靈、需要朋友幫助的時候，天底下怎能沒有像丁前溪這樣的人呢？

海大魚

丁海濱故無山。一日，忽見峻嶺重疊，綿亙數里，衆悉駭怪。又一日，山忽他徙，化而烏有。相傳海中大魚，值清明節，則攜眷口往拜其墓，故寒食[1]時多見之。

山東外海本無山。有天，忽見崇山峻嶺綿延數里，大夥無不奇怪；又有一天，山忽然移至別處，消失不見。相傳，此為海中大魚在清明節攜家帶眷前去祭拜祖先，因此每逢寒食節常可見此情景。

1 寒食：冬至後第一百零五日，宋人稱百五節，是紀念春秋名臣介子推的節日。節日期間家家斷火，只吃事先準備好的冷食。寒食節過後兩天為清明節（即若一日是寒食節，四日才是清明節）。

張老相公

張老相公，晉[1]人。適將嫁女，攜眷至江南，躬市奩妝[2]。舟抵金山[3]，張先渡江，囑家人在舟，勿焫[4]羶腥。蓋江中，有黿[5]怪，聞香輒出，壞舟吞行人，為害已久。張去，家人忘之，炙肉舟中。忽巨浪覆舟，妻女皆沒。張迴棹[6]，悼[7]恨欲死。因登金山謁寺僧，詢黿之異，將以仇黿。僧聞之，駭言：「吾儕日與習[8]近，懼為禍殃，惟神明奉之，祈勿怒；時斬牲牢[9]，投以半體，則躍吞而去。誰復能相仇哉！」

張聞，頓思得計。便招鐵工，起爐山半，冶赤鐵，重百餘斤。審知所常伏處，使二三健男子，以大鉗舉投之。黿躍出，疾吞而下。少時，波涌如山。頃之，浪息，則黿死已浮水上矣。行旅寺僧並快之，建張老相公祠，肖像其中，以為水神，禱之輒應。◆

山西有位張老先生，女兒將出嫁，便攜帶家眷到江蘇，親自爲女兒置辦嫁妝。船行至金山，張老先生率先渡江，叮囑家人暫留船上，莫要烹煮肉類——因江中有大黿怪，只消聞到香味便躍出水面，毀壞舟船、吞噬旅客，已於此危害甚久。待張老先生離去，家人忘其叮囑，於船上烤肉。忽一巨浪襲來，舟船瞬間覆沒，妻女都被黿怪吃了。張老先生乘船歸來時，見妻女已亡，悲痛欲絕，便至金山寺拜訪僧人，問清黿怪禍害人之情形，欲殺牠替家人報仇。僧人聽了，驚怕的說：「我們整日與牠比鄰而居，害怕牠出來禍害人，視其爲神明加以供奉，祈禱牠別發怒，還常宰殺牲畜，丟個半隻到江中，那黿怪從中躍起吞食後便離去。又有誰能對付得了牠呢！」

張老先生聽了，想到一個法子。找了幾個鐵匠工人，在半山腰升起爐灶，將一塊重達一百多斤的鐵燒得赤紅。詢問黿怪經常出沒的地點，要兩三名健壯男子拿大鉗夾住鐵塊，預備投入江中。黿怪從水中躍出，快速將鐵塊吞入腹中躍下。不久，巨浪滔天；又過了一段時間，水面才恢復平靜。那黿怪已死，屍體漂浮水面上，往來旅客與金山寺僧侶都很高興，爲張老先生興建了一座張老相公祠，將其雕像放在裡頭供奉，視若水神，有求必應。

1 晉：指山西省。春秋時期，因晉國位於山西，故簡稱山西為晉。
2 匳妝：女子的嫁妝。匳，讀作「連」，指女子陪嫁物品；同今奩字，是奩的異體字。
3 金山：山名，位於今江蘇省鎮江市西北。
4 煿：讀作「報」，大火快炒（一種烹煮食物的方法）。同今「爆」字，是爆的異體字。
5 黿：讀作「元」，甲魚類，一種形似鱉的動物。
6 棹：讀作「趙」，此處借指船，同「櫂」字。
7 悼：讀作「到」，悲傷、悲痛。
8 習：熟稔。
9 牲牢：祭祀時，所用牛、羊、豬等家畜。

◆**但明倫評點**：禮，祭法：能捍大患則祀之。黿壞舟吞人，患孰大焉。冶鐵投之，使吞而死，殄仇讎（讀作「舔仇仇」）而安行旅，其神明功德，靡有涯矣。肖像祀之，斯其所以神。

行祭祀之禮，是為了抵禦大患。黿怪毀舟吃人，是大禍患，將燒紅的鐵塊投入江中，讓黿怪吞吃而亡，既能報仇又能保佑來往旅客平安，張老先生的功績與神明相同，功德無量，建肖像以祭祀他，正是因為他有過人之處。

水莽草

水莽，毒草也。蔓生似葛①，花紫類扁豆。悞②食之，立死，即為水莽鬼。俗傳此鬼不得輪迴③，必再有毒死者，始代之。以故楚中桃花江④一帶，此鬼尤多云。

楚人以同歲生者為同年，投刺⑤相謁，呼庚兄庚弟⑥，子姪呼庚伯，習俗然也。有祝生造⑦其同年某，中途燥渴思飲。俄見道旁一媼⑧，張棚施飲，趨之。媼承迎入棚，給奉甚殷。嗅之有異味，不類茶茗。置不飲，起而出。媼急止客，便喚：「三娘，可將好茶一杯來。」俄有少女，捧茶自棚後出。年約十四五，姿容豔絕，指環臂釧，晶瑩鑑影⑨。生受琖⑩神馳。嗅其茶，芳烈無倫。吸盡再索。覷媼出，戲捉纖腕，脫指環一枚。女頳頰⑪微笑，生益惑。略詰⑫門戶。女曰：「郎暮來，妾猶在此也。」生求茶葉一撮，並藏指環而去。至同年家，覺心頭作惡，疑茶為患，以情告某。某駭曰：「殆矣！此水莽鬼也。先君死於是。是不可救，且為奈何？」生大懼，出茶葉驗之，真水莽草也。又出指環，兼述女子情狀。某懸想⑬曰：「此必寇三娘也。」生以其名確符，問何故知。曰：「南村富室寇氏女，夙有豔名。數年前，悞食水莽而死，必此為魅。」或言受魅者，若知鬼姓氏，求其故襠⑭，煮服可痊。某急詣寇所，實告以情，長跪哀懇。寇以其將代女死故，靳⑮不與。某忿而返，以告生。生亦切齒恨之，曰：「我死，必不令彼女脫生⑯！」某舁⑰送之，將至家門而卒。母號涕葬之。

遺一子，甫周歲。妻不能守柏舟節⑱，半年改醮⑲去。母留孤自哺，劬瘁⑳不堪，朝夕悲啼。一日，方抱兒哭室中，生悄然忽入。母大駭，揮涕問之。答云：「兒地下聞母哭，甚愴於懷，故來奉晨昏耳。兒雖死，已有家室，即同來分母勞，母其勿悲。」母問：「兒婦何人？」曰：「寇氏坐聽兒死，兒甚恨之。死後欲尋三娘，而不知其處；近遇某庚伯，始相指示。兒往，則三娘已投生任侍郎家；兒馳去，強捉之來。今為兒婦，亦相得，頗無苦。」移時，門外一女子入，華妝豔麗，伏地拜母。生曰：「此寇三娘也。」雖非生人，母視之，情懷差慰。生便遣三娘操作。三娘雅不習慣，然承順殊憐人。由此居故室，遂留不去。

女請母告諸其家。生意勿告；而母承女意，卒告之。寇家翁媼，聞而大駭。命車疾至，視之，果三娘，相向哭失聲，女勸止之。媼視生家良貧，意甚憂悼[21]。女曰：「人已鬼，又何厭貧？祝郎母子，情義拳拳[22]，兒固已安之矣。」因問：「茶媼誰也？」曰：「彼倪姓。自慚不能惑行人，故求兒助之耳。今已生於郡城賣漿者之家。」因顧生曰：「既壻[23]矣，而不拜岳，妾復何心？」生乃投拜。女便入廚下，代母執炊，供翁媼。媼視之悽心，既歸，即遣兩婢來，為之服役[24]；金百斤、布帛數十匹，酒胾[25]不時餽送，小阜[26]祝母矣。寇亦時招歸寧。居數日，輒曰：「家中無人，宜早送兒還。」或故稽[27]之，則飄然自歸。翁乃代生起夏屋，營備臻至。然生終未嘗至翁家。

一日，村中有中水莽毒者，死而復甦，相傳為異。生曰：「是我活之也。彼為李九所害，我為之驅其鬼而去之。」母曰：「汝何不取人以自代？」曰：「兒深恨此等輩，方將盡驅除之，何屑此為！且兒事母最樂，不願生也。」由是中毒者，往往具豐筵，禱諸其庭，輒有效。

積十餘年，母死。生夫婦亦哀毀[28]，但不對客，惟命兒縗麻擗踊[29]，教以禮義而已。葬母後，又二年餘，為兒娶婦。婦，任侍郎之孫女也。先是，任公妾生女數月而殤。後聞祝生之異，遂命駕[30]其家，訂翁壻焉。至是，遂以孫女妻其子，往來不絕矣。一日，謂子曰：「上帝以我有功人世，策為『四瀆牧龍君』31。今行矣。」俄見庭下有四馬，駕黃幨32車，馬四股皆鱗甲33。夫妻盛裝出，同登一輿34。子及婦皆泣拜，瞬息而渺。是日，寇家見女來，拜別翁媼，亦如生言。媼泣挽留。女曰：「祝郎先去矣。」出門遂不復見。

其子名鶚，字離塵，請諸寇翁，以三娘骸骨與生合葬焉。◆

◆**何守奇評點**：以己中毒而死，遂深恨之，不復取人自代，且樂事母不願生，此念可質之上帝。惟惑人如倪媼，仍使之轉生，則彼蒼為憒憒（讀作「愧」）耳。

祝生因為中水莽草毒而死，非常痛恨那些水莽鬼找替死鬼的無恥行徑，他不屑為之，且樂於侍奉母親而不願投胎，此心感動了天帝。只是，魅惑他人如倪媼者，仍能投胎轉世，蒼天實在太糊塗了，不辨是非善惡。

1 葛：一種植物名稱。多年生蔓草，攀爬在支撐物上生長。莖細長，複葉闊大，花紫紅色，結實成莢。根可入藥，也可取出澱粉，供食用及製糊用。

2 悞：出了差錯。同今「誤」字，是誤的異體字。

3 輪迴：此指投胎轉世。佛教認為，人死後根據自身業報，而招感三界、六道之生死輪轉，恰如車輪之迴轉，永無止盡，故稱輪迴。人若前世多修善果，來世可至人間或天界；若做壞事，則得惡報，往生畜生、地獄、惡鬼等道。

4 楚中桃花江：楚中，指春秋時期的楚國，盛極之時涵蓋湖北、安徽、河南、湖南、浙江、上海、江蘇、江西、重慶、貴州及部分山東。桃花江，位在今湖南省境內。湖南省資水流經益陽縣南部的一段，因兩岸皆有桃花林，故名。

5 剌：拜帖。古代在竹簡上刻姓名，作為拜見的名帖。

6 庚兄庚弟：同年兄弟之意。

7 造：拜訪。

8 媼：讀作「棉襖」的襖，指老婦人。同今「媼」字，是媼的異體字。

9 晶瑩鑑影：晶瑩剔透，如鏡子般照映出自己的樣貌。

10 琖：讀作「展」，玉製的酒杯。

11 頳頰：臉紅，害羞的樣子。頳，讀作「撐」，淡紅色；同今「赬」字，是赬的異體字。

12 詰：讀作「傑」，問。

13 懸想：猜測、揣度。

14 褌：褲子。

15 靳：讀作「進」，吝惜、吝嗇。

16 脫生：投胎轉世。

17 舁：讀作「魚」，抬、扛舉。

18 柏舟節：丈夫死後，守節不嫁。柏舟，典出《詩經・鄘風・柏舟》。

19 醮：讀作「叫」，女子結婚，後來改嫁。

20 劬瘁：讀作「渠翠」，辛勞、勞苦。

21 悼：讀作「到」，悲傷、悲痛。

22 拳拳：真摯、真誠、誠懇，通「惓惓」二字。

23 壻：女婿。同今「婿」字，是婿的異體字。

24 役：差事。

25 酒胾：美酒佳餚。胾，讀作「自」，以刀切成的大塊肉，此指美食。

26 小阜：小康。阜，豐厚、富裕。

27 稽：停留。

28 哀毀：親人去世，十分悲傷。

29 縗麻：古代服三年父母之喪所穿喪服，以粗麻布做成，不緝邊縫。縗，讀作「崔」，通「衰」字。擗踊：讀作「闢永」，古代在喪禮中捶胸頓足，表達對亡者的哀痛之情。

30 命駕：命令車夫駕車。

31 四瀆牧龍君：掌管長江、黃河、淮河、濟水四條流域的龍王。

32 幨：讀作「攙扶」的攙，車子上的簾幕。

33 馬四股皆鱗甲：此指傳說中的龍馬。股，大腿。

34 輿：車子、車輛。

水莽，一種毒草，形似葛藤，和扁豆一樣開紫花。若誤食，立刻死亡，隨即變成水莽鬼。傳說，此鬼不得入輪迴投胎轉世，定要等到再有人被這種草毒死，才能代替前往投胎。因此，湖南桃花江一帶，此鬼尤多。

南方楚人稱與自己同一年出生的人爲同年，會遞名帖前往拜訪，互稱庚兄庚弟，子姪輩稱庚伯，是此地習俗。有個姓祝的讀書人，前去拜訪與他同年出生的人，途中口渴想喝水。不久，見路旁有個老婦搭棚提供茶水給過路旅客，祝生便快步走上前去。老婦迎他入茶棚，招待甚爲殷勤。祝生嗅聞茶水有股怪味，不似茗茶，便放著不喝，起身欲離開。老婦連忙攔他，朝裡喚道：「三娘，拿杯好茶來。」不久，有名少女捧著茶自後方走出，年約十四、五歲，美豔絕倫，戴著的戒指臂釧，晶瑩剔透可照人影。祝生接過茶盞，看得出神，聞茶水味道，芳香撲鼻，喝完一杯又再向其討要。他見老婦離開，調戲的抓住少女纖腕，脫下她所戴一枚指環。三娘紅著臉朝他微笑，祝生更加意亂神迷，約略問其家世。三娘只說：「你傍晚再來，我還在此地等你。」祝生向她索要一小撮茶葉，收妥指環便離開。

祝生到同年家拜訪，覺得噁心欲嘔，以爲是喝了那茶的緣故，便告知同年實情。同年驚駭的說：「完了！它是水莽鬼，先父亦因此而亡。服下此草，無法可救，這該如何是好？」祝生大懼，拿出茶葉來驗，果眞是水莽草；又拿出指環，敘述了那名女子長相。同年猜想：「此女必是寇三娘。」祝生確認其名無誤，問他如何知道，同年答：「她是南村寇富翁之女，素以美豔無雙聞名。數年前，誤食水莽草而死，害你的一定就是她的鬼魂。」同年又說，受水莽鬼加害的人，如若知曉鬼的姓氏，可找來其從前穿過的褲

子，拿來煮水吃即可痊癒。同年於是急著拜訪寇家，告知實情，跪地苦苦哀求。寇富翁聽聞有人將可代替女兒去死，吝惜不給，同年對他見死不救忿忿不平，只得返回告知祝生此事。祝生亦咬牙切齒怨恨的說：「就算我死了，也不會讓他女兒順利投胎轉世。」同年便找人抬他返家，快到家門，祝生便死去。祝母痛哭流涕埋葬了兒子。

祝生留下一個兒子，才剛滿週歲。祝妻不能為夫守節，半年後改嫁他人。祝母只好獨力撫養孫兒，勞苦不堪，早晚悲啼。有天，祝母抱著孫兒在房中哭泣，祝生忽悄然無息的進入。祝母嚇一大跳，抹淚詢問緣由，祝生答：「兒子在九泉之下聽聞母親哭泣，心中悲傷，所以前來侍奉母親。兒子雖死，在地府已娶一房媳婦，攜它前來一同替母親分憂，母親莫要悲傷。」祝母問：「兒媳婦是誰？」祝生說：「寇家的人不管兒子死活，任我自生自滅，我心甚為怨恨，死後欲尋其女寇三娘，卻不知它在何處；近來遇某庚伯，蒙其指點，兒子尋之前往，三娘已投胎至任侍郎家。我飛馳而去，將它捉來，現如今它已是我妻子，我們相處甚好。」不久，有名女子從門外走入，華妝豔麗，跪在地上拜見婆婆。祝生說：「這位就是寇三娘。」三娘雖非活人，祝母見到兒媳婦，仍頗安慰。祝生便差遣三娘打理家務。三娘生在富貴人家，做不慣這些粗活，卻也聽話孝順，惹人憐愛。從此夫婦倆住在舊居，留下不走。

三娘請婆婆將自己近況通知娘家的人。祝生要母親別通知，祝母仍依三娘意思前去。寇家老爺與夫人聽聞此事大為震驚，要人備車，趕緊前往一觀，果見三娘，相對哭泣。經三娘勸慰，兩老才止住哭泣。寇夫人見祝生家境清寒，頗為憂心，三娘答：「我都已經死了，又怎會嫌棄他們家貧窮？祝郎母子，情意眞摯，我也已在此安家了。」寇夫人問：「茶棚那個老婦是誰？」三娘說：「它姓倪，因長得醜無法誘惑往來旅客，所以求我幫忙；現已投胎到府城賣酒的人家。」三娘又對祝生說：「你既已是我們家女婿，卻不來拜見岳父岳母，你說我怎麼想呢？」祝生這才參拜兩老。三娘下廚，代祝母煮飯，招待寇家二老。寇夫人見了心裡悲傷，返家後，派了兩名女婢前來，供其差遣；又贈一百斤銀子與數十疋布料，還常送些酒肉過來，祝母從此過得比較富裕。寇家二老也常招三娘回娘家，三娘住上幾天，便說：「祝郎家中無人，還是早點送女兒回去吧。」若藉故留它，也會自己飄返。寇老爺替祝生蓋了一幢華美的屋子，備妥所有家具，然祝生始終未曾前往岳父家。

有天，村中又有中水莽草毒而死之人，人死又活了過來，眾人無不相傳此怪事。祝生說：「是我將他救活。他是被李九害死的，我幫他把鬼趕走。」祝母問：「你何不找個替死鬼，也好早日投胎？」祝生答：「兒子最痛恨此害人之舉，所以才趕走水莽鬼，不屑做這等事！況且，兒子樂於侍奉母親，不願去投胎。」之後，凡是中了水莽草毒的人，只要辦一桌豐盛酒宴，在家中庭院祈禱，就可得救。

十多年後，祝母亡故。祝生夫婦哀痛不已，但不便接待前來弔唁的賓客，便要兒子披麻帶孝，教他一些服喪期間的禮儀。祝母下葬後，又過了兩年，祝生爲兒子娶妻，兒媳是任侍郎的孫女。先前，任公的侍妾生了個女兒，數月後夭折，任公後來聽聞祝生捉走三娘魂魄之怪事，便命人駕車到祝家，結爲岳婿。如今，任公將孫女嫁給祝生之兒，兩家往來不斷。有天，祝生對兒子說：「天帝認爲我有功於人世，封我爲掌管四河流域的龍王，今日就要前往赴任。」不久，見庭院來了四匹馬，駕著一輛飾有黃色簾幕的車子，四匹馬腿部皆長滿鱗甲。祝氏夫婦盛裝而出，同乘一車，祝生的兒子與媳婦哭泣拜別，一轉眼，車駕便消失。當天，寇家見女兒歸家拜別，三娘將祝生即將赴任之事告知二老。寇夫人哭泣挽留，三娘答稱：「祝郎已經先去了。」便出門，再也不見蹤影。

祝生的兒子名顎，字離塵，後徵求寇老爺同意，將後母三娘骸骨與自己父親祝生合葬。

造畜

魘昧[1]之術，不一其道，或投美餌，紿[2]之食之，則人迷罔，相從而去，俗名曰「打絮巴」，江南謂之「扯絮」。小兒無知，輒受其害。又有變人為畜者，名曰「造畜」。此術江北猶少，河[3]以南輒有之。

揚州[4]旅店中，有一人牽驢五頭，暫縶櫪[5]下，云：「我少選[6]即返。」兼囑：「勿令飲噉[7]。」遂去。驢暴日中，蹄齧[8]殊喧。主人牽著涼處。驢見水，奔之；遂縱飲之。一滾塵，化為婦人。怪之，詰[9]其所由，舌強[10]而不能答。乃匿諸室中。既而驢主至，驅五羊於院中，驚問驢之所在。主人曳[11]客坐，便進餐飲，且云：「客姑[12]飯，驢即至矣。」主人出，悉飲五羊，輾轉皆為童子。陰報郡，遣役捕獲，遂械殺[13]之。◆

魘昧之術種類繁多，有的給好吃的食物，引誘人吃，然後就迷迷糊糊的跟著施術者走，俗稱「打絮巴」，江南稱「扯絮」；小孩不知情，往往會被施術者所害。又有一種是將人變成畜生，稱爲「造畜」，這種妖術在江北很少見，淮河以南才有人使用。

揚州旅店中，有個人牽了五頭驢暫繫在馬槽，對店家說：「我稍後便回。」又囑咐：「不要給牠們喝水吃東西。」便離開了。驢子於正午烈日下曝曬，又踢又咬，焦躁吵鬧，店主人改牽牠們到陰涼的地方。驢子見到水，跑了過去，大口喝起來；一滾地，皆化爲婦人。店主人覺得奇怪問起緣由，婦人舌頭僵硬沒

法回答，店主人便將她們藏進屋裡。不久，驢子的主人回來，驅趕了五頭羊到院子裡，沒見著驢子，便問驢子到哪兒去了。店主人拉他坐下，送上餐點，說：「您先用餐，驢子馬上給您牽來。」後走到院子，讓那五頭羊喝水，一滾地，全都變成了童子。店主人偷偷報官，官府派衙役拘捕施術者，杖殺之。

1 魘昧：也作「魘魅」，相傳用巫術、詛咒或祈禱鬼神等作法害人。魘，讀作「眼」。
2 紿：讀作「帶」，指進入、進到。
3 河：淮河。
4 揚州：地名，今江蘇省揚州市。
5 縶：讀作「直」，綑綁。櫪：讀作「力」，馬槽、馬廄。
6 少選：稍待、不多時。
7 噉：「吃」。同今「啖」字，是啖的異體字。
8 齧：讀作「聶」，咬。
9 詰：讀作「傑」，問。
10 強：讀作「降」，僵硬。
11 曳：牽、拉。
12 姑：暫且。
13 械殺：杖殺。械，刑具。

◆**何守奇評點**：不知此為何術，要不可不知。主人甚智。

不知這是何等妖術，但有一點可以確定——旅店主人甚為聰明。

鳳陽士人

鳳陽[1]一士人，負笈遠遊[2]。謂其妻曰：「半年當歸。」十餘月，竟無耗問[3]。妻翹盼綦切。一夜，纔[4]就枕，紗月搖影，離思縈懷。方反側間，有一麗人，珠鬟絳帔[5]，搴帷[6]而入，笑問：「姊姊，得無欲見郎君乎？」妻急起應之。麗人邀與共往。妻憚修阻[7]，麗人但請勿慮。即挽女手出，並踏月色，約一矢之遠。覺麗人行迅速，女步履艱澀，呼麗人少待，將歸著複履[8]。麗人牽坐路側，自乃捉足，脫履相假[9]。女喜著之，幸不鑿枘[10]。復起從行，健步如飛。移時，見士人跨白騾來。見妻大驚，急下騎，問：「何往？」女曰：「將以探君。」又顧問麗者伊誰。女未及答，麗人掩口笑曰：「且勿問訊。娘子奔波匪[11]易；郎君星馳夜半，人畜想當俱殆。妾家不遠，且請息駕，早旦而行，不晚也。」顧數武[12]之外，即有村落，遂同行。入一庭院，麗人促睡婢起供客，曰：「今夜月色皎然，不必命燭，小臺石榻可坐。」士人縶蹇檐梧[13]，乃即坐。麗人曰：「履大不適於體，途中頗累贅否？歸有代步，乞賜還也。」女稱謝付之。

俄頃，設酒果，麗人酌曰：「鸞鳳久乖[14]，圓在今夕；濁醪[15]一觴，敬以為賀。」士人亦執琖[16]酬報。主客笑言，履舄交錯[17]。士人注視麗者，屢以游詞[18]相挑。夫妻乍聚，並不寒暄一語。麗人亦美目流情，妖言隱謎[19]。女惟默坐，偽為愚者。久之漸醺，二人語益狎[20]。又以巨觥[21]勸客，士人以醉辭，勸之益苦。士人笑曰：「卿為我度一曲，即當飲。」麗人不拒，即以牙杖[22]撫提琴而歌曰：「黃昏卸得殘妝罷，窗外西風冷透紗。聽蕉聲，一陣一陣細雨下。何處與人閒磕牙[23]？望穿秋水，不見還家，潸潸淚似麻。又是想他，又

是恨他，手拿著紅繡鞋兒占鬼卦[24]。」歌竟，笑曰：「此市井里巷之謠，不足污君聽；然因流俗所尚，姑效顰耳。」音聲靡靡，風度狎褻。士人搖惑，若不自禁。

少間，麗人偽醉離席；士人亦起，從之而去。久之不至。婢子乏疲，伏睡廊下。女獨坐，塊然無侶，中心憤恚[25]，頗難自堪。思欲遁歸，而夜色微茫，不憶道路。輾轉無以自主，因起而覘[26]之。裁[27]近其窗，則斷雲零雨之聲[28]，隱約可聞。又聽之，聞良人[29]與己素常猥褻之狀，盡情傾吐。女至此，手顫心搖，殆不可過[30]，念不如出門竄溝壑以死。憤然方行，忽見弟三郎乘馬而至，遽便下問。女具以告。三郎大怒，立與姊回，直入其家，則室門扃閉[31]，枕上之語猶喁喁也。三郎舉巨石如斗，拋擊窗櫺[32]，三五碎斷。內大呼曰：「郎君腦破矣！奈何！」女聞之，愕然大哭，謂弟曰：「我不謀與汝殺郎君，今且若何！」三郎撐目曰：「汝嗚嗚促我來；甫能消此胸中惡，又護男兒、怨弟兄，我不慣與婢子供指使！」返身欲去。女牽衣曰：「汝不攜我去，將何之？」三郎揮姊仆[33]地，脫體而去。女頓驚寤[34]，始知其夢。

越日，士人果歸，乘白騾。女異之而未言。士人是夜亦夢，所見所遭，述之悉符，互相駭怪。既而三郎聞姊夫遠歸，亦來省問，語次，謂士人曰：「昨宵夢君歸，今果然。亦大異。」士人笑曰：「幸不為巨石所斃。」三郎愕然問故，士人以夢告。三郎大異之。蓋是夜，三郎亦夢遇姊泣訴，憤激投石也。三夢相符，但不知麗人何許耳。◆

安徽鳳陽有個書生到外地求學，對妻子說：「我半年後就回來。」過了十多個月，音訊全無，妻子一直殷殷期盼著。一晚，才剛躺下，月光映照在紗窗上，樹影搖曳，妻子倍加思念夫君。正輾轉難眠之際，有位頭插珍珠髮飾、身穿紅披肩的麗人掀門簾而入，笑問：「姊姊，你想見夫君嗎？」做妻子的忙起身答應。麗人邀她一同前去，做妻子的擔心路途遙遠，麗人說無須擔憂，便伸手挽著她，共踏月色而行。沒走多久，她覺得麗人走得很快，自己卻步履艱難，呼喚麗人等她一會兒，說要回家換雙厚底鞋。麗人牽

1 鳳陽：古地名，今屬安徽省滁州市所管轄的一個縣。
2 負笈遠遊：到外地求學。負笈，指著書箱：笈，讀作「及」。
3 耗問：音訊。
4 纔：讀作「才」，僅、只之意，通「裁」、「才」二字。
5 絳帔：讀作「降配」，紅色披肩。
6 搴帷：掀起門簾。搴，讀作「千」。
7 憚修阻：懼怕路途遙遠險阻。憚，讀作「蛋」，畏懼、懼怕。
8 複履：厚底鞋。
9 假：借。
10 幸不鑿枘：此謂幸好合腳。鑿枘，讀作「作瑞」，分指圓形的卯眼、方形的榫頭，互不相合之意。
11 匪：不，通「非」字。
12 數武：走幾步。武，指半步的距離。
13 縶蹇簷梧：把驢子拴在屋簷前的柱子。縶：讀作「直」，綑綁。蹇：讀作「簡」，瘦弱的坐騎。
14 乖：違也，此處指分別。
15 濁醪：混濁的酒。醪，讀作「勞」，摻混了雜質的酒。
16 琖：讀作「展」，玉製的酒杯。
17 履舄交錯：此指美人與士人的腳相碰，表示兩人在調情。履舄，讀作「旅細」，均指鞋子。
18 游詞：輕佻的言語。
19 妖言隱謎：以淫亂的詞語迷惑人心，用別有所指的暗語來調情。
20 狎：讀作「霞」，親近。
21 觥：讀作「工」，用兕（讀作「四」）牛角做成的酒器。
22 牙杖：象牙製成的樂器撥子。
23 閒磕牙：閒聊。
24 占鬼卦：閨中少婦以自己所穿的繡鞋，期盼遠遊夫君歸來的一種占卜術。
25 恚：讀作「惠」，惱怒、生氣。
26 覘：讀作「沾」，觀看、察視。
27 裁：僅、只之意，通「纔」、「才」二字。
28 斷雲零雨之聲：男女交歡，斷斷續續發出呻吟聲。
29 良人：丈夫。
30 殆不可過：幾乎無法忍受。
31 扃閉：門上鎖。扃，讀作「窘」的一聲，當動詞用，即鎖門，拴上門外面的門閂。
32 櫺：讀作「凌」，窗戶框上或欄杆上雕花的格子。
33 仆：讀作「撲」，倒臥、跌倒而趴在地上。
34 寤：讀作「物」，醒來、睡醒。

◆**但明倫評點**：翹盼纂切，離思縈懷，夢中遭逢，皆因結想而成幻境，事所必然，無足怪者。特三人同夢，又有白騾證之，斯為異耳。

做妻子的殷切盼望夫君歸來，滿懷離別的愁緒，夢中遭遇，皆因思念夫君所成幻境，乃人之常情，沒什麼好奇怪的。惟三人同做一夢，又有白騾可驗證，才是奇異之處。

她坐到路邊，將自己的鞋子脫下借她，她很高興的穿上，幸好合腳，便繼續跟著麗人前行，健步如飛。不久，見到書生騎著白騾前來，書生一見妻子大驚，急忙下騾，問：「你這是要往哪裡去？」妻子答：「要去找你。」書生又問那名麗人是誰？還沒來得及回答，麗人掩嘴笑道：「先別問這麼多。你的妻子奔波不易，你也趕了大半夜的路，人和畜生想必都乏了。我家離此地不遠，先到寒舍歇歇，等明早再趕路，也不遲。」書生看見數步之遙有座村子，便與妻子、麗人同行，走進了一處庭院，麗人叫醒熟睡的侍女起來招待客人，說：「今晚月色皎潔，用不著點蠟燭，陽臺上的石凳可坐。」書生將騾子拴在屋簷下的柱子，來到陽臺坐下。麗人對書生的妻子說：「我借給你的鞋穿起來不怎麼合腳，一路上應該很累贅吧？歸途有騾子代步，你可把鞋子還我。」書生的妻子向她道謝，交還了鞋子。

不久，婢女端上水果和酒，麗人斟了杯酒，對他們說：「你們夫妻分別甚久，今夜團圓，濁酒一杯，聊表祝賀。」書生也端起酒杯回敬。麗人和書生有說有笑，互碰對方的腳。書生注視著麗人，屢以言語調情；夫妻才剛團聚，卻一句話都沒說上。麗人也眉目傳情，說些惑亂人心、挑逗的話；書生的妻子默默坐著，假裝不知情。隨著時間流逝，麗人與書生頗有醉意，挑逗的話越說越離譜。麗人又拿大酒杯勸客飲酒，書生以不勝酒力推辭，麗人仍勸得更加殷勤。書生笑道：「你爲我彈奏一曲，我就喝了這杯。」麗人也不推辭，拿著象牙撥子撫琴唱道：「黃昏卸得殘妝罷，窗外西風冷透紗。聽蕉聲，一陣一陣細雨下。何處與人閒磕牙？望穿秋水，不見還家，潸潸淚似麻。又是想他，又是恨他，手拿著紅繡鞋兒占鬼卦。」歌畢，笑道：「此乃市井傳唱的歌謠，難登大雅之堂；然現在很流行這種曲調，所以我也效仿之。」靡靡之音，神態放蕩。書生心神蕩漾，情不自禁。

不久，麗人裝醉離席，書生也起身隨她而去；兩人離開許久一直沒回來。婢女也睏了，趴在走廊下睡著。書生之妻獨自端坐，夫君丟下她一人，心裡越想越氣，頗為難過；想回家，夜色茫茫，也不知回程的路。思來想去拿不定主意，便起身看看他們在做些什麼；才湊近窗前，隱約聽見男女歡愛的纏綿之聲，又聽了一會兒，發現夫君把交歡時曾經說過的親密話語，都說給了麗人聽。聽及此，手微微發顫，心中氣憤不已，怒不可遏，心想還不如出門跳進山谷尋死算了。正氣憤著要出去，忽見弟弟三郎騎馬前來，立刻下馬詢問發生何事。她便訴說了一切，三郎聽了之後很生氣，立刻與姊姊返回，直闖入麗人家中，但房門上鎖，猶聽枕畔卿卿我我之聲。三郎舉起斗大的巨石，朝房中砸去，傳來了窗櫺碎裂之聲。房中麗人大喊道：「郎君的頭被砸破了！這該如何是好？」書生的妻子一聽，也嚇一跳，嚎啕大哭起來，對弟弟說：「我不是要你殺我夫君，現在鬧出人命，該怎麼辦？」三郎惱怒道：「你哭哭啼啼的催我替你出口氣，現在又護著姊夫，埋怨起兄弟我，我不習慣被女人指手畫腳！」便轉身欲走。書生之妻扯著弟弟的衣服說：「你不帶我一起離開，我該怎麼辦？」三郎推開姊姊脫身離開，其姊仆倒在地。書生之妻頓然驚醒，才知剛才所經歷一切皆是夢。

翌日，書生果然回家，且乘著一匹白騾而歸；妻子覺得奇怪，但未告知先前夢中之事。書生當晚也做了夢，將所見所聞告訴妻子，兩人夢境皆相符，夫妻倆無不奇怪。三郎聽說姊夫遠遊歸家，也來探訪，言談之間對書生說：「昨晚我夢見你回來，今見之果然，也覺得奇怪。」書生笑道：「還好沒被巨石砸死。」三郎驚訝的問何以這麼說，書生便告知夢境，三郎感到奇怪。當晚，三郎也夢見姊姊泣訴，氣他拿石頭砸姊夫。三人夢境皆相符，卻不知麗人何許人。

鳳陽士人

弟兄夫婦各西東月下懐人感慨中顛倒遠離成夢想不同夢夜夢偏同

耿十八

新城[1]耿十八，病危篤，自知不起。謂妻曰：「永訣在旦晚耳。我死後，嫁守由汝，請言所志。」妻默不語。耿固問之，且云：「守固佳，嫁亦恆情。明言之，庸何傷？行與子訣。子守，我心慰；子嫁，我意斷[2]也。」妻乃慘然曰：「家無儋石[3]，君在猶不給[4]，何以能守？」耿聞之，遽[5]握妻臂，作恨聲曰：「忍哉！」言已而沒。手握不可開。妻號。家人至，兩人攀指，力擘[6]之，始開。

耿不自知其死，出門，見小車十餘兩[7]，兩各十人，即以方幅書名字，黏車上。御人見耿，促登車。耿視車中已有九人，並已而十。又視黏單上，己名最後。車行咋咋[8]，響震耳際，亦不自知何往。俄至一處，聞人言曰：「此思鄉地也。」聞其名，疑之。又聞御人偶語[9]云：「今日剸[10]三人。」耿又駭。及細聽其言，悉陰間事，乃自悟曰：「我豈不作鬼物耶！」頓念家中，無復可懸念，惟老母臘高[11]，妻嫁後，缺於奉養；念之，不覺涕漣◆。又移時，見有臺，高可數仞，游人甚夥；囊頭械足之輩[12]，嗚咽而下上，聞人言為「望鄉臺」[13]。諸人至此，俱踏轅[14]下，紛然競登。御人或撻[15]之、或止之，獨至耿，則促令登。登數十級，始至顛頂。翹首一望，則門閭[16]庭院，宛在目中。但內室隱隱，如籠煙霧。悽惻不自勝。回顧，一短衣人立肩下，即以姓氏問耿。耿具以告。其人亦自言為東海匠人。見耿零涕，問：「何事不了於心？」耿又告之。匠人謀與越臺而遁。耿懼冥追，匠人固言無妨。耿又慮臺高傾跌，匠人但令從己。遂先躍，耿果從之。及地，竟無恙。喜無覺者。視所乘車，猶在臺下。二人急奔。數武[17]，忽自念名字黏車上，恐不免執名之追；遂反身近車，以手指染唾，塗去己名，始復奔，哆口坌息[18]，不敢少停。少間，入里門，匠人送諸其室。驀睹己尸，醒然而蘇。

覺乏疲躁渴，驟呼水。家人大駭，與之水，飲至石餘。乃驟起，作揖拜狀；既而出門拱謝，方歸。歸則僵臥不轉。家人以其行異，疑非真活；然漸覘[19]之，殊無他異。稍稍近問，始歷歷言其本末。問：「出門何故？」曰：「別匠人也。」「飲水何多？」曰：「初為我飲，後乃匠人飲也。」投之湯羹，數日而瘥[20]。由此厭薄其妻，不復共枕席云。

耿十八

雙飛曾說鳥同林竟
起琵琶別抱心回首
望鄉台上望不堪重

◆**但明倫評點**：所以得復生者，此一念之孝耳，豈真匠人能使之逃哉。

耿十八之所以死而復生，存乎其一念孝心，區區一個工匠哪能幫得了他逃出冥獄。

山東桓臺有個叫耿十八的人，病危，自知時日無多，便對妻子說：「我將與卿永別。我死後，你要改嫁或守寡都由你決定，請告訴我你的打算。」妻靜默不語。耿十八堅持要她回答：「你若能守寡最好，若改嫁也屬人之常情，明確的告訴我又有什麼關係呢？我將與你訣別，若能守寡，我心甚慰；若想改嫁，也好讓我死了這條心。」妻子悲傷的說：「我們家一向三餐不繼，你還活著時就已經很貧困了，我如何能替你守寡？」耿十八聽了，立刻抓住她手臂憤怒的說：「你怎能如此狠心？」說完便斷氣，手仍緊握妻子手臂沒有鬆開。妻子嚎啕大哭。家人前來，由兩個人使勁這才扳開手指，使之鬆手。

耿十八不知自己已死，出了門，見到十幾輛小車，每輛各乘十人，車上貼著書寫乘客姓名的字條。駕車之人看到他，催他上車；車中已有九人，加上自己就是十個，又看見自己的名字排在名單最末。車子行走聲音很響，也不知要往何處去。不久，到了個地方，聽乘客說「此乃思鄉之地」，聞此，他心裡有些懷疑；又聽駕車之人說「今天斬了三個人」，耿十八又大驚，待仔細聽他們談話內容，全是陰間之事，這

1 新城：古縣名，今山東省桓臺縣。
2 意斷：絕此心念。
3 家無儋石：家中已沒有多餘食物，形容生活艱苦。
4 不給：無法供應、滿足生活所需。
5 遽：立刻、馬上。
6 擘：讀作「播」，分開。
7 兩：車輛，通「輛」字。
8 咋咋：讀作「則則」，狀聲詞，形容聲音很大。
9 偶語：互相對話。
10 剸：讀作「ㄔㄨㄚ」，斷。
11 臘高：此指年事已高。

12 囊頭械足之輩：蒙著頭，腳上戴著刑具，此指犯人。
13 望鄉臺：傳說，冥府有一眺望的看臺，亡者魂魄可在此見到陽間家裡狀況。
14 轅：車輛前端用以栓套、駕馭馬匹的兩根木頭，左右各一個。
15 撻：讀作「踏」，以鞭子抽打。
16 闔：讀作「驢」，泛指門，此指家門。
17 數武：走幾步。武，指半步的距離。
18 哆口坌息：讀作「扯口笨息」，張大嘴巴喘氣，氣喘吁吁的樣子。
19 覘：讀作「沾」，觀看、察視。
20 瘥：讀作「釵」的四聲，病癒。

才了悟，自語道：「我豈不是鬼了嗎？」頓時思及家中情況，無甚掛念，惟母親年事已高，妻子改嫁後，將無人奉養；想及此，不覺淚流滿面。又過了一段時間，見一臺，高達數仞，遊客甚眾；那些頭上蒙著布、腳上戴著腳鐐的犯人，嗚咽的在那裡爬上爬下，聽人說那是「望鄉臺」。很多人來到此，紛紛踏著車轅，爭先恐後欲登此臺。駕車之人以鞭子抽打或制止它們，唯獨輪到耿十八時反而促它登臺。爬了數十級階梯，才到達頂端；引頸一望，家中大門庭院宛在眼前，裡面房間隱約可見，卻如被煙霧籠罩，看不清。耿十八哀傷不已。回頭，見一身穿短衣的人站在身旁，詢問自己名姓。耿十八相告，那人則說自己是東海的工匠。它看耿十八傷心哭泣，問：「何事放心不下？」耿十八便說了。工匠謀劃與它一同翻越望鄉臺逃跑。耿十八懼怕冥卒追趕，工匠說無妨；耿十八又擔心從如此高臺落下，工匠只說跟著它即可。工匠便先跳，耿十八跟隨在後，跳至地上，竟然無恙。慶幸未被發現逃脫，回顧來時所搭車輛仍在望鄉臺下；二人急忙奔逃，跑了幾步，耿十八忽想到自己名字還黏在車子的名單上，恐最終事發，冥卒又循名字來追趕自己。於是返回，湊近車輛，以手指沾了些口水，塗去自己名字，這才又奔逃，氣喘吁吁，不敢稍作休息。不久，進入里巷大門，工匠送它回房。它一見到自己屍體，便甦醒過來。

耿十八疲累且口渴，嚷著要喝水。家人大驚，遞水給他；連喝十幾杯，才突然起身，打躬作揖，後出門拜謝工匠，才又回來。進屋後，僵直的躺在床上，動也不動。家人覺他舉止怪異，疑心耿十八並非真的活了過來，然慢慢觀察，也無其他異狀。家人這才稍稍靠近詢問，他便將所經歷一切相告。家人問：「剛才為何出門？」耿十八說：「向工匠告別。」家人又問：「為何喝這麼多水？」耿十八答：「起先是我要喝，然後是給工匠喝。」家人給他吃點湯水，數日即痊癒。從此，他對妻子很冷淡，不再與她同眠共枕。

珠兒

常州[1]民李化，富有田產。年五十餘，無子。一女名小惠，容質秀美，夫妻最憐愛之。十四歲，暴病夭殂[2]，冷落庭幃[3]，益少生趣。始納婢，經年餘，生一子，視如拱璧[4]，名之珠兒。兒漸長，魁梧可愛。然性絕癡，五六歲尚不辨菽麥[5]；言語蹇澀[6]。李亦好而不知其惡。會有眇[7]僧，募緣於市，輒知人閨闥[8]，於是相驚以神；且云，能生死禍福人[9]。幾十百千，執名以索，無敢違者。詣李募百緡[10]。李難之。給十金，不受；漸至三十金。僧厲色曰：「必百緡，缺一文不可！」李亦怒，收金遽[11]去。僧忿然而起，曰：「勿悔，勿悔！」無何，珠兒心暴痛，巴刮牀席[12]，色如土灰。李懼，將八十金詣僧乞救。僧笑曰：「多金大不易！然山僧何能為？」李歸而兒已死。李慟甚，以狀愬邑宰[13]。宰拘僧訊鞫[14]，亦辨給無情詞。笞[15]之，似擊鞔革[16]。令搜其身，得木人二、小棺一、小旗幟五。宰怒，以手疊訣舉示之。僧乃懼，自投無數。宰不聽，杖殺之。李叩謝而歸。

時已曛暮[17]，與妻坐牀上。忽一小兒，偃儴[18]入室，曰：「阿翁行何疾？極力不能得追。」視其體貌，當得七八歲。李驚，方將詰[19]問，則見其若隱若現，恍惚如煙霧，宛轉間，已登榻坐。李推下之，墮地無聲。曰：「阿翁何乃爾[20]！」瞥然復登。李懼，與妻俱奔。兒呼阿父、阿母，嘔啞不休。李入妾室，急闔其扉；還顧，兒已在膝下。李駭問何為。答曰：「我蘇州[21]人，姓詹氏。六歲失怙恃[22]，不為兄嫂所容，逐居外祖家。偶戲門外，為妖僧迷殺桑樹下，驅使如倀鬼[23]，冤閉窮泉，不得脫化。幸賴阿翁昭雪，願得

為子。」李曰：「人鬼殊途，何能相依？」兒曰：「但除斗室[24]，為兒設牀褥，日澆一杯冷漿粥，餘都無事。」李從之。兒喜，遂獨臥室中。晨來出入閨闥，如家生。聞妾哭子聲，問：「珠兒死幾日矣？」答以七日。曰：「天嚴寒，尸當不腐。試發冢啟視，如未損壞，兒當得活。」李喜，與兒去，開穴驗之，軀殼如故。方此忉怛[25]，回視，失兒所在。異之，舁[26]尸歸。方置榻上，目已瞥動；少頃呼湯，湯已而汗，汗已遂起。

羣喜珠兒復生，又加之慧黠便利，迥異曩[27]昔。但夜間僵臥，毫無氣息，共轉側之，冥然若死。衆大愕，謂其復死；天將明，始若夢醒。羣就問之。答云：「昔從妖僧時，有兒等二人，其一名哥子。昨追阿父不及，蓋在後與哥子作別耳。今在冥間，為姜員外作義嗣，亦甚優游。夜分，固來邀兒戲。適以白鼻騧[28]送兒歸。」母因問：「在陰司見珠兒否？」曰：「珠兒已轉生矣。渠[29]與阿翁無父子緣，不過金陵[30]嚴子方，來討百十千債負耳。」初，李販於金陵，欠嚴貨價未償，而嚴翁死，此事人無知者。李聞之大駭。母問：「兒見惠姊否？」兒曰：「不知，再去當訪之。」又二三日，謂母曰：「惠姊在冥中大好，嫁得楚江王[31]小郎子，珠翠滿頭髻；一出門，便十百作呵殿[32]聲。」母曰：「何不一歸寧？」曰：「人既死，都與骨肉無關切。倘有細述前生，方豁然[33]動念耳。昨託姜員外，夤[34]緣見姊。姊姊呼我坐珊瑚牀上。與言父母懸念，渠都如眠睡。兒云：「姊在時喜繡並蒂花，剪刀刺手爪，血涴[35]綾子上，姊就刺作赤水雲。今母猶挂[36]牀頭壁，顧念不去心。姊忘之乎？」姊始悽感，云：「會須白[37]郎君，歸省阿母。」」母問其期，答言不知。

一日謂母：「姊行且至，僕從大繁，當多備漿酒。」少間，奔入室，曰：「姊來矣！」移榻中堂，曰：「姊姊且憩坐，少悲啼。」諸人悉無所見。兒率人焚紙酬飲於門外，反曰：「騶[38]從暫令去矣。姊言：『昔日所覆綠錦被，曾為燭花燒一點如豆大，尚在否？』」母曰：「在。」即啟笥[39]出之。兒曰：「姊命我陳舊閨中。乏疲，且小臥，翌日再與阿母言。」

東鄰趙氏女，故與惠為繡閣交。是夜，忽夢惠幞頭紫帔[40]來相望，言笑如平生。且言：「我今異物[41]，父母覿[42]面，不啻[43]河山。將借妹子與家人共話，勿須驚恐。」質明，方與母言，忽仆[44]地悶絕。踰刻始醒，向母曰：「小惠與阿嬸別幾年矣，頓鬖鬖[45]白髮生！」母駭曰：「兒病狂耶？」女拜別即出。母知其異，從之。直達李所，抱母哀啼。母驚不知所謂。女曰：「兒昨歸，頗委頓[46]，未遑一言。兒不孝，中途棄高堂，勞父母哀念，罪何可贖！」母頓悟，乃哭。已而問曰：「聞兒今貴，甚慰母心。但汝棲身王家，何遂能來？」女曰：「郎君與兒極燕好[47]，姑舅[48]亦相撫愛，頗不謂妒醜[49]。」惠生時，好以手支頤；女言次，輒作故態，神情宛似。未幾，珠兒奔入曰：「接姊者至矣。」女乃起，拜別泣下，曰：「兒去矣。」言訖[50]，復踣[51]，移時乃甦。

後數月，李病劇，醫藥罔[52]效。兒曰：「旦夕恐不救也！二鬼坐牀頭，一執鐵杖子，一挽苧麻[53]繩，長四五尺許，兒晝夜哀之不去。」母哭，乃備衣衾[54]。既暮，兒趨入曰：「雜人婦，且避去，姊夫來視阿翁。」俄頃，鼓掌而笑。母問之，曰：「我笑二鬼，聞姊夫來，俱匿牀下如龜鼈。」又少時，望空道寒暄，問姊起居。既而拍掌曰：「二鬼奴哀之不去，至此大快！」乃出至門外，卻回，曰：「姊夫去矣。二鬼被鎖馬鞅上。阿父當即無恙。姊夫言：歸白大王，為父母乞百年壽也。◆」一家俱喜。至夜，病良已，數日尋瘥[55]。

延師教兒讀。兒甚惠，十八入邑庠[56]，猶能言冥間事。見里中病者，輒指鬼祟[57]所在，以火爇之，往往得瘳[58]。後暴病，體膚青紫，自言鬼神責我綻露，由是不復言。

珠兒

索債人先返夜臺感
恩魂又坿尸來珠兒
真似珠如意不隔幽
明任往回

1 常州：古地名，今江蘇省常州市。
2 夭殂：短命、早夭。殂，讀作「醋」的二聲。
3 庭幃：原指父母居住的房間，後代指父母。通「庭闈」二字。
4 拱璧：須以雙手合捧的大璧玉，此處形容如獲至寶。
5 不辨菽麥：指人沒法分辨豆子與麥子，在此形容人愚昧無知。
6 言語蹇澀：說話結結巴巴，言語遲滯、不順暢。蹇，讀作「簡」，不流利。
7 眇：讀作「秒」，一隻眼睛不能視物。
8 閨闥：原指閨房，此處解作閨房中的私隱。闥，讀作「踏」。
9 生死禍福人：能定人的生死禍福。
10 百緡：一百串錢。緡，讀作「民」，一串錢。
11 遽：就、遂。
12 巴刮牀席：趴伏在床上，亂抓一通。
13 愬：控訴。邑宰：古代對縣令的尊稱，現今的縣長。
14 鞫，讀作「局」，審問、審判。
15 笞：讀作「癡」，鞭打。
16 鞔革：固定於鼓面的皮革。鞔，讀作「蠻」。
17 曛暮：傍晚。曛，讀作「勳」，黃昏落日時刻。
18 恇儴：害怕、驚慌。恇：讀作「框」，急迫不安貌。同今「劻」字，是劻的異體字。
19 詰：讀作「傑」，問。
20 乃爾：如此。
21 蘇州：古地名，今江蘇省蘇州市。
22 怙恃：讀作「護士」，分別指父、母。
23 倀鬼：傳說中，被老虎咬死之人所變成的鬼。倀，讀作「昌」。
24 斗室：形容狹小的房屋或房間。
25 忉怛：讀作「刀達」，傷心難過。
26 舁：讀作「魚」，抬、扛舉。
27 曩：讀作「囊」的三聲，以前、昔日之意。
28 騧：讀作「瓜」，黑嘴的黃馬。
29 渠：他，指第三人稱。
30 金陵：古地名，今江蘇省南京市及江寧縣。
31 楚江王：冥界掌管地獄的十個閻王之一，祂們俗稱十殿閻王。楚江王掌管大海之底的活大地獄（位在正南沃焦石下；沃焦，據舊《華嚴經》所載，其為海底的巨大吸水石，廣大如山，又稱沃焦山）。
32 呵殿：古代官員或權貴出行，儀衛隊前呼後擁，喝令行人讓道。
33 豁然：了然。豁，讀作「貨」。
34 夤：讀作「銀」，攀附權貴，找門路、拉關係。
35 涴：讀作「握」，染污、弄髒。
36 挂：讀作「掛」，懸吊之意，通「掛」字。
37 白：讀作「博」，告訴、告知。
38 騶從：讀作「謅粽」，古代達官顯貴外出時，前後騎馬隨行的隨從。
39 笥：讀作「四」，以竹子編成，放衣物或食物的方形箱子。
40 幞頭：幞，讀作「蒲」，頭巾。紫帔：紫色的披肩；帔，讀作「配」。
41 異物：鬼物。
42 覿：讀作「迪」，見。
43 啻：讀作「斥」，如同、宛如。
44 仆：讀作「撲」，倒臥、跌倒而趴在地上。
45 鬖鬖：讀作「三三」，頭髮披散。
46 委頓：疲累不堪。
47 燕好：夫妻情深。
48 姑舅：公婆。
49 不謂妒醜：不嫌棄。
50 訖：讀作「氣」，完畢、終了。
51 踣：讀作「柏」，跌倒。
52 罔：無、沒有。
53 苧麻：莖皮可製成繩索。苧，讀作「住」。
54 衣衾：此指辦理喪事的器具，壽衣、蓋在死者身上的白紙等。衾，讀作「親」，被子。
55 瘥：讀作「釵」的四聲，病癒。
56 邑庠：古代科舉制度下，對縣學的稱呼。庠，讀作「翔」，學校。
57 祟：指鬼神作祟，行害人之事。
58 瘳：讀作「抽」，病癒。

◆**但明倫評點**：親情庇護，鬼神不冤。

翁婿情深，庇護有加，此二鬼被抓，不甚冤枉。

江蘇常州有個叫李化的人，家境富裕，有田地產業。年過五十，膝下無子，僅一女名叫小惠，生得端莊貌美，夫妻倆極爲疼愛。十四歲時，小惠突染病過世，兩夫妻孤單無伴，生活無甚樂趣。李化這才開始納妾，過了幾年，生下一子，視若珍寶，取名珠兒。珠兒漸漸長大，身材魁梧，樣貌姣好，然生性愚鈍，五六歲仍顯癡呆，說話也不流暢；但李化還是很疼他，不覺珠兒有何缺點。適逢獨眼僧人到市集化緣，可知人家私隱之事，眾人驚以爲神，有人說他能掌控人的生死禍福。獨眼僧拿著一份化緣名單，幾十錢、幾百錢的索要，無人敢與他討價還價。他拜訪李化，化緣一百串錢；李化有些爲難，給他十兩，不接受，李化逐漸增至三十兩，他厲色道：「一定要一百串錢，缺一文都不行！」李化也生氣，把錢收起便走。獨眼僧憤怒起身，說：「你可別後悔！」不久，珠兒突然心劇痛，趴在床上，用手又抓又扒，臉色如土灰。李化這才懼怕，拿八十兩拜訪獨眼僧，求他救珠兒。獨眼僧笑道：「你肯拿出這麼多錢還眞不容易！然山野僧侶又有何本事？」李化返家，珠兒已死。他很悲痛，一狀告上縣衙。知縣便拘拿獨眼僧審問，他仍不肯承認，多作詭辯之詞。知縣施以鞭刑，如打在鼓皮一般；命人搜身，找到兩個木人、一個小棺材、五面小旗幟。知縣大怒，指證歷歷，獨眼僧這才懼怕，招認罪狀；知縣不聽，將其杖斃。李化叩謝知縣後返家。

到家已是傍晚時分，李化和妻子坐在床上。忽有一小男孩慌張入屋，說：「阿爹怎麼走得如此快？差點追不上。」李化觀他體貌，應是七八歲；驚訝不已，正欲問他打哪裡來時，見他若隱若現，如煙霧般虛無飄渺，轉瞬間，那孩子已跑到床上坐下。李化將他推至床下，孩子跌倒在地，卻未發出聲響。那孩子說：「阿爹，你這是做甚？」轉眼又爬上了床。李化害怕，與妻子逃出臥室，孩子在後不斷呼喚阿父、阿母。李化跑到小妾房間，急忙關上門，一回頭，孩子已在膝下。李化驚怕的問他究竟要如何，孩子答：「我本蘇州人氏，姓詹。六歲時失去雙親，不被兄嫂接納，將我逐出外祖父家。我在門外嬉戲，被妖僧誘殺在桑樹下，受他驅使，爲虎作倀，含冤九泉，無法解脫。幸賴阿爹替我昭雪，願做您的孩兒。」李化說：「人鬼殊途，如何能相伴？」那孩子說：「我只需一小間房與床鋪被褥容身就行，每日給我一杯冷粥，其他無須勞煩。」李化答應它的請求。那孩子很高興，便獨睡一間房。早晨，自後院內室進屋，有如李家奴僕所生孩子一般。那孩子聽聞李化侍妾哭泣著想念珠兒，便問：「珠兒死了幾天？」李化答稱已有七日。那孩子說：「眼下天氣寒冷，屍體應當還沒腐爛，可以試著打開棺木觀視，如若肉身尚未損壞，我就能借珠兒屍體還陽。」李化大喜，與它一同前去；開棺驗之，肉身完好無損。李化正悲傷間，回頭一看，那孩子已消失不見。他覺得很奇怪，將屍體抬回家，才剛放上床榻，珠兒已開眼，不久就說要喝湯，喝湯發汗，汗流完便下床。

大家都驚喜珠兒復生，加上他聰慧、行動自如，和以前大不相同。然到了夜晚卻僵臥在床、沒有呼吸，眾人推他，毫無反應，宛若屍體。大夥無不驚愕，以爲他又死了，天快亮時，才如夢初醒。眾人詢問緣由，那孩子答：「以前我受妖僧驅使時，除了我，還有另一個孩子，名喚哥子。日前追不上阿爹，就是要與哥子道別。它現在在地府，被姜員外收作義子，過得很好。晚上，它前來邀我嬉戲，剛才用白鼻黃馬送我回來。」李妻問：「在陰間，見到珠兒了嗎？」那孩子答：「珠兒已經投胎轉世去了，它和阿爹沒父子緣分，不過是金陵的嚴子方來討債罷了。」原來先前李化到金陵做買賣，曾欠嚴子方貨款未還清，但嚴

子方死後此事無人知曉，李化聽了大驚。李妻問：「你見到惠姊了嗎？」那孩子說：「沒見到，再去，會查訪。」又過兩三天，對李妻說：「惠姊在地府過得很好，嫁給楚江王的么兒，珠翠頭飾插滿髮髻，出門就有一群侍從跟隨，在前後喝道開路。」李妻問：「它爲何不回娘家？」那孩子說：「人死了，與陽世親人再無半點關係。若有人細說前生之事，才會想起。昨託姜員外找門路，見到了惠姊。它要我一起坐在珊瑚床上。我說父母很想念它，它聽了如在睡夢中，半點也沒憶起。我說：『惠姊生前喜繡並蒂花，有一次剪刀刺到手指，血流到綾子上，惠姊就將血漬繡成紅雲。如今母親仍掛在床頭，時常睹物思人。惠姊忘了嗎？』惠姊聽了這才傷感起來，說：『我須與夫君商量，才能回家探望母親。』」李妻問小惠何時回來，珠兒答稱他也不知。

有天，珠兒對李妻說：「惠姊將至，隨從眾多，要多準備些酒水。」不久，跑進內室，說：「惠姊來了！」他將坐榻移至大廳，說：「姊姊先稍事休息，別再難過哭泣。」家人都看不見小惠。珠兒領人到門外燒紙錢，灑酒於地，慰勞那些跟隨惠姊來的僕從，回來後說：「我讓隨從先離開了。」惠姊問：「以前那條被燭火燒出一個小洞、我曾蓋過的綠錦被，還在嗎？」李妻說：「還在。」她便打開箱子取出錦被。珠兒說：「惠姊命我將錦被放在它以前所住房間。它頗感疲倦，小睡之後，翌日再與母親敘話。」

東面鄰家有位趙姓女子，惠姊生前是其閨中好友。當晚，她夢見小惠戴頭巾、身披紫色披肩前來探望，談笑一如既往。小惠說：「我如今是鬼，父母見了我，如隔千山萬水。想借妹子肉身與家人敘話，莫要恐懼。」翌日清晨，趙女正與母親說話之時，忽倒地斷氣，過了一會兒才醒，對趙母說：「小惠與阿嬸

分別不過幾年，您就長出了這麼多白髮！」趙母驚訝的說：「你得了瘋病了嗎？」趙女拜別後，走出了家門。趙母知女兒有異，跟隨在後。趙女直接走到李家，抱著李妻哀啼。李妻驚訝的不知所以然，趙女說：「惠兒昨日回來，頗疲累，沒來得及說上話。女兒不孝，未能奉養高堂，讓父母思念，罪不可贖！」李妻這才知她是小惠，也哭泣，哭完問：「聽說你現在顯貴，爲娘甚感寬慰。但你住在王家，如何能來？」趙女說：「夫君與惠兒感情極好，公婆也很疼愛，半點也不嫌棄。」小惠生前喜以手托住下巴，趙女談話時又做此舉動，神情宛似小惠。沒多久，珠兒跑進來，說：「接姊姊的人來了。」趙女這才起身，流淚拜別父母，說：「惠兒走了。」說完，又倒地，過了一會兒才醒。

幾個月後，李化生了重病，吃藥無效。珠兒說：「恐怕快死了！有兩隻鬼坐在床頭，一個拿著鐵杖，一個手纏繞麻繩，長四五餘尺，我早晚哀求，它們就是不走。」李妻哭泣，準備替夫君辦後事。傍晚，珠兒快步走入，說：「閒雜婦人且暫避，姊夫要來看阿爹。」不久，珠兒拍手而笑。李妻問他爲何笑，珠兒答：「我笑二鬼，聽說姊夫來，都躲在床底下如龜鱉。」又過了一會兒，珠兒望著空氣寒暄，問了惠姊近況。珠兒又拍手，說：「這兩個鬼奴，我央求它們就是不走，現在眞是痛快！」珠兒走出門外又返回，說：「姊夫走了。二鬼被綁在馬頸的皮帶上。阿爹立刻就可痊癒。姊夫說，回去將稟告祂父王，爲父母求百年壽命。」全家都很高興。當晚，李化病癒，數日完全康復。

李化請老師教珠兒讀書，珠兒甚聰明，十八歲考中秀才，還能說地府之事。見鄉里有人患病，便指出鬼祟之處，以火燒之，患者往往痊癒。後來，珠兒突然患病，全身皮膚青紫，說自己被責怪洩露天機，從此不再說地府之事。

小官人

太史[1]某公，忘其姓氏。晝臥齋中，忽有小鹵簿[2]，出自堂陬[3]。馬大如蛙，人細於指。小儀仗以數十隊：一官冠皁紗[4]，著繡襆[5]，乘肩輿[6]，紛紛出門而去。公心異之，竊疑睡眼之訛。頓見一小人，返入舍，攜一氈包[7]，大如拳，竟造[8]牀下。白[9]言：「家主人有不腆之儀[10]，敬獻太史。」言已，對立，即又不陳其物。少間，又自笑曰：「戔戔[11]微物，想太史亦當無所用，不如即賜小人。」太史頷之。欣然攜之而去。後不復見。惜太史中餒[12]，不曾詰[13]所自來。◆

有個忘其貴姓的太史，白天睡在書齋中，忽有一小隊官員出行的儀仗，從大廳角落出來。馬如蛙大，人比手指小。小儀仗數十隊；有位官員頭戴烏紗帽、身穿繡著紋飾的官服，乘著轎子，紛紛從門口出去。太史覺得奇怪，以爲自己睡眼朦朧看錯了。忽見一小人走回屋裡，取出一拳頭般大的毛織包裹，直接走到床下，對太史說：「我家主人有粗陋薄禮要獻給太史。」說完，站在他面前，卻不立刻拿出包裹裡的東西。不久，小人又自笑道：「微薄之物，想必太史也用不著，不如賜給我。」太史點頭，小人便高興的拿著東西走了。以後再也不得見。可惜太史受了驚嚇，沒問他們的來歷。

小官人

幾疑雙眼驟模糊
槐國衣冠事有無
微物戔猶吝惜
小人常態亦何殊

1太史：古代官名，原指編修史書、記載史實，兼職掌天文曆法。明清兩代將天文曆法歸欽天監掌管，修史之職則歸於翰林院，故俗稱翰林為「太史」。

2鹵簿：原指古代皇帝出行時的護衛隊，後來一般官員出行的儀仗，亦稱鹵簿。

3堂陬：大廳角落。陬，讀作「鄒」，指角落。

4皁紗：烏紗帽。皁，讀作「造」，黑色，通「皂」字。

5繡襆：繡著花紋的官袍。襆，在此處應作「韍」字，讀作「服」，古代一種繫於腰間、遮於官服或禮服前的蔽膝；此處借指官服。

6肩輿：轎子。

7氈：讀作「詹」，毛織品。

8竟造：直接來到。

9白：讀作「博」，告訴、告知。

10不腆之儀：粗陋的禮物。腆，讀作「舔」，豐厚。

11戔：讀作「兼」，微小的樣子。

12中餒：沒有勇氣。

13詰：讀作「傑」，問。

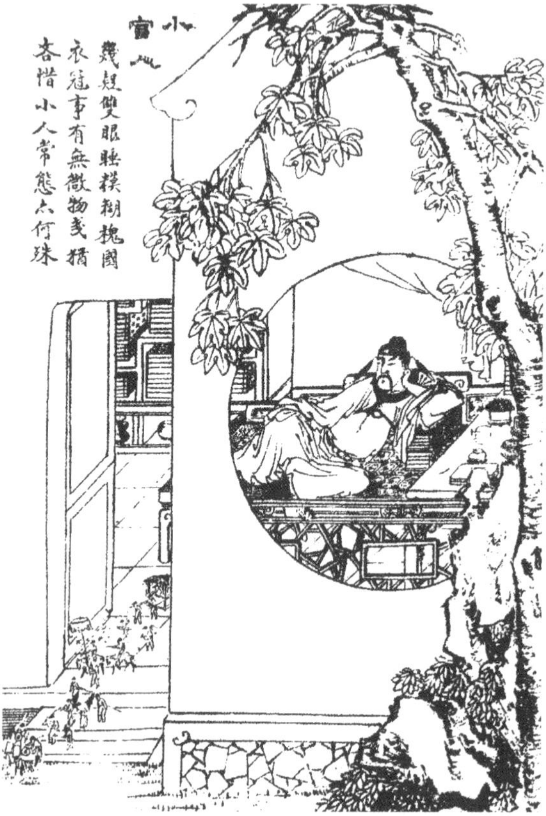

◆**何守奇評點**：小官人出太史之門，以苞苴（讀作「居」）見饋，反為小人所欺，中餒故也，又安能詰其所自來。

小官人借太史的門出行，以禮相贈，反被小人所欺，只怪太史公自己喪失勇氣，又怎能問小人的來歷？

胡四姐

尚生，泰山[1]人。獨居清齋。會值秋夜，銀河高耿，明月在天，徘徊花陰，頗存遐想。忽有一女子踰垣[2]來，笑曰：「秀才何思之深？」生就視，容華若仙，驚喜擁入，窮極狎昵[3]。自言：「胡氏，名三姐。」問其居第，但笑不言。生亦不復置問，惟相期永好而已。自此，臨無虛夕。

一夜，與生促膝燈幕，生愛之，矚[4]盼不轉。女笑曰：「眈眈視妾何為？」曰：「我視卿如紅藥碧桃，即竟夜視，不為厭也。」三姐曰：「妾陋質，遂蒙青盼如此；若見吾家四妹，不知如何顛倒。」生益傾動，恨不一見顏色，長跽[5]哀請。踰夕，果偕四姐來。年方及笄[6]，荷粉露垂，杏花煙潤，嫣然含笑，媚麗欲絕。生狂喜，引坐。三姐與生同笑語；四姐惟手引繡帶，俛首[7]而已。未幾，三姐起別，妹欲從行。生曳[8]之不釋，顧三姐曰：「卿卿煩一致聲！」三姐乃笑曰：「狂郎情急矣！妹子一為少留。」四姐無語，姊遂去。二人備盡歡好。既而引臂替枕，傾吐生平，無復隱諱。四姐自言為狐。生依戀其美，亦不之怪。四姐因言：「阿姊狠毒，業殺三人矣。惑之，罔[9]不斃者。妾幸承溺愛，不忍見滅亡，當早絕之。」生懼，求所以處。四姐曰：「妾雖狐，得仙人正法，當書一符黏寢門，可以却之。」遂書之。既曉，三姐來，見符却退，曰：「婢子負心，傾意新郎，不憶引綫[10]人矣。汝兩人合有夙分[11]，余亦不相仇；但何必爾？」乃逕去。

數日，四姐他適，約以隔夜。是日，生偶出門眺望，山下故有槲[12]林，蒼莽中，出一少婦，亦頗風韻。近謂生曰：「秀才何必日沾沾戀胡家姊妹？渠[13]又不能以一錢相贈。」即以一貫授生，曰：「先持歸，貰

良醞[14]；我即攜小肴饌來，與君為歡。」生懷錢歸，果如所教。少間，婦果至，置几上燔[15]雞、鹹彘肩[16]各一，即抽刀子縷切為臠[17]；釃酒[18]調謔，歡洽異常。繼而滅燭登牀，狎情蕩甚。既曙始起。方坐牀頭，捉足易舄[19]，忽聞人聲；傾聽，已入幃[20]幕，則胡姊妹也。婦乍睹，倉皇而遁，遺舄於牀。二女遂叱曰：「騷狐！何敢與人同寢處！」追去，移時始返。四姐怨生曰：「君不長進，與騷狐相匹偶，不可復近！」遂悻悻[21]欲去。生惶恐自投，情詞哀懇。三姐從旁解免[22]，四姐怒稍釋，由此相好如初。

一日，有陝[23]人騎驢造門[24]曰：「吾尋妖物，匪伊朝夕[25]，乃今始得之。」生父以其言異，訊所由來。曰：「小人日泛煙波，遊四方，終歲十餘月，常八九離桑梓[26]，被妖物蠱殺吾弟。歸甚悼恨，誓必尋而殄滅之。奔波數千里，殊無蹟兆。今在君家。不翦，當繼吾弟亡者。」時生與女密邇[27]，父母微察之，聞客言，大懼，延入，令作法。出二瓶，列地上，符咒良久。有黑霧四團，分投瓶中。客喜曰：「全家都到矣。」遂以豬脬[28]裹瓶口，緘封甚固。生父亦喜，堅留客飯。生心惻然，近瓶竊視，聞四姐在瓶中言曰：「坐視不救，君何負心？」生益感動，急啟所封，而結不可解。四姐又曰：「勿須爾，但放倒壇上旗，以鍼[29]刺脬作空，予即出矣。」生如其請。果見白氣一絲，自孔中出，凌霄而去。客出，見旗橫地，大驚曰：「遁矣！此必公子所為。」搖瓶俯聽，曰：「幸止亡[30]其一；此物合不死，猶可赦。」乃攜瓶別去。

後生在野，督傭刈麥[31]，遙見四姐坐樹下。生近就之，執手慰問。且曰：「別後十易春秋，今大丹已成[32]。但思君之念未忘，故復一拜問。」生欲與偕歸。女曰：「妾非昔比，不可以塵情染，後當復見耳。」言已，不知所在。又二十年餘，生適獨居，見四姐自外至。生喜與語。女曰：「我今名列仙籍，本不應再履塵世。但感君情，敬報撤瑟[33]之期。可早處分後事；亦勿悲憂，妾當度君為鬼仙，亦無苦也。」乃別而去。至日，生果卒。尚生乃友人李文玉之戚好，嘗親見之。◆

尚生是山東泰安人，獨居在冷清的書齋中。適逢秋天夜晚，星光燦爛，明月皎潔，於花叢間徘徊，幻想著佳人。忽有一名女子跳過矮牆前來，笑道：「秀才在想什麼呢？」尚生一看，此女貌若天仙，高興的擁入懷中，兩人盡情的在床上翻雲覆雨。女子自我介紹：「我姓胡，名三姐。」尚生問她家居何處，她只笑不語。尚生也沒再問，只希望能永遠與她在一起。從此，三姐每晚都來。

一夜，三姐與尚生在燈下促膝閒聊；尚生很喜歡她，看得目不轉睛。三姐笑道：「你直勾勾的望著

1 泰山：山名，位於今山東省泰安市。
2 垣：讀作「圓」，矮牆。
3 狎昵：讀作「霞逆」，親密。此處指親熱，男女交歡之意。
4 矚：注視、觀看。
5 跽：讀作「季」，古代跪禮的一種（長跪），臀部不著腳跟，直身挺腰。
6 及笄：滿十五歲：古代女子年滿十五歲即束髮、使用髮簪，代表成年，可婚配。笄，讀作「基」，盤髮用的簪子。
7 俛：低頭。同今「俯」字，是俯的異體字。
8 曳：牽、拉。
9 罔：無、沒有。
10 綫：同今「線」字，是線的異體字。
11 夙分：宿世的緣分，意即前世有緣。
12 槲：讀作「壺」，植物名。落葉喬木，木質堅硬，可製作器具及枕木；葉子可飼養柞蠶。
13 渠：他，指第三人稱。
14 貰良醞：此指買壺好酒。貰，讀作「是」，原意為出借或賒欠。醞，讀作「韻」，借指酒。
15 燔：讀作「凡」，燒烤、焚燒。
16 彘肩：豬腿根部的肉，即蹄膀。彘，讀作「至」，豬。
17 臠：讀作「鑾」，切成小塊或小片的肉。
18 釃酒：斟酒。釃，讀作「施」。
19 舄：讀作「系」，指鞋子。
20 幃：帳幕，通「帷」字。
21 悻悻：怨恨憤怒。
22 解免：調解、勸慰。
23 陝：陝西省的簡稱。
24 造門：拜訪。
25 匪伊朝夕：不只一兩日。匪：不，通「非」字。
26 桑梓：代稱鄉里。
27 密邇：親密、接近。
28 豬脬：豬的膀胱。脬，讀作「抛」，膀胱。
29 鍼：同「針」。
30 亡：逃。
31 刈麥：收割麥子。刈，讀作「義」，收割。
32 大丹已成：意謂修煉成仙。
33 撤瑟：病危、死亡。

◆**何守奇評點**：四姐合不死，豈非有未嘗殺人故耶？乃名列仙籍，猶惓惓（讀作「拳」）於生，何故人之多情也？

四姐之所以命不該絕，難道不是因從未害過人嗎？乃至其後名列仙班，仍對尚生情真意摯，真是有情有義啊！

我，想做什麼呢？」尚生答：「我看你嬌豔如紅藥與碧桃，就算看一整晚，也不覺厭煩。」三姐說：「我長得醜，承蒙你如此青睞；若讓你見了我家四妹，還不知你要如何爲她傾倒。」尚生心動，恨不能一睹芳容，長跪在地苦苦哀求三姐。隔晚，三姐果然與四姐一同前來。四姐才剛滿十五歲，猶如帶著露水的粉荷、蒙上一層煙霧的杏花，嫣然帶笑，豔麗絕倫。尚生很高興，請她坐下。三姐與尚生有說有笑，四姐只低頭扯著繡花衣帶。沒多久，三姐起身告辭，四姐也要一起走。尚生拽著四姐衣袖不放，對三姐說：「你也幫忙說句好話。」三姐笑道：「郎君這麼急性子，妹子你就多留一會兒吧！」四姐不語，三姐離開。尚生與四姐在床上纏綿溫存。頭互枕在對方手臂上，尚生將家世相告，未有隱瞞。四姐說自己是狐狸，尚生迷戀其美色，也不害怕。四姐便說：「我姊姊心腸歹毒，已殺害三條人命。凡迷上牠的人，都逃不掉死亡命運。我承蒙郎君垂愛，不忍見你也搭上性命，務必早點與牠斷絕往來。」尚生害怕，問牠該怎麼做。四姐說：「我雖也是狐狸，卻得仙人傳授道法，我寫一道符給你，貼在寢室門上，可讓牠知難而退。」牠立刻寫了道符。天明，三姐來，見符退避，暗罵道：「小賤人也太忘恩負義了，有了新歡，就忘了我這個媒人。你們兩人應有因緣之分，我也不嫉妒，但又何必如此？」便直接離去。

數日，四姐要去他處，相約隔夜再會。當天，尚生出門散步，山下有片槲木林，樹叢中走出一名少婦，亦頗有風韻。她走近，對尚生說：「秀才何必整日迷戀胡家姊妹？牠們也不能給你一文錢。」說完，便拿一貫錢給他，說：「你先拿錢回去買些好酒，我等會兒帶些下酒菜來，與你飲酒作樂。」尚生帶著錢回家，照她所說去做。不久，少婦便來，將烤雞、鹹蹄膀放在矮桌上，抽出刀子切成肉片；兩人飲酒調戲，十分歡愉，接著吹熄蠟燭上床，雲雨一番，天亮才起。少婦正坐在床頭、捉著腳欲穿鞋之際，忽聽有人說話；仔細一聽，人已進入帷幕，是胡家姊妹。少婦一看，倉皇而逃，留下一隻鞋在床上。胡家姊妹追上前去叱罵：「不要臉的騷狐狸！憑你也敢跟人同眠共枕！」兩人追去，過了許久才回。四姐埋怨尚生：「你眞沒出息，和那騷狐狸相好，這種人，我無法再跟他來往了。」隨即怨恨難平的轉身欲走。尚生惶恐認錯，一言一語皆發自肺腑。三姐從旁勸解，四姐這才怒氣消釋，從此和好如初。

有天，一名陝西人騎驢前來拜訪：「這幾隻妖物讓我找得好苦，現在終於找到了。」尚父覺得他話有玄機，便問緣由。陝西人說：「鄙人雲遊四方，一年十幾個月，大部分時候都離鄉背井，妖物趁我不在家時蠱惑舍弟，害死了他。回家後非常氣憤，發誓一定要找到牠們，滅了這些妖物。我四處奔波

走了數千里，遍尋不著。現在在你家找到了，如若不剷除，也會有人與舍弟一樣慘死。」那時，尚生與胡家姊妹親近，雙親亦有所覺，聽來客這麼一說也感害怕，便請他進入，讓他作法。陝西人放了兩個瓶子，排列在地，畫符唸咒許久。只見四團黑霧，分別投入瓶中。陝西人高興的說：「狐狸全家都捉到了。」便以豬膀胱包覆瓶口，以繩子牢牢封住。尚父也很高興，堅持留客人吃飯。尚生於心不忍，走近瓶子偷看，聽聞四姐在瓶中說：「你見死不救，眞是個負心漢。」尚生一時激動，急欲解開封口繩子，但繩結很緊解不了。四姐又說：「無須如此，只要放倒法壇上的旗子，拿針刺穿膀胱，我就能出來了。」尚生照牠話去做。果見一絲白煙從小孔中出來，直衝凌霄而去。陝西人出來，見法壇上旗子倒地，大驚：「逃走了！這定是令郎所爲。」他搖瓶傾聽，說：「幸好只逃走一個，此妖命不該絕，還可饒恕。」便帶著瓶子離開。

許久後有一天，尚生在郊外督促僕人收割麥子，遠遠見到四姐坐在樹下。他走了過去，拉起四姐的手，訴說別後光景。四姐說：「離別十年，如今我已修煉成仙，但仍沒忘記你，所以前來探問。」尚生欲帶祂回家，四姐說：「我已非往昔的我，不可再有男女情愛關係；不過，我們日後仍會再見。」又過了二十多年，尚生正巧一人在屋裡，見四姐從外頭進來，歡喜異常的與祂說話。四姐說：「我如今已名列仙班，本不應再履塵世。但感念你情深義重，前來告知你的死期。你可早些安排後事；無須悲傷難過，我當度你爲鬼仙，不會受苦。」說完，辭別而去。到了那一日，尚生果然死了。尚生是吾友李文玉的親戚，他親眼見過此事。

豬婆龍

豬婆龍1產于西江2。形似龍而短，能橫飛；常出沿江岸撲食鵝鴨。或獵得之，則貨3其肉于陳、柯。此二姓皆友諒4之裔，世食豬婆龍肉，他族不敢食也。一客自江右5來，得一頭，縶6舟中。一日，泊舟錢塘，縛稍懈，忽躍入江。俄頃，波濤大作，估舟7傾沉。

豬婆龍產於江西，形體似龍，身形比龍短，可以橫飛，經常出沒江岸捕食鵝鴨。有人捉到豬婆龍後，往往將肉賣給陳、柯二姓之人。此二姓族人皆陳友亮後裔子孫，世世代代吃豬婆龍肉，其他姓氏的人則不敢吃。有個人從江西來，捉得了一頭豬婆龍，綁縛於船上；某天，此人將船停靠錢塘江邊，繩子略微鬆脫，豬婆龍忽跳入江中。不久，江中波濤洶湧，這船瞬間沉沒。

1 豬婆龍：爬蟲類動物，長約兩公尺，形似鱷魚，四隻腳，前肢五趾無蹼，後肢四趾有蹼，穴居在池沼底部，以魚、蛙、鳥、鼠為食。皮可用來製成鼓面。又稱「鼉龍」、「靈鼉」、「揚子鱷」（鼉，讀作「陀」）。
2 西江：長江下游西部，今江西省。
3 貨：販賣之意。
4 友諒：即陳友諒。原姓謝，祖輩入贅陳家，故從其姓，元朝沔陽人。原以捕魚為生，元順帝時，加入徐壽輝領導的紅巾軍，後背叛取得領導權，起兵攻下江西諸路，自稱漢帝，之後與明太祖朱元璋戰於鄱陽湖，中箭身亡，稱帝四年。
5 江右：古代指長江下游以西的地區，今稱江西省為「江右」。
6 縶：讀作「直」，綑綁。
7 估舟：經商用的船隻。

祝翁

濟陽[1]祝村有祝翁者，年五十餘，病卒。家人入室理縗經[2]，忽聞翁呼甚急。羣奔集靈寢，則見翁已復活。羣喜慰問。翁但謂媼[3]曰：「我適去，拚不復返。行數里，轉思拋汝一副老皮骨在兒輩手，寒熱仰人，亦無復生趣，不如從我去。故復歸，欲偕爾同行也。◆」咸以其新蘇妄語，殊未深信。翁又言之。媼云：「如此亦復佳。但方生，如何便得死？」翁揮之曰：「是不難。家中俗務，可速作料理。」媼笑不去。翁又促之。乃出戶外，延數刻而入，紿[4]之曰：「處置安妥矣。」翁命速妝。媼不去，翁催益急。媼不忍拂其意，遂裙妝以出。媳女皆匿笑。翁移首於枕，手拍令臥。媼曰：「子女皆在，雙雙挺臥，是何景象？」翁搥牀曰：「並死有何可笑！」子女輩見翁躁急，共勸媼姑從其意。媼如言，並枕僵臥。家人又共笑之。俄視媼笑容忽斂，又漸而兩眸俱合，久之無聲，儼如睡去。衆始近視，則膚已冰而鼻無息矣。試翁亦然，始共驚怛[5]。康熙二十一年[6]，翁弟婦傭於畢刺史[7]之家，言之甚悉。

異史氏曰：「翁其夙有畸行[8]與？泉路茫茫，去來由爾，奇矣！且白頭者欲其去則呼令去，何其暇也！人當屬纊[9]之時，所最不忍訣者，牀頭之暱人耳；苟廣其術，則賣履分香[10]，可以不事矣。

1 濟陽：古縣名，今屬山東省濟南市所管轄的一個縣。
2 縗絰：讀作「崔跌」，麻布製成的喪服。
3 媼：讀作「棉襖」的襖，指老婦人。同今「媼」字，是媼的異體字。
4 紿：讀作「帶」，欺瞞、誆騙。
5 驚怛：驚訝、害怕。怛，讀作「達」。
6 康熙二十一年：即西元一六八二年。
7 畢刺史：名際有，字載績，號存吾，山東省淄川縣人，與蒲松齡同鄉，亦對他有知遇之恩。刺史，清代知州的別稱，地方長官。
8 行：在此應解作特殊能力。
9 屬纊：讀作「主礦」：古人臨死之際，置棉絮於其口鼻附近，以觀察氣息有無。此指人瀕死之際。
10 賣履分香：亦作「分香賣履」。人臨死前，對家人交代遺言，典故出自曹操〈遺令〉：「餘香可分與諸夫人，不命祭。諸舍中無所為，可學作履組賣也。」

◆**馮鎮巒評點**：此數語觀之令人泣下。凡事暮年老親，非孝子順婦，鮮不蹈此病。

這幾句話讀來教人流淚，心有戚戚焉。家有年邁雙親，除非兒子媳婦事親至孝，否則此難堪光景很難避免。

山東濟陽的祝家村有位祝姓老翁，五十多歲病逝。死後，家人進入寢室，披麻帶孝爲他料理後事，忽聽老翁急切呼喚，眾人紛紛跑至靈柩前。見老翁復活，家人高興的上前慰問，老翁只對妻子說：「我剛才走時，本不想再回來。走了數里，轉念一想，留下你一副老骨頭，還要靠兒孫撫養，與其仰人鼻息、看人臉色，還不如隨我前去陰曹地府。這才回轉陽世，要帶你一同去。」老翁的妻子以爲他人剛醒胡言亂語，並不相信。老翁又勸。翁妻說：「這樣也好。但我還活著，怎能說死就死？」老翁揮揮手，道：「此事不難，你先打點好家中雜務。」翁妻笑著不去，老翁又催，翁妻這才走出門外，故意拖延數刻才返回，騙道：「全都安排妥當了。」老翁要她快去裝扮，翁妻不肯，老翁頻頻催促。她不忍違逆夫君意思，便換了套衣裙打扮一番才出來。媳婦與女兒皆竊笑。老翁將頭移至枕頭的一側，以手拍拍身旁空出的位置，要妻子躺下。翁妻說：「兒女都在這裡，我們雙雙躺在這兒，成何體統？」老翁捶床，說：「一同赴死有何可笑！」兒女輩見老翁急躁，都一塊兒勸翁妻順從老翁之意。翁妻照他所言去做，與他共枕，直挺挺的躺在床上。家人又一起笑著。不久，翁妻忽收斂笑容，漸閉上雙眼，許久未再出聲，如睡著一般。家人這才走近查看，見翁妻肌膚已冰冷，氣息全無；再看老翁也是一樣，大夥這才驚訝的害怕起來。康熙二十一年，祝翁的弟媳於畢刺史家幫傭，詳盡敘述了此事。

記下奇聞異事的作者如是說：「老翁從前難道有特異能力？黃泉路茫，他卻能來去自如，眞是怪事一樁！且老翁想要妻子與他一起死，竟只消吩咐一聲就行，還眞悠哉啊！人在臨終之際，最不忍訣別的正是枕畔人；若這種特殊能力推廣出去，那麼連向妻妾囑咐後事的功夫也可省卻。」

某公

陝右[1]某公，辛丑[2]進士。能記前身。嘗言前生為士人，中年而死。死後見冥王判事，鼎鐺油鑊[3]，一如世傳。殿東隅，設數架，上搭豬羊犬馬諸皮。簿吏呼名，或罰作馬，或罰作豬；皆裸之，於架上取皮被之。

俄至公，聞冥王曰：「是宜作羊。」鬼取一白羊皮來，捺[4]覆公體。吏白[5]：「是曾拯一人死。」王檢籍覆視，示曰：「免之。惡雖多，此善可贖。」鬼又褫[6]其毛革。革已黏體，不可復動。兩鬼捉臂按胸，力脫之，痛苦不可名狀；皮片斷裂，不得盡脫。既脫，近肩處，猶黏羊皮大如掌。公既生，背上有羊毛叢生，翦去復出。◆

陝西某官員，清順治十八年中進士，能記前世之事。曾說自己前世是讀書人，中年死去。死後，見冥王判論功過，以油鍋等刑具懲處犯罪之人，正如人世間所傳說那樣。大殿東邊一角，有數個架子，上面放置豬羊犬馬等畜生的皮。文書官員一一唱名，那些鬼全身赤裸，鬼差從架上取畜生毛皮，披在它們身上，有的被罰做馬，有的罰做豬。

不久，輪到它自己。聽冥王說：「此鬼當投胎做羊。」鬼差便取一白羊皮，披覆在它身上。文書官員說：「此人曾救過一快死之人。」冥王拿《生死簿》又看了一遍，說：「那就不用了。它雖作惡多端，此一善業可贖。」鬼差又剝其身上毛皮，但毛皮已沾黏在身上，無法卸下。兩個鬼差捉其手臂，按其胸膛，奮力脫之，苦不堪言；毛皮斷裂，惟無法全部清除。剝除後，近肩膀處仍黏著一塊巴掌大羊皮。此人投胎爲人，背上有羊毛叢生，剪掉，又長出來。

1陝右：陝西，陝原（今河南省陝縣西南）以西的地區。
2辛丑：應指清世祖順治十八年，西元一六六一年。
3鼎鐺油鑊：油鍋。人若生前為惡，死後陰間以此刑具懲罰。鐺，讀作「稱」，類似現今所用平底鍋。鑊，讀作「獲」，古代用來烹煮食物的大鍋。
4捺：讀作「納」，以手重按。
5白：讀作「博」，告訴、告知。
6褫：讀作「尺」，脫、卸、剝奪。

◆**何守奇評點**：善可贖多惡，正當於此處認真。

為善可抵銷罪孽深重，世人當以此警惕。

快刀

明末，濟屬[1]多盜。邑[2]各置兵，捕得輒殺之。章丘[3]盜尤多。有一兵佩刀甚利，殺輒導窾[4]。一日，捕盜十餘名，押赴市曹。內一盜識兵，逡巡[5]告曰：「聞君刀最快，斬首無二割。求殺我！」兵曰：「諾。其謹依我，無離也。」盜從之刑處，出刀揮之，豁[6]然頭落。數步之外，猶圓轉而大贊[7]曰：「好快刀！」

明朝末年，山東濟南一帶多盜賊出沒，各縣城布置官兵，一捉到就殺。有一兵卒配刀甚爲鋒利，斬首刀法利索。有天，官差抓到十幾名盜匪，押往刑場準備行刑。其中一個盜匪認識這名刀法俐落的兵卒，吞吞吐吐的對他說：「聽說你刀法最快，斬首無須砍第二次。求你殺我！」那兵卒說：「好。你跟著我，莫要離開我視線。」盜匪跟隨他來到刑場，那兵卒抽刀揮砍，刀起頭落。數步之外，砍下的頭顱在地上打滾，大聲讚道：「好快的刀法！」

1 濟屬：清朝時，山東省濟南府所管轄地域，包含淄川、濟陽、陵縣等十五個縣。
2 邑：此處指縣市。
3 章丘：古地名，今屬山東省濟南市所管轄的一個市。
4 導窾：順著骨節的空隙去砍，此指刀法利索。窾，讀作「款」，孔穴。
5 逡巡：徘徊、猶豫不前，此處指說話吞吞吐吐。逡，讀作「群」的一聲。
6 豁：讀作「貨」，突然、很快。
7 贊：讚賞，同「讚」字。

斷殺原非弭盜法劇憐駢戮赴
西曹更無悲死須臾意但為
頭顱覓快刀

俠女

顧生，金陵[1]人。博於材藝，而家綦[2]貧。又以母老，不忍離膝下，惟日為人書畫，受贄[3]以自給。行年二十有五，伉儷猶虛。對戶舊有空第，適一老嫗[4]及少女，稅居其中。以其家無男子，故未問其誰何。一日，偶自外入，見女郎自母房中出，年約十八九，秀曼都雅，世罕其匹，見生不甚避，而意凜如[5]也。生入問母。母曰：「是對戶女郎，就吾乞刀尺。適言其家亦止一母。此女不似貧家產，問其何為不字[6]，則以母老為辭。明日當往拜其母，便風[7]以意；倘所望不奢，兒可代養其老。」明日造[8]其室，其母一聾媼[9]耳。視其室，並無隔宿糧。問所業，則仰女十指[10]。徐以同食之謀試之，媼意似納，而轉商其女；女默然，意殊不樂。母乃歸。詳其狀而疑之曰：「女子得非嫌吾貧乎？為人不言亦不笑，豔如桃李，而冷如霜雪，奇人也！」母子猜歎而罷。

一日，生坐齋頭，有少年來求畫。姿容甚美，意頗儇佻[11]。詰[12]其所自，以「鄰村」對。嗣後三兩日輒一至。稍稍稔熟，漸以嘲謔；生狎[13]抱之，亦不甚拒，遂私焉。由此往來暱甚。會女郎過，少年目送之，問為誰。對以「鄰女」。少年曰：「豔麗如此，神情一何可畏！」少間，生入內。母曰：「適女子來乞米，云不舉火[14]者經日矣。此女至孝，貧極可憫，宜少周卹[15]之。」生從母言，負斗米款門達母意。女受之，亦不申謝。日嘗至生家，見母作衣履，便代縫紉；出入堂中，操作如婦。生益德之。每獲餽餌，必分給其母，女亦略不置齒頰[16]。母適疽[17]生隱處，宵旦號咷[18]。女時就榻省視，為之洗創敷藥，日三四作。母意甚不自安，而女不厭其穢。母曰：「唉！安得新婦如兒，而奉老身以死也！」言訖[19]悲哽。女慰之曰：「郎子大孝，勝我寡母孤女什百矣。」母曰：「牀頭蹀躞之役[20]，豈孝子所能為者？且身已向暮，旦夕犯霧露，深以祧續[21]為憂耳。」言間，生入。母泣曰：「虧娘子良多！汝無忘報德。」生伏拜之。女曰：「君敬我母，我勿謝也；君何謝焉？」於是益敬愛之。然其舉止生硬，毫不可干。

一日，女出門，生目注之。女忽回首，嫣然而笑。生喜出意外，趨而從諸其家。挑之，亦不拒，欣然交懽[22]。已，戒[23]生曰：「事可一而不可再！」生不應而歸。明日，又約之。女厲色不顧而去。日頻來，時相遇，並不假以詞色。少游戲之，則冷語冰人。忽於空處問生：「日來少年誰也？」生告之。女曰：「彼舉止態狀，無禮於妾頻矣。以君之狎暱，故置[24]之。請便寄語：再復爾，是不欲生也已！」生至夕，以告少年，且曰：「子必慎之，是不可犯！」少年曰：「既不可犯，君何犯之？」生白[25]其無。曰：「如其無，則猥褻[26]之語，何以達君聽哉？」生不能答。少年曰：「亦煩寄告：假惺惺勿作態；不然，我將徧[27]播揚。」生甚怒之，情見於色，少年乃去。一夕方獨坐，女忽至，笑曰：「我與君情緣未斷，寧非天數！」生狂喜而抱於懷。欻聞履聲籍籍[28]，兩人驚起，則少年推扉入矣。生驚問：「子胡為者？」笑曰：「我來觀貞節人耳。」顧女曰：「今日不怪人耶？」

女眉豎頰紅，默不一語。急翻上衣，露一革囊，應手而出，則尺許晶瑩匕首也。少年見之，駭而卻走。追出戶外，四顧渺然。女以匕首望空拋擲，戛然有聲，爍若長虹；俄一物墮地作響。生急燭之，則一白狐，身首異處矣❶。大駭。女曰：「此君之孌童[29]也。我固恕之，奈渠[30]定不欲生何！」收刃入囊。生曳[31]令入。曰：「適妖物敗意，請來宵。」出門逕去。次夕，女果至，遂共綢繆[32]。詰其術，女曰：「此非君所知。宜

須慎秘，洩恐不為君福。」又訂以嫁娶，曰：「枕席焉，提汲焉，非婦伊何也？業夫婦矣，何必復言嫁娶乎？」生曰：「將勿憎吾貧耶？」曰：「君固貧，妾富耶？今宵之聚，正以憐君貧耳。」臨別囑曰：「苟且之行，不可以屢。當來，我自來；不當來，相強無益。」後相值，每欲引與私語，女輒走避；然衣綻炊薪[33]，悉為紀理，不啻[34]婦也。

積數月，其母死，生竭力葬之。女由是獨居。生意[35]孤寢可亂，踰垣[36]入，隔窗頻呼，迄不應。視其門，則空室扃[37]焉。竊疑女有他約。夜復往，亦如之。遂留佩玉於窗間而去之。越日，相遇於母所。既出，而女尾其後曰：「君疑妾耶？人各有心，不可以告人。今欲使君無疑，烏得可？然一事煩急為謀。」問之，曰：「妾體孕已八月矣，恐旦晚臨盆。『妾身未分明』，能為君生之，不能為君育之。可密告母，覓乳媼，偽為討螟蛉[38]者，勿言妾也。」生諾，以告母。母笑曰：「異哉此女！聘之不可，而顧私於我兒。」喜從其謀以待之。又月餘，女數日不至。母疑之，往探其門，蕭蕭閉寂。叩良久，女始蓬頭垢面自內出。啟而入之，則復闔之。入其室，則呱呱者在牀上矣。母驚問：「誕幾時矣？」答云：「三日。」捉綳席[39]而視之，則男也，且豐頤而廣額。喜曰：「兒已為老身育孫子，伶仃一身，將焉所託？」女曰：「區區隱衷，不敢掬示老母。俟[40]夜無人，可即抱兒去。」母歸與子言，竊共異之。夜往抱子歸。

更數夕，夜將半，女忽款門入，手提革囊，笑曰：「我大事已了，請從此別。」急詢其故，曰：「養母之德，刻刻不去諸懷。向云「可一而不可再」者，以相報不在牀笫也。為君貧不能婚，將為君延一綫[41]之續。本期一索而得，不意信水復來，遂至破戒而再。今君德既酬，妾志亦遂，無憾矣。」問：「囊中何物？」曰：「仇人頭耳。」檢而窺之，鬚髮交而血模糊。駭絕。復致研詰。曰：「向不與君言者，以機事不密，懼有宣洩。今事已成，不妨相告：妾浙人。父官司馬42，陷於仇，彼籍吾家。妾負老母出，隱姓名，埋頭項，已三年矣。所以不即報者，徒以有母在；母去，又一塊肉累腹中：因而遲之又久。曩43夜出非他，道路門戶未稔，恐有訛悞44耳。」言已，出門。又囑曰：「所生兒，善視之。君福薄無壽，此兒可光門閭45。夜深不得驚老母，我去矣！」方悽然欲詢所之，女一閃如電，瞥爾間遂不復見。生嘆惋木立46，若喪魂魄。明以告母，相為嗟異而已。後三年，生果卒。子十八舉進士，猶奉祖母以終老云。

異史氏曰：「人必室有俠女，而後可以畜孌童也。不然，爾愛其艾豭，彼愛爾婁豬47矣！」❷

❶**但明倫評點**：報仇是本文正面，劍術是報仇實蹟，正面難寫，而實蹟又不可不寫，乃於此處借狐以寫匕首之神異，後之殺仇取頭，只用虛寫便足。

報仇是本文的主題，俠女的劍術是報仇的工具，正面難寫，而劍術又不可不提，於是在這裡借白狐來描繪俠女劍術的神異，後面殺仇人之事，只輕描淡寫帶過即可。

❷**王漁洋（即王士禎）云**：「神龍見首不見尾，此俠女其猶龍乎！」

神龍見首不見尾，此俠女如龍一般神出鬼沒。

1金陵：古地名，現今南京市及江寧縣。
2綦：讀作「其」，當動詞用，極、甚。
3贄：見面禮，此指酬勞或贈送的物品。贄，讀作「至」。
4老嫗：老婦人。嫗，讀作「玉」。
5凜如：嚴肅貌，給人一種不易親近之感。
6不字：尚未出嫁。
7風：婉言相勸，此指暗示，通「諷」字。
8造：到達。
9媪：讀作「棉襖」的襖，指老婦人。同今「媼」字，是媼的異體字。
10十指：此指手工藝、針線活一類工作。
11儇佻：舉止輕薄、不莊重。儇，讀作「軒」，聰慧而輕佻。
12詰：讀作「傑」，問。
13狎：讀作「霞」，親近。
14舉火：生火炊飯。
15卹：救濟、接濟，同「恤」字。
16不置齒頰：不言謝。
17疽：讀作「居」，毒瘡的一種。
18號咷：讀作「豪逃」，大哭大叫。
19訖：讀作「氣」，完畢、終了。
20蹀躞：讀作「跌謝」，污穢、不潔，通「媟褻」二字。役：差事。
21祧續：傳承香火。祧，讀作「挑食」的挑。
22交懽：性交。懽，同今「歡」字，是歡的異體字。
23戒：警告、告誡。
24置：饒恕、赦免。
25白：讀作「博」，告訴、告知。
26褻：讀作「謝」，輕慢、不莊重。
27徧：同今「遍」字，是遍的異體字。
28歘：讀作「乎」，忽然之意。同今「欻」字，是欻的異體字。籍籍：此處形容腳步聲雜亂的樣子。
29孌童：古代供人狎玩的美男子。孌，讀作「鑾」，外型美好。
30渠：他，指第三人稱。
31曳：牽、拉。
32綢繆：讀作「愁謀」，纏綿、親密。此指男女交歡。
33衣綻炊薪：縫衣做飯。
34不啻：無異、如同。啻，讀作「斥」。
35意：猜想、揣測，通「臆」字。
36垣：讀作「圓」，矮牆。
37扃：讀作「窘」的一聲，當動詞用，即鎖門，拴上門外面的門閂。
38螟蛉：讀作「明玲」，此指養子。
39繃席：即襁褓，用以背負幼兒的布條與小被。
40俟：讀作「四」，等待、等候。
41綫：同今「線」字，是線的異體字。
42司馬：官名。在清代，是知府的副手。
43曩：讀作「囊」的三聲，以前、昔日之意。
44悞：出了差錯。同今「誤」字，是誤的異體字。
45可光門閭：光耀門楣。閭，讀作「驢」，泛指門，此指家門。
46木立：呆立在原地。
47爾愛其艾豭，彼愛爾婁豬：此指男子與已婚婦女通姦。艾豭，讀作「愛佳」，老而健美的公豬。婁豬，母豬。典故出自《左傳・定公十四年》：「衛侯為夫人南子召宋朝。會于洮，大子蒯聵獻盂于齊，過宋野。野人歌之曰：『既定爾婁豬，盍歸吾艾豭？』」宋國的農人唱歌，諷刺衛侯的夫人南子與宋國公子通姦之事。

金陵人顧生，博學多才，家中極爲貧窮；又因母親年老，不忍遠赴他鄉謀生，只好幫人寫字畫畫，拿些禮金、禮物爲生；到了二十五歲，仍無婚配。對門有間空屋，來了位老婦與少女租住在那兒，因其家中無男子，顧生也不便前往探問姓名來歷。有天，他偶然從外回來，見一女子從自己母親房間出來，她年約十八九歲，端莊秀麗，世所罕見，見顧生也不太迴避，然態度嚴肅，不隨意與人親近。顧生入內問母親，她說：「是那對門的女子，來向我借剪刀和尺。剛才她說家裡只有一個母親。此女不似窮苦人家女兒，問她爲何還不出嫁，她則推稱母親年老無人奉養。明日我前去拜訪她母親，暗中顯露求婚意願；如若她們不要求太高的聘禮，你可與她成婚，代爲奉養她母親。」翌日，顧母去了她們家，女子的母親是名聾婦。觀其屋內，並無存糧。問她們何以爲生，老婦說仰賴女兒幫人做些針線活。顧母則慢慢吐露兩家可一同開伙的心意以爲試探，老婦似納此議，轉而與女兒商量；女子沒有言語，頗不樂意。顧母便回家，告知兒子詳細情形，心中有些疑問，說：「此女難道是嫌我們貧窮嗎？她既不說話又不笑，豔如桃李，卻如霜雪般冰冷，眞是怪人一個！」母子倆也只能猜疑嗟嘆。

有天，顧生坐在書齋中，一名少年前來求畫，姿容俊美，舉止卻很輕佻。問他從何處來，自言住在「鄰村」。此後，每兩三天就來，兩人稍稍熟絡，逐漸調情玩笑；顧生輕佻的抱他，少年也不拒絕，兩人於是私通，從此往來甚密。適逢女子來到顧生家，少年直盯著她看，便問顧生她是誰？顧生答稱：「是鄰家女。」少年說：「容貌如此豔麗，神情卻如此嚴肅，令人敬畏！」不久，顧生走入內室，顧母說：「剛才鄰家女子來借米，說她們已多日沒米下鍋了。此女非常孝順，可憐她家境貧窮，應多少接濟她一些。」

顧生聽從母親的話，揹了一斗米登門拜訪，傳達母親心意。女子接受其贈米，卻不言謝。後來女子時常到顧生家，見顧母裁布做衣鞋，亦代爲縫紉；日久在顧家進進出出，如媳婦般幫忙料理家務。顧生也很感謝其恩德，每有人相贈物品，必定分贈女子的母親，女子從不言謝。顧母的私密處長了毒瘡，日夜哭叫，女子一日三四次到床前探視，幫她清洗傷口和敷藥。顧母有點難爲情，女子卻不嫌污穢，顧母說：「唉！若能有個像你這樣的媳婦，來侍奉我的晚年就好了。」說完，難過的哽咽著。女子勸慰：「顧生至孝，勝我孤兒寡母十倍、百倍。」顧母說：「婦人家床頭這些污穢之事，就算是孝子也幫不上忙，且我已年邁，沒幾年可活，深爲傳宗接代之事擔心。」言談間，顧生進入房中，顧母哭泣道：「多虧這位姑娘照顧我，你別忘記報答人家恩德。」顧生於是伏地拜謝，女子說：「你孝敬家母，我不言謝，你又何必謝我呢？」顧生更加敬重她了，然其言行依舊冷漠不可親。

有天，女子出門，顧生注視著她，女子忽回頭朝他嫣然一笑。顧生喜出望外，趕緊快步隨她回家。顧生言行輕薄，她也沒拒絕，欣然與他交歡。完事後，警告顧生：「今日之事，僅止一次。」顧生未答腔便回去了。翌日，他又去約女子，她板著臉嚴肅的走開。女子每日都要去顧生家好幾回，時常與顧生相遇，態度依舊冷漠。顧生稍微挑逗，她便冷言冷語譏諷，卻突然在無人處問：「每天都來你家那位少年是誰？」顧生實言相告，女子說：「此人言行輕浮，多次對我毛手毛腳。因他與你關係親密，這才饒了他。請轉告他，再對我無禮，就是不想活了！」到了晚上，顧生將她的話轉達少年，並囑咐：「你要小心謹慎，不可再侵犯她！」少年說：「既然她不可侵犯，那爲何你可以侵犯她？」顧生否認，少年說：「若你倆之間沒有曖昧，那麼那些調戲之語，你怎會知道？」顧生無言以對，少年說：「也麻煩你轉告她，莫要惺惺作態，否則就把你們幹的好事傳得遠近皆知。」顧生很憤怒，臉色極難看，少年逕自離開。有天晚上，顧生獨自坐在屋裡，女子忽至，笑道：「我與你情緣未了，難道不是天意嗎？」顧生高興的抱她入懷。不久，聽聞腳步聲，兩人從床上驚起，少年推門而入。顧生驚訝的問：「你想做甚？」少年笑道：「我來看三貞九烈的女人啊！」又看著女子說：「今日，你可不能怪我之前調戲你了吧？」

女子眉毛一豎，臉頰泛紅，不發一語，忙翻起上衣，露出一個皮袋子，隨手抽出一把一尺長的發光匕首。少年一見，立刻害怕的逃走；女子追到門外，四處不見其行蹤。將匕首拋向空中，只聞嘎的一聲，在空中劃出一道長虹；不久，有個東西倒在地，發出聲響。顧生忙拿燭火照視，原來是隻白狐，已然身首異處。他甚爲驚駭，女子說：「他是你的孌童，我本不想與他計較，怎奈他嫌命長。」說完將匕首收入囊袋。顧生拉她的手，要她進屋，女子說：「剛才被這妖物壞了興致，明晚再續今日之緣。」她便出門直接返家。翌日，女子果然赴約，兩人翻雲覆雨一番。顧生問她向誰學習劍術，女子答：「這不是你該知道的，需保密，洩漏了，對你沒好處。」顧生又與她談婚論嫁，女子說：「我與你同床共枕，也幫你料理家務，這樣還不算你的妻子嗎？既已是夫妻，又何必談什麼婚嫁？」顧生說：「你是嫌我貧窮嗎？」女子答：「你雖窮，難道我就富有嗎？今晚來此，就是可憐你貧窮。」臨走時，女子囑咐：「苟且之事，不可常做。若我想來，就會來；若不想來，勉強我也無用。」日後相遇，顧生每想拉她到一旁說悄悄話，女子便躲開；至於縫衣做飯，則依然幫他料理，與媳婦無異。

過了數月，女子母親死去，顧生盡力幫忙操辦喪事。女子從此獨居。顧生想，她一人獨睡，可趁機與之相好，便跳過矮牆進入她家，隔窗頻呼，始終無人應答。看她家門，從外鎖上，屋裡無人，疑心她另結新歡；晚上又去，也一樣。顧生便將玉珮留在窗口，離開。翌日，顧生在母親房裡遇見她，出來後，女子跟隨在後，說道：「你還懷疑我嗎？每個人都有不可告人之事。今日無法讓你對我消除疑慮，不過有件更緊急的事，要你幫我設法。」顧生問她何事，女子說：「我已懷有八個月身孕，恐怕近日就要生產。我沒名沒分，可以幫你生孩子，卻不能幫你養孩子。你可偷偷告訴令堂，尋個奶娘，假裝要收養孩子，別說是我生的。」顧生答應，將此事告訴顧母，她笑道：「此女眞是與眾不同啊！想明媒正娶，她不願，竟私下與你生孩子。」母子都很高興，便照她的話做，靜待孩子生下。又過了數月，女子好幾天沒來，顧母覺得奇怪，便去她家看看，門庭冷清緊閉。敲了許久的門，女子才蓬頭垢面從屋裡出來，開門讓顧母進去，又將門關上。進到屋內，聽聞床上傳來嬰兒哭聲，顧母驚訝的問：「何時誕生？」女子答稱已有三日。顧母抱起襁褓中的嬰兒端看，是個男嬰，且方頭大臉，很有福相。顧母高興的說：「好媳婦，你幫我生了個孫子，卻孑然一身，要依靠誰呢？」女子說：「我有我的苦衷，不便告訴母親。待夜深無人，可將孩兒抱回。」顧母返家告知兒子此事，母子倆都對女子所做所爲感到奇怪。到了晚上，便把孩子抱回家。

過了幾日，快到半夜，女子忽然敲門而入，手上拿著一個皮袋子，笑道：「我已了卻心願，從此別過。」顧生急忙問事情緣由，女子答：「你照顧我母親的恩情，時刻縈懷。之前說『可一不可再』，並非要以床笫間的男女之歡報答。只因你家境貧困無法成親，我想爲你家留下一點血脈。本以爲一次就能有

孕，不料月汛又至，只好破戒再與你纏綿一次。現既已報你恩情，我也了卻心願，再無遺憾。」顧生問：「袋中裝的是什麼？」女子說：「是仇家的頭顱。」顧生打開檢視，那頭顱鬚髮交錯、血肉模糊；他非常害怕，未再細問。女子說：「以前不告訴你，是怕此事洩漏。現大事已成，不妨相告，我乃浙江人氏，家父官拜司馬，被仇人陷害，殺我全家。我揹母親逃出，隱姓埋名，已經三年。之所以不馬上報仇，只因母親尚在；母親死了、我又懷有身孕，因此延了又延。之前夜晚出門，不是爲別的事，而是先去探看路徑，確保行刺萬無一失。」說完，即走出門，又囑咐顧生：「我生的兒子，要善待他。你福薄，壽命不長，此兒可光耀門楣。夜深莫要驚動母親，我走了！」顧生悲傷欲問去處，女子卻像道閃電，一眨眼便不見蹤影。顧生失魂落魄的呆立著。翌日，他告知母親此事，母子倆相視驚嘆。三年後，顧生果然死了。兒子十八歲中進士，仍侍奉祖母終老。

記下奇聞異事的作者如是說：「想畜養孌童的人，家中必得有俠女才行。若否，你貪戀孌童的美貌，他則與你妻子行苟且之事。」

酒友

車生者，家不中貲[1]。而耽飲，夜非浮三白不能寢也，以故牀頭樽常不空。一夜睡醒，轉側間，似有人共臥者，意[2]是覆裳墮耳。摸之，則茸茸有物，似貓而巨；燭之，狐也，酣醉而大臥。視其瓶，則空矣。因笑曰：「此我酒友也。」不忍驚，覆衣加臂，與之共寢。留燭以觀其變。半夜，狐欠伸。生笑曰：「美哉睡乎？」啟覆視之，儒冠之俊人也。起拜榻前，謝不殺之恩。生曰：「我癖於麴糵[3]，而人以為癡；卿，我鮑叔[4]也。如不見疑，當為糟丘之良友[5]。」曳[6]登榻，復寢。且言：「卿可常臨，無相猜。」狐諾之。生既醒，則狐已去。乃治旨酒一盛，耑[7]伺狐。

抵夕，果至，促膝歡飲。狐量豪善諧，於是恨相得晚。狐曰：「屢叨良醞[8]，何以報德？」生曰：「斗酒之歡，何置齒頰[9]！」狐曰：「雖然，君貧士，杖頭錢[10]大不易。當為君少謀酒貲。」明夕，來告曰：「去此東南七里，道側有遺金，可早取之。」詰旦[11]而往，果得二金，乃市[12]佳餚，以佐夜飲。狐又告曰：「院後有窖藏，宜發之。」如其言，果得錢百餘千。喜曰：「囊中已自有，莫漫愁沽矣。」狐曰：「不然，轍中水胡可以久掬[13]？合更謀之。」異日，謂生曰：「市上蕎[14]價廉，此奇貨可居。」從之，取蕎四十餘石。人咸非笑之。未幾，大旱，禾豆盡枯，惟蕎可種；售種，息十倍。由此益富。治沃田二百畝。但問狐，多種麥則麥收，多種黍則黍收，一切種植之早晚，皆取決於狐。日稔密，呼生妻以嫂，視子猶子焉。後生卒，狐遂不復來。◆

酒友

仙人也向醉鄉游吏部風流今尚留知己感恩情益厚杖頭錢更為君謀

有個姓車的讀書人，家境不富裕，卻沉溺於喝酒，每晚不喝上三大杯，無法就寢。因此，床頭的酒樽經常是滿的。一夜睡醒，翻了個身，似有人睡在身旁，他以爲是身上所蓋衣物掉落在身側。伸手一摸，發現一個毛茸茸的東西，像貓，卻比貓大；拿燭火一照，發現是隻狐狸，酣醉臥在床上。他檢視酒瓶，是空的，因而笑道：「牠是我的酒友。」車生不忍驚動，將衣物蓋在牠身上，摟著牠一起睡覺；留下燭火，觀察後續變化。半夜，狐狸伸了個懶腰，車生笑道：「睡得眞香啊！」揭開蓋在狐狸身上衣物，已然變成一名頭戴儒冠的俊美少年。狐狸起身，立於床前，向車生拜謝，謝他不殺之恩。車生說：「我嗜飲酒，人皆以爲我是酒癡，你可是我的知音啊！如無疑慮，我們可結爲酒中知己。」車生將狐狸拉上床，繼續睡下，他又說：「你可常來，莫有所顧忌。」狐狸點頭答應。車生醒來後，狐狸已離開。他準備了一壺美酒，特地等候狐狸到來。

夜晚，狐狸果然來了，兩人促膝歡飲。狐狸海量詼諧，兩人相逢恨晚。狐狸問：「我屢次叨擾，喝你好酒，如何回報？」車生說：「我們喝得盡興就好，何須掛齒！」狐狸說：「話雖如此，但你家境貧困，湊足買酒錢也不容易。我想幫你籌謀酒錢。」隔晚，狐狸告訴車生：「由此去東南方七里，路旁有人遺落銀兩，可早些去拿。」翌日早晨，車生前往，果拾得二兩銀子，去買佳餚，晚上做下酒菜。狐狸又告知：「院子後面地底藏有金錢，可將它挖出。」車生照牠話做，果然獲得一百多串銅錢，大喜：「錢袋已經飽滿，無須再爲買酒錢發愁了。」狐狸說：「話不是這麼說，這點錢能用多久？應該再想辦法賺更多錢。」翌日，狐狸對車生說：「眼下蕎麥市價低廉，將來蕎麥價格會大幅上漲，你可趁現在便宜買進，多囤些

貨。」車生又照牠話做，買進蕎麥四十餘石。大家都笑他傻。過沒多久，大旱，稻米豆類都枯萎，只剩蕎麥可種；車生販賣蕎麥種子，獲利十倍，從此發達，買了兩百畝良田。車生只要問狐狸接下來要投資些什麼，多種麥則麥豐收，多種高粱則高粱豐收，所有種植農作物的時間點全聽狐狸吩咐。車生與狐狸感情越來越好，狐狸稱車生之妻爲嫂嫂，視車生兒子如己出。後來車生死去，狐狸便不再來。

1 貲：指財物、錢財，通「資」字。

2 意：猜想、揣測，通「臆」字。

3 麴糵：讀作「渠聶」，釀酒用的酵母。此處指酒。

4 鮑叔：此處引用鮑叔牙事蹟，借指狐狸乃是知音人。鮑叔牙，春秋時代齊國大夫，年幼和管仲是知交，知其家境貧窮，便接濟他一些財物。後鮑叔牙事齊桓公，管仲事公子糾，公子糾死，管仲成為階下囚，鮑叔牙深知管仲的賢才，故將他推薦給齊桓公，輔佐齊桓公成霸業。後世以管仲和鮑叔牙的事蹟，比喻知交好友。

5 糟丘之良友：飲酒的良伴，猶言酒友。糟丘，釀酒的酒糟堆積如山。

6 曳：牽、拉。

7 耑：讀作「專」，特地、專程。

8 良醞：佳釀，美酒。醞，讀作「韻」。

9 何置齒頰：何必言謝。

10 杖頭錢：指買酒的錢。典故出自晉朝的阮修，他時常將銅錢掛在手杖頂端，拄著拐杖，行至酒店，買酒來喝，故後世以杖頭錢為買酒錢。

11 詰旦：翌日早晨。詰，讀作「傑」。

12 市：買。

13 轍中水：車輪輾過所留下的痕跡，若下雨可積少量的水，在此比喻極少的錢。掬，讀作「菊」，以雙手捧取東西。

14 荍：讀作「蕎」，麥子。同今「蕎」字，是蕎的異體字。

◆王阮亭（即王士禎）云：「車君灑脫可喜。」

車生性格灑脫，這點很討喜。

蓮香

桑生，名曉，字子明，沂州[1]人。少孤，館[2]於紅花埠。桑為人靜穆自喜，日再出，就食東鄰，餘時堅坐[3]而已。東鄰生偶至戲曰：「君獨居不畏鬼狐耶？」笑答曰：「丈夫何畏鬼狐？雄來吾有利劍，雌者尚當開門納之。」鄰生歸，與友謀，梯妓於垣[4]而過之，彈指叩扉。生窺問其誰，妓自言為鬼。生大懼，齒震震有聲。妓逡巡[5]自去。鄰生早至生齋，生述所見，且告將歸。鄰生鼓掌曰：「何不開門納之？」生頓悟其假，遂安居如初。

積半年，一女子夜來叩齋。生意[6]友人之復戲也，啟戶延入，則傾國之姝。驚問所來。曰：「妾蓮香，西家妓女。」埠上青樓故多，信之。息燭登牀，綢繆[7]甚至。自此三五宿輒一至。一夕，獨坐凝思，一女子翩然入。生意其蓮，承逆[8]與語。覿[9]面殊非，年僅十五六，嚲袖垂髫[10]，風流秀曼，行步之間，若還若往。大愕，疑為狐。女曰：「妾良家女，姓李氏。慕君高雅，幸賜垂盼。」生喜。握其手，冷如冰，問：「何涼也？」曰：「幼質單寒，夜蒙霜露，那得不爾！」既而羅襦衿解，儼然[11]處子。女曰：「妾為情緣，葳蕤之質[12]，一朝失守。不嫌鄙陋，願常侍枕席。房中得無有人否？」生云：「無他，止一鄰娼，顧不常至。」女曰：「當謹避之。妾不與院中人等，君秘勿洩。彼來我往，彼往我來可耳。」雞鳴欲去，贈繡履一鉤[13]，曰：「此妾下體所著，弄之足寄思慕。然有人慎勿弄也！」受而視之，翹翹如解結錐[14]。心甚愛悅。越夕無人，便出審玩。女飄然忽至，遂相款昵[15]。自此每出履，則女必應念而至。異而詰[16]之，笑曰：「適當其時耳。」

一夜蓮香來，驚曰：「郎何神氣蕭索？」生言：「不自覺。」蓮便告別，相約十日。去後，李來恆無虛夕。問：「君情人何久不至？」因以相約告。李笑曰：「君視妾何如蓮香美？」曰：「可稱兩絕。但蓮卿肌膚溫和。」李變色曰：「君謂雙美，對妾云爾。渠[17]必月殿仙人，妾定不及。」因而不懽[18]。乃屈指計，十日之期已滿，囑勿漏，將竊窺之。次夜，蓮香果至，笑語甚洽。及寢，大駭曰：「殆矣！十日不見，何益憊損[19]？保無他遇否？」生詢其故。曰：「妾以神氣驗之，脈折折[20]如亂絲，鬼症也。」次夜，李來，生問：「窺蓮香何似？」曰：「美矣。妾固謂世間無此佳人，果狐也。去，吾尾之，南山而穴居。」生疑其妒，漫應之。

踰夕，戲蓮香曰：「余固不信，或謂卿狐者。」蓮亟問：「是誰所云？」笑曰：「我自戲卿。」蓮曰：「狐何異於人？」曰：「惑之者病，甚則死，是以可懼。」蓮香曰：「不然。如君之年，房後三日，精氣可復，縱狐何害？設旦旦而伐之[21]，人有甚於狐者矣。天下病尸瘵鬼[22]，寧皆狐蠱死耶？雖然，必有議我者。」生力白[23]其無。蓮詰益力。生不得已，洩之。蓮曰：「我固怪君憊也。然何遽[24]至此？得勿非人乎？君勿言，明宵，當如渠之窺妾者。」是夜李至，裁[25]三數語，聞窗外嗽聲，急亡[26]去。蓮入曰：「君殆矣！是真鬼物！暱其美而不速絕，冥路近矣！」生意其妒，默不語。蓮曰：「固知君不忘情，然不忍視君死。明日，當攜藥餌，為君以除陰毒。幸病蒂猶淺，十日恙當已。請同榻以視痊可。」次夜，果出刀圭[27]藥啖生。頃刻，洞下三兩行[28]，覺臟腑清虛，精神頓爽。心雖德之，然終不信為鬼。

蓮香夜夜同衾[29]偎生；生欲與合[30]，輒止之。數日後，膚革充盈。欲別，殷殷囑絕李。生謬應之。及閉戶挑燈，輒捉履傾想。李忽至。數日隔絕，頗有怨色。生曰：「彼連宵為我作巫醫[31]，請勿為懟[32]，情好在我。」李稍懌。生枕上私語曰：「我愛卿甚，乃有謂卿鬼者。」李結舌良久，罵曰：「必淫狐之惑君聽也！若不絕之，妾不來矣！」遂嗚嗚飲泣，生百詞慰解，乃罷。隔宿，蓮香至，知李復來，怒曰：「君必欲死耶！」生笑曰：「卿何相妒之深？」蓮益怒曰：「君種死根，妾為若除之，不妒者將復何如？」生託詞以戲曰：「彼云前日之病，為狐祟耳。」蓮乃歎曰：「誠如君言，君迷不悟，萬一不虞，妾百口何以自解？請從此辭。百日後當視君於臥榻中。」留之不可，怫然[33]逕去。由是於李夙夜必偕。約兩月餘，覺大困頓。初猶自寬解；日漸羸瘠[34]，惟飲饘粥一甌[35]。欲歸就奉養，尚戀戀不忍遽去。因循數日，沉綿不可復起。鄰生見其病憊，日遣館僮餽給食飲。生至是疑李，因謂李曰：「吾悔不聽蓮香之言，一至於此！」言訖[36]而瞑。移時復甦，張目四顧，則李已去，自是遂絕。

生羸臥空齋，思蓮香如望歲。一日，方凝想間，忽有搴[37]簾入者，則蓮香也。臨榻哂[38]曰：「田舍郎[39]，我豈妄哉！」生哽咽良久，自言知罪，但求拯救。蓮曰：「病入膏肓，實無救法。姑來永訣，以明非妒。」生大悲曰：「枕底一物，煩代碎之。」蓮搜得履，持就燈前，反覆展玩。李女欻[40]入，猝[41]見蓮香，返身欲遁。蓮以身蔽門，李窘急不知所出。生責數之，李不能答。蓮笑曰：「妾今始得與阿姨[42]面相質。昔謂郎君舊疾，未必非妾致，今竟何如？」李俛首[43]謝過。蓮曰：「佳麗如此，乃以愛結仇耶？」李即投地隕泣，乞垂憐救。蓮遂扶起，細詰生平。曰：「妾，李通判[44]女，早夭，瘞[45]於牆外。已死春蠶，遺絲未盡[46]。與郎偕好，妾之願也；致郎於死，良非素心。」蓮曰：「聞鬼物利人死，以死後可常聚，然否？」曰：「不然。兩鬼相逢，並無樂處；如樂也，泉下少年郎豈少哉！」蓮曰：「癡哉！夜夜為之，人且不堪，而況

於鬼？」李問：「狐能死人，何術獨否？」蓮曰：「是採補者流，妾非其類。故世有不害人之狐，斷無不害人之鬼，以陰氣盛也。」生聞其語，始知狐鬼皆真。幸習常見慣，頗不為駭。但念殘息如絲，不覺失聲大痛。蓮顧問：「何以處郎君者？」李赧然遜謝[47]。蓮笑曰：「恐郎強健，醋娘子要食楊梅也。」李斂衽[48]曰：「如有醫國手[49]，使妾得無負郎君，便當埋首地下，敢復靦[50]然于人世耶！」

蓮解囊出藥，曰：「妾早知有今，別後採藥三山，凡三閱月，物料始備，瘵蠱[51]至死，投之無不蘇者。然症何由得，仍以何引，不得不轉求效力。」問：「何需？」曰：「櫻口中一點香唾耳。我一丸進，煩接口而唾之。」李暈生頤頰，俯首轉側而視其履。蓮戲曰：「妹所得意惟履耳！」李益慚，俯仰若無所容。蓮曰：「此平時熟技，今何吝焉？」遂以丸納生吻，轉促逼之。李不得已，唾之。蓮曰：「再！」又唾之。凡三四唾，丸已下咽。少間，腹殷然如雷鳴。復納一丸，自乃接脣而布以氣。生覺丹田火熱，精神煥發。蓮曰：「愈矣！」李聽雞鳴，徬徨別去。蓮以新瘥[52]，尚須調攝，就食非計；因將外戶反關，偽示生歸，以絕交往，日夜守護之。李亦每夕必至，給奉殷勤，事蓮猶姊。蓮亦深憐愛之。居三月，生健如初。李遂數夕不至；偶至，一望即去。相對時，亦悒悒不樂[53]。蓮常留與共寢，必不肯。生追出，提抱以歸，身輕若芻靈[54]。女不得遁，遂著衣偃臥，踡[55]其體不盈二尺。蓮益憐之，陰使生狎[56]抱之，而撼搖亦不得醒。生睡去；覺而索之，已杳。後十餘日，更不復至，生懷思殊切，恆出履共弄。蓮曰：「窈娜如此，妾見猶憐，何況男子！」生曰：「昔日弄履則至，心固疑之，然終不料其鬼。今對履思容，實所愴惻[57]。」因而泣下。

先是，富室張姓有女字燕兒，年十五，不汗而死。終夜復蘇，起顧欲奔。張扃戶[58]，不得出。女自言：「我通判女魂。感桑郎眷注，遺舄[59]猶存彼處。我真鬼耳，錮[60]我何益？」以其言有因，詰其至此之由。女低徊反顧，茫不自解。或有言桑生病歸者，女執辯其誣。家人大疑。東鄰生聞之，踰垣往窺，見生方與美人對語；掩入逼之，張皇[61]間已失所在。鄰生駭詰。生笑曰：「向固與君言，雌者則納之耳。」鄰生述燕兒之言。生乃啟關[62]，將往偵探，苦無由。張母聞生果未歸，益奇之。故使傭媼[63]索履，生遽出以授。燕兒得之喜。試著之，鞋小於足者盈寸，大駭。攬鏡自照，忽恍然悟己之借軀以生也者，因陳所由。母始信之。女鏡面大哭曰：「當日形貌，頗堪自信，每見蓮姊，猶增慚怍[64]。今反若此，人也不如其鬼也！」把履號咷[65]，勸之不解[66]。蒙衾僵臥。食之，亦不食，體膚盡腫；凡七日不食，卒不死，而腫漸消；覺飢不可忍，乃復食。數日，遍體瘙癢，皮盡脫。晨起，睡舄遺墮，索著之，則碩大無朋[67]矣。因試前履，肥瘦脗合[68]，乃喜。復自鏡，則眉目頤頰，宛肖生平，益喜。盥櫛[69]見母，見者盡眙[70]。蓮香聞其異，勸生媒通之；而以貧富懸邈，不敢遽進。會媼初度，因從其子壻行[71]，往為壽。媼睹生名，故使燕兒窺簾認客。生最後至，女驟出，捉袂，欲從與俱歸。母訶譙[72]之，始慚而入。生審視宛然，不覺零涕，因拜伏不起。媼扶之，不以為侮。生出，浼女舅執柯[73]。媼議擇吉贅生。

生歸告蓮香，且商所處。蓮悵然良久，便欲別去。生大駭泣下。蓮曰：「君行花燭於人家，妾從而往，亦何形顏？」生謀先與旋里[74]而後迎燕，蓮乃從之。生以情白張。張聞其有室，怒加誚讓[75]。燕兒力白之，乃如所請。至日，生往親迎。家中備具，頗甚草草；及歸，則自門達堂，悉以罽毯[76]貼地，百千籠燭，燦列如錦。蓮香扶新婦入青廬[77]，搭面[78]既揭，歡若生平。蓮陪巹飲[79]，因細詰還魂之異。燕曰：「爾日抑鬱無聊，徒以身為異物，自覺形穢。別後憤不歸墓，隨風漾泊。每見生人則羨之。晝憑草木，夜則信足浮沉。偶至張家，見少女臥牀上，近附之，未知遂能活也。」蓮聞之，默默若有所思。逾兩月，蓮舉一子。產後暴

病，日就沉綿[80]。捉燕臂曰：「敢以孽種相累，我兒即若兒。」燕泣下，姑慰藉之。為召巫醫，輒卻之。沉痼彌留[81]，氣如懸絲。生及燕兒皆哭。忽張目曰：「勿爾！子樂生，我樂死。如有緣，十年後可復得見。」言訖而卒。啟衾將斂，尸化為狐。生不忍異視，厚葬之。子名狐兒，燕撫如己出。每清明，必抱兒哭諸其墓。

後生舉於鄉，家漸裕。而燕苦不育。狐兒頗慧，然單弱多疾。燕每欲生置媵[82]。一日，婢忽白：「門外一嫗[83]，攜女求售。」燕呼入。卒見，大驚曰：「蓮姊復出耶！」生視之，真似，亦駭。問：「年幾何？」答云：「十四。」「聘金幾何？」曰：「老身止此一塊肉，但俾[84]得所，妾亦得噉[85]飯處，後日老骨不至委溝壑[86]，足矣。」生優價而留之。燕握女手，入密室，撮其頷而笑曰：「汝識我否？」答言：「不識。」詰其姓氏，曰：「妾韋姓。父徐城賣漿者，死三年矣。」燕屈指停思，蓮死恰十有四載，又審視女，儀容態度，無一不神肖者。乃拍其頂而呼曰：「蓮姊，蓮姊！十年相見之約，當不欺吾。」女忽如夢醒，豁然[87]曰：「咦！」熟視燕兒。生笑云：「此『似曾相識燕歸來』[88]也。」女泫然[89]曰：「是矣。聞母言，妾生時便能言，以為不祥，犬血飲之，遂昧宿因。今日殆如夢寤[90]。娘子其恥於為鬼之李妹耶？」共話前生，悲喜交至。

一日，寒食，燕曰：「此每歲妾與郎君哭姊日也。」遂與親登其墓，荒草離離，木已拱矣。女亦太息[91]。燕謂生曰：「妾與蓮姊兩世情好，不忍相離，宜令白骨同穴。」生從其言，啟李冢得骸，舁[92]歸而合葬之。親朋聞其異，吉服[93]臨穴，不期而會者數百人。余庚戌南遊至沂[94]，阻雨，休於旅舍。有劉生子敬，其中表親，出同社王子章所撰桑生傳，約萬餘言，得卒讀。此其崖略耳。

異史氏曰：「嗟乎！死者而求其生，生者又求其死，天下所難得者，非人身哉？奈何具此身者，往往而置[95]之，遂至靦然而生不如狐，泯然[96]而死不如鬼。」◆

◆王阮亭（即王士禎）云：「賢哉蓮娘！巾幗中吾亦罕見，況狐耶！」

賢德如蓮香，女子之中我都很少見到，更何況是狐狸呢！

1 沂州：古地名，範圍約當今山東省沂河流域、棗莊市、新泰市等地。
2 館：即設帳，開學堂授徒。
3 堅坐：靜坐。
4 垣：讀作「圓」，矮牆。
5 逡巡：徘徊不前進。逡，讀作「群」的一聲。
6 意：猜想、揣測，通「臆」字。
7 綢繆：讀作「愁謀」，纏綿、親密。此指男女交歡。
8 承逆：歡迎。逆，迎接。
9 覿：讀作「迪」，見。
10 軃袖：衣袖下垂。軃，讀作「朵」，下垂貌：同今「嚲」字，是嚲的異體字。垂髫：原指童子，古時孩童不束髮，故稱，此處形容如同孩童天真無邪：髫，讀作「條」，前額垂下來的頭髮。
11 儼然：好似。儼，讀作「演」。
12 葳蕤之質：比喻未與男子發生關係的處女。葳蕤，讀作「威瑞」的二聲，由於用以比喻處女，此處應有草木嫩弱之意。
13 一鉤：女子的一只鞋。古代女子纏足，足尖小彎曲如鉤狀，一雙鞋稱為雙鉤，一鉤即指一只鞋。
14 翹翹如解結錐：鞋尖高高翹起，如解開繩結的錐子一般。
15 昵：親密，指男女交歡。昵，讀作「逆」。
16 詰：讀作「傑」，問。
17 渠：他，指第三人稱。
18 懽：同今「歡」字，是歡的異體字。
19 憊損：神色很憔悴。憊，精神極度不振、疲乏。
20 折折：支離散亂，此處形容脈象微弱的樣子。
21 旦旦而伐之：此處意謂每天損耗自己的身體，語出《孟子．告子上》：「其所以放其良心者，亦猶斧斤之於木也，旦旦而伐之，可以為美乎？」（人人本有良心，有時之所以喪失良心，是因為不懂得存養良心、善性，時常縱容一己之私慾而行事，猶如天天拿斧頭砍伐樹木，再茂盛的樹木也會被砍得光禿。）
22 病尸瘵鬼：依上下文意，應指死於房事過度之人。瘵，讀作「債」，疾病。
23 白：讀作「博」，告訴、告知。
24 遽：忽然、馬上。
25 裁：僅、只之意，通「纔」、「才」二字。
26 亡：逃。
27 刀圭：古代審視藥劑量的器具：形狀似刀，尾端尖銳，中間下窪。
28 洞下三兩行：腹瀉了兩三次。洞，讀作「痛」，通「衕」字，中醫術語，指拉肚子。行，次。
29 同衾：同寢。衾，讀作「親」，被子。
30 合：交合，男女性交。
31 巫醫：指以畫符、唸咒、施術等非正當手段，驅除鬼神作祟、用以治病的人。此處指治療。
32 懟：讀作「對」，怨懟、埋怨。
33 怫然：勃然大怒的樣子。怫，讀作「費」。
34 羸瘠：讀作「雷吉」，身體瘦弱、消瘦。
35 饘粥：稠粥。饘，讀作「詹」。甌：讀作「歐」，喝酒、飲茶的碗杯，此指盛粥的碗。
36 訖：讀作「氣」，完畢、終了。
37 搴：讀作「千」，掀起，揭開。
38 哂：讀作「審」，微笑。
39 田舍郎：鄉下人，見識淺陋之輩。此有譏諷、嘲笑之意。
40 歘：讀作「乎」，忽然之意。同今「欻」字，是欻的異體字。
41 猝：讀作「促」，突然。
42 阿姨：庶母，此指小妾。蓮香自以正室自居，故稱李為姨太太。
43 俛首：低頭。同今「俯」字，是俯的異體字。
44 通判：官名。五代因藩鎮作亂，宋初便設通判職位與知府、知州共同管理政事或職掌兵民獄訟，制衡各地權勢過大的藩鎮，但亦有考察知府或知州忠誠的功用。
45 瘞：讀作「意」，用土掩埋、埋葬。
46 已死春蠶，遺絲未盡：意指李雖身亡，在人間情緣未盡，猶如春蠶雖死，仍留一縷絲在人間。典故出自李商隱〈無題〉詩：「春蠶到死絲方盡，蠟炬成灰淚始乾。」（春蠶將絲吐盡，生命也到終點；蠟燭燃燒成灰燼，蠟油也隨之燃盡。）

47 遜謝：此指無法醫治；意即自己才疏學淺，無法醫治郎君之病。

48 斂衽：整理衣襟，表示恭敬。衽，讀作「任」，衣襟。

49 醫國手：醫術高明之人。

50 覥：讀作「勉」，羞愧的樣子。同今「靦」字，是靦的異體字。

51 瘵蠱：讀作「債古」，被女色所迷、行房過度所患的疾病。

52 瘥：讀作「釵」的四聲，病癒。

53 悒悒不樂：鬱悶不樂。悒，讀作「亦」。

54 芻靈：古時以草紮成人或馬，用以殉葬。

55 踡：縮伏、捲曲。

56 狎：讀作「霞」，親近。

57 愴惻：悽惻悲痛。

58 扃戶：扃，讀作「窘」的一聲，當動詞用，即鎖門，拴上門外面的門閂。

59 舄：讀作「系」，指鞋子。

60 錮：關閉不開。

61 張皇：驚慌失措、慌張。

62 關：門閂。

63 媼：讀作「棉襖」的襖，指老婦人。同今「媪」字，是媪的異體字。

64 慚怍：自慚形穢，自嘆不如。

65 號咷：讀作「豪逃」，大哭大叫。

66 不解：無法免除。

67 碩大無朋：大得無與倫比。

68 脗合：吻合、符合。脗，同今「吻」字，是吻的異體字。

69 盥櫛：讀作「冠傑」，梳洗。

70 眙：讀作「斥」，盯著瞧。此指驚訝直視。

71 壻行：後生晚輩。

72 訶譙：訶，大聲喝斥、責罵，通「呵」字。譙，讀作「俏」，責備，同「誚」字。

73 浼：讀作「每」，拜託、請求。執柯：亦作「作伐」，幫人作媒之意。典出《詩經．豳風．伐柯》：「伐柯如何？匪斧不克；取妻如何？匪媒不得。」（一把好斧頭，需有一個相襯的斧柄；如同男子娶妻，需經迎娶程序才行，媒人則是此程序中的重要環節。）意即，男子娶妻需有媒人作媒。

74 旋里：回歸故里。旋，回來，歸來。

75 誚讓：譴責、指責。誚，讀作「俏」。

76 罽毯：毛毯。罽，讀作「季」，毛織品。

77 青廬：古代舉行婚禮的地方，此處指新房、洞房。

78 搭面：古代新娘臉上所蓋紅巾，俗稱蓋頭。

79 卺飲：喝交杯酒。卺，讀作「錦」。

80 沉綿：病情嚴重。

81 沉痼：積久難癒的病。彌留：病重垂危，將死之際。

82 媵：此指侍妾。媵，讀作「硬」，古代之陪嫁女。

83 嫗：讀作「玉」，老婦人。

84 俾：讀作「必」，使。

85 噉：「吃」。同今「啖」字，是啖的異體字。

86 委溝壑：屍體丟棄在野外山谷溝渠之間。

87 豁然：了然。豁，讀作「貨」。

88 似曾相識燕歸來：此處借用宋代詞人晏殊〈浣溪沙〉的名句：「無可奈何花落去，似曾相識燕歸來，小園香徑獨徘徊。」此處的「燕」，在晏殊詞中原指燕子，在〈蓮香〉則指女鬼化身的燕兒。

89 泫然：流淚的樣子。

90 夢寤：從睡夢中醒來。寤，讀作「物」，醒來、睡醒。

91 太息：嘆氣。

92 舁：讀作「魚」，抬、扛舉。

93 吉服：古代於祭祀、嫁娶、迎立新君等重大慶典，所穿的禮服。

94 庚戌：康熙九年，西元一六七〇年。沂：古地名，範圍約當今山東省沂河流域、棗莊市、新泰市等地。

95 置：捨棄、廢棄。

96 泯然：形跡全然消滅無蹤。

桑生，名曉，字子明，沂州人。幼年喪父，在紅花皋開館授徒。性情溫和文靜，少與人來往，一日出門兩次，到東面鄰居家吃飯，其他時候皆在住處。東鄰書生偶然前來拜訪，玩笑道：「你一個人住，不怕鬼狐嗎？」桑生笑答：「大丈夫何懼鬼狐？若是公的來，我有利劍護身；母的來，我就開門迎之。」鄰生回去，與朋友設計他，找了個妓女爬梯跨越桑生住處矮牆，彈指叩門。桑生問是誰，妓女自稱是鬼，桑生很害怕，牙齒發顫震震作響。妓女徘徊了一會兒離去。翌日一早，鄰生來到桑生書齋，桑生說了前晚所遇，表示要返鄉。鄰生拍手笑道：「何不開門請她進去？」桑生這才恍然大悟中了圈套，便繼續住下。

過了半年，有個女子夜晚來敲書齋的門，桑生以為又是友人戲弄，開門請她進來。此女有傾國之貌，桑生驚訝問她來自何處，女子答：「我是蓮香，是西面妓院的妓女。」紅花皋上青樓很多，桑生遂信，兩人熄燭上床，享盡雲雨之歡。從此，蓮香每隔三五天來一次。一晚，桑生獨坐沉思，有個女子翩然進入，他以為是蓮香，上前迎接，與之談話。一照面，才知並非蓮香；此女年僅十五六歲，長袖低垂，長髮飄逸，風情萬種，走起路來輕飄飄的。桑生大驚，以為她是狐仙，女子說：「我乃良家婦女，姓李。傾慕你人品高雅，祈望有幸得你青睞。」桑生很高興，握著她的手，卻很冰涼，問她何故。女子答：「我年輕體弱，晚上霜露甚重，手哪能溫暖得起來呢！」她將羅衣脫下，顯然是個處女，說：「我為一償情緣，願將處子之身獻與君。還望你莫要嫌棄，我願常來侍寢。你房裡還有其他女人嗎？」桑生說：「沒有，只一位鄰家娼妓，她也不常來。」女子說：「要謹慎避開。我可不比那些娼妓，你要保密莫要外洩。她來我走，她走時我再來就行了。」雞啼，欲離，她將一隻繡鞋贈予桑生：「這是我的鞋，你想我時可把玩一番。他人在時，切勿拿出。」桑生接過一看，鞋尖高高翹起如解繩結的錐子，十分喜愛。隔晚夜裡無人，他便拿出來把玩，女子飄然忽至，兩人又親熱一番。從此，桑生每拿出繡鞋把玩，女子定會感應而來。桑生覺得訝異，問起緣由，女子笑稱：「只是來得巧罷了。」

一晚，蓮香來，訝道：「郎君精神何以如此萎靡？」桑生自己不覺得。蓮香便告辭，約定十日後再來。蓮香離去後，李女每晚皆至，她問：「你的情人爲何這麼久不來？」桑生便相告與蓮香之約。李女笑道：「依你看，我和蓮香哪個美？」桑生說：「你倆姿色各有千秋，但蓮香肌膚比較溫熱。」李女臉色大變，說：「你說我倆都很美，只是特意對我這麼說。她必定宛若嫦娥仙子下凡，我怎比得上她。」李女因而不悅；屈指一算，十日之期已滿，囑咐桑生別跟蓮香說，她要藏身偷看。第二天夜晚，蓮香果然來了，兩人談笑甚歡。正要就寢，蓮香大驚說道：「慘了！才十天不見，你氣色何以越來越差？你還遇到些其他什麼人嗎？」桑生問她爲何這麼問，蓮香答：「我看你神色、脈象如亂絲，是受鬼所迷症狀。」次夜，李女前來，桑生問：「你以爲蓮香長得如何？」她說：「甚美。我以爲世上無這等美人，牠果然是狐仙，我尾隨而去，牠就住在南山的洞穴裡。」桑生懷疑她嫉妒蓮香，隨便敷衍之。

隔晚，桑生對蓮香玩笑道：「我不信那些傳言，有人說你是狐仙。」蓮香追問：「誰說的？」桑生笑道：「我和你說笑的。」蓮香說：「狐仙與人有何不同？」桑生說：「被狐仙迷惑的人，輕則染病，重則身亡，所以可怕。」蓮香說：「非也。以你現在年紀，行房後三日，精氣可自行恢復，縱被狐仙所迷又有何害處？倘若每日耗損精氣，即便對象是人，對身體的危害亦甚於狐仙。天底下縱慾過度而死之人，難

道都受狐仙蠱惑致死嗎？不過，既然你這麼說，必定有人在背後說我壞話。」桑生力辯稱否。蓮香不斷追問，桑生不得已，才告知與李女之事。蓮香說：「我正奇怪你何以精神如此萎靡不振。就算另有相好之人，也不應如此？難道她不是人？你無須回答，明晚，我也效仿她，躲起來偷看她究竟何方神聖。」到了那天晚上，李女前來，才說兩三句話，便聽見窗外有人咳嗽，急忙逃走。蓮香進入，說：「你完了！它眞的是鬼！你若貪戀它美色不趕緊斷絕來往，將離死期不遠！」桑生以爲蓮香嫉妒李女，沒有答腔。蓮香說：「我就知道你沒那麼容易忘記它，但我也不忍見死不救。明天，我會帶藥來，爲你除去陰毒。幸好病根不深，十日即能痊癒。我會在床前照顧你，直到你痊癒爲止。」第二天晚上，蓮香果然拿了一劑藥餵桑生服下。不多久，桑生腹瀉兩三次，覺臟腑穢物已然清除，精神爽朗。內心雖感念蓮香恩德，卻始終不信李女是鬼。

蓮香每晚與桑生同床共枕，依偎著他；桑生欲與之交歡，被她制止。數日後，桑生體膚已變得結實。離去前，蓮香千叮萬囑莫再與李女來往，桑生敷衍答應。待燈下獨處，復又拿出繡鞋思念李女，李女忽然來到。數日沒來，其頗有怨色，桑生說：「蓮香一連數夜爲我治病，請別怨恨牠，我仍是愛你的。」李女才稍釋懷。桑生在枕畔對她說：「我很愛你，但有人說你是鬼。」李女被他說中，心中恐懼得半晌說不出話來，許久才罵道：「一定是那騷狐狸胡說八道！你若不與牠斷絕來往，我從此不再來！」它嗚嗚啜泣。桑生好言勸慰，它才停止哭泣。隔夜，蓮香來，得知李女又來過，怒道：「你這麼想死嗎？」桑生笑道：「你爲何醋心這麼重？」蓮香更加惱怒：「你本來病得快死了，是我幫你治好，這是嫉妒之人所爲嗎？」

桑生假託其詞玩笑道：「她也說，我日前之所以染病，全是因狐仙作祟之故。」蓮香嘆口氣，道：「誠如你所說，你執迷不悟，如有萬一，我百口莫辯。我從此辭別，百日後再來你床榻前探病。」桑生挽留，蓮香去意堅決，大怒離去。從此，李女每晚必來與他歡好。約過了兩個多月，桑生覺身體疲憊，剛開始還不以爲意，待日漸消瘦，每日只喝一碗稠粥，欲返鄉休養，又因依依不捨豔遇而不忍離去。如此過了數日，病重，下不了床；鄰生見他病重，每日遣書僮送來食物。桑生這才開始懷疑，自己的病是與李女交歡引起，便對她說：「我後悔不聽蓮香的話，才病重至此！」說完，閉上眼昏迷過去；好一段時間才醒轉，環顧四周，李女已不知所蹤，從此不再來。

桑生病瘦，躺在空蕩蕩的書齋，想念蓮香，度日如年。有天，正思念之時，忽有人掀簾而入，那人正是蓮香。牠走到桑生床榻前，笑問：「怎麼樣啊！你這見識淺陋的人，是我騙了你嗎？」桑生哽咽良久，自言知錯，求牠救命。蓮香說：「你已病入膏肓，我無法可救。今夜是來與你訣別，證明我日前所言非出於嫉妒之心。」桑生難過的說：「我枕底藏有一物，勞煩你爲我毀掉。」蓮香搜得一隻繡鞋，拿到燈前反覆把玩。李女忽入，一見蓮香，轉身欲走。蓮香以身體擋門，李女一時情急不知該如何是好，桑生責備了她幾句，李女無法回答。蓮香笑道：「直到今晚，我才能好好與姨太太當面對質。先前，你誣指桑郎的病因我而起，現如今你有何話好說？」李女低頭道歉。蓮香說：「這麼美的女人，怎會因一己之情愛歡愉而害慘了人？」李女立即跪在地上，泣不成聲，乞求蓮香救救桑生。蓮香扶起它，細問生前之事，李女答：「我本是李通判的女兒，早死，埋於牆外。身雖已死，情緣未斷。與桑郎歡好，是我的宿願；累他致死，

非我本心。」蓮香問：「聽說，鬼物喜歡把人害死，如此在九泉下便可常相聚首，是這樣嗎？」李女答：「不是。兩鬼相逢，並無樂趣；若有樂趣，冥府中的少年郎難道還會少嗎？」蓮香說：「眞是笨哪！每夜行房，人尚且難以負荷，何況你還是個鬼？」李女問：「狐仙能致人於死，何以你與桑郎相處，他卻未受你所害？」蓮香答：「那是採陽補陰之輩所爲，我非此道中人。所以，世上有不害人的狐仙，卻無不害人的鬼，乃因陰氣盛之故。」桑生聽她們對話，才知世上眞有鬼狐存在。幸與她們熟稔，也不覺有多害怕，倒是想及自己奄奄一息，不覺放聲大哭。蓮香問：「桑郎的病，你要如何處理？」李女羞愧的說無能爲力。蓮香笑道：「唯恐桑郎身強體健，你這醋罈子可就要打翻了。」李女正色道：「若有醫術高明者能醫治，能讓我不負桑郎，就當長處九泉之下，不敢再有臉面留戀塵世。」

蓮香從袋裡取出藥丸，說：「我早料到有今日，別後去了三座仙山採藥，歷經三月，才備齊藥材。縱慾過度快死之人，服之無不痊癒。然此症由何處得，還須從何做藥引，不可轉求他力。」李女問：「需要什麼？」蓮香道：「你口中一點唾沫。我放入一枚藥丸，你便吐些唾沫進桑郎口中。」李女感到不好意思，低頭凝視自己的鞋。蓮香玩笑道：「李妹最得意的東西，依舊是你那隻繡鞋啊！」李女羞慚得無地自容。蓮香說：「這本是平常所做之事，如今怎倒不好意思起來？」說完將藥丸放入桑生口中，又轉頭催促李女。李女不得已，只好對著桑生的嘴吐了一口唾沫。蓮香說：「再吐。」李女又吐了一口。吐了三四次唾沫，藥丸已經嚥下。不久，桑生腹中如打雷，咕咕叫個不停。蓮香又放了一枚藥丸入他口，並以嘴唇貼在他唇上，將氣息導入。桑生頓覺丹田火熱，精神煥發。蓮香說：「痊癒了！」李女聽聞雞啼報曉，趕緊

離開。蓮香因桑生病剛痊癒，需要調養，每日到隔鄰吃飯並非良計，便反鎖住門，讓鄰生以爲他歸鄉，以斷絕與他人來往，自己日夜守護他。李女亦每晚都來，殷勤侍奉，更將蓮香當作姊姊般侍奉，蓮香對它也很憐惜。三個月後，桑生身子恢復如初，李女這才數晚不來。偶然前來，瞧一眼便走；三人相處時，亦鬱鬱寡歡，蓮香常要李女留下同寢，它都不肯。有一回，桑生追出，抱它進屋裡來，身輕若陪葬用的草人。李女無法逃走，只好和衣躺在床上，蜷著身子，身長不滿兩尺。蓮香更加憐愛它了，暗中讓桑生抱著李女，但怎麼搖它就是不醒。桑生睡著了，醒來，摸摸床邊，李女已消失無蹤。此後十幾天，李女再沒來過一次；桑生更加想念，拿出繡鞋把玩。蓮香說：「婀娜如此，我見猶憐，何況是男人呢！」桑生說：「以前只要把玩繡鞋，它就會來，雖也曾疑心，卻不曾疑它是個鬼。如今，對著繡鞋念其芳容，實在傷懷。」於是淚流滿面。

此前，有位張姓富翁的女兒，小字燕兒，年方十五，生病不出汗而亡。一晚後又醒了，起床欲逃跑。張富翁反鎖住門，讓她沒法跑到外頭。燕兒自言：「我是李通判之女的魂魄。感念桑郎眷顧，繡鞋仍留在他那兒。我眞是個鬼，你把我關起來又有何用？」張富翁因她說話有條有理，不似騙人，便問爲何來此。燕兒低頭徘徊良久，也弄不清原因。有人說桑生已回鄉養病，燕兒說那不是眞的，張家的人對此懷疑。東鄰生聽說了，越過矮牆到桑生住處窺視，見他與一位美女說話；偷闖進去，匆忙間，女子已不見人影。鄰生驚駭的相詢桑生，桑生笑道：「以前曾對你說，來者若是雌狐，我就開門請入。」鄰生向桑生轉述燕兒的話，他欲前往探查，卻找不到藉口登門拜訪。張母聽聞桑生果眞未返鄉，也覺奇怪，派遣老僕婦前往索鞋，桑生便把鞋交給她。燕兒拿到鞋很高興，試穿，鞋子比腳小了一寸，大驚。攬鏡自照，恍然大悟，原來自己是借燕兒肉身還陽，便告知事情始末，張母這才相信。燕兒對鏡大哭：「昔日的樣貌，我頗為自信，每見蓮姐，猶仍自嘆弗如。如今卻比先前更加不堪，做人還不如做鬼呢！」便拿著鞋子嚎啕大哭，張母勸慰亦不止。她蒙著被子僵臥，不吃東西，身體皮膚都腫了；一連七日不食，也沒死，體膚腫脹漸消；覺飢不可耐，才吃東西。數天後，全身搔癢，皮膚盡脫。晨起，睡鞋掉落在地，拿起來穿，大不合腳，便拿之前繡鞋來穿，竟然合腳，大喜。她又對鏡照看，眉眼臉孔皆與生前無異，更加高興。梳洗後拜見張母，家人見其樣貌很是震驚。蓮香聞此異事，勸桑生找人前往說媒，他卻因兩家貧富懸殊，不敢貿然提親。適逢張母壽辰，桑生便以晚輩身分前去祝壽。張母見拜帖上有桑生之名，讓燕兒在簾後偷看指認。祝壽人群中，桑生最晚進入，燕兒卻突然跑出，捉著他袖子，要和他一塊兒回去。張母責罵燕兒，這才羞慚的入內。桑生見她宛若李女，不自覺流下淚來，伏地跪拜不起。張母扶他起身，不認為其舉止有失分寸。桑生離開後，請求燕兒舅父作媒，張母與之商議，另擇吉日讓桑生入贅。

桑生回去之後告知蓮香，並商議與燕兒婚事。蓮香悵然許久，就要辭別，桑生大驚哭泣。蓮香說：「你要到人家家中洞房花燭，我和你一起去，臉要往哪裡放？」桑生便和蓮香商議，先一塊兒返鄉，再迎娶燕兒，蓮香這才答應。桑生告訴張家此事，對方聽聞他有妻室，怒不可遏。燕兒力勸，張家這才同意。到了大婚當日，桑生親往迎接，家中布置得很草率；待迎新婦回家，從門口到大廳竟全以地毯鋪地，兩側燈籠高掛，燈火輝煌。蓮香扶新娘入洞房，揭開蓋頭，三人如以往歡聚。蓮香陪同喝合巹酒，細問燕兒借

屍還魂經過，燕兒答：「我那日心情鬱悶，以身爲鬼物而覺不堪。與你們分別後，憤然不回墳墓，隨風漂泊，每逢見到活人則羨慕。白天依憑草木之上，晚上則隨意遊蕩。偶然到了張家，見一少女躺臥在床，上前附體，不料竟能還陽。」蓮香聽了，默然不語若有所思。過了兩個月，蓮香生了個兒子，產後突然患病，病況日漸沉重。牠捉著燕兒手臂，說：「我將兒子託付於你，吾兒即汝兒。」燕兒聽了流淚勸慰，要爲牠延請巫醫，被蓮香推卻。牠病重臨死之際，氣若游絲，桑生與燕兒皆痛哭，忽睜開眼，說：「無須傷心。你以生爲樂，我以死爲樂。如有緣，十年後可再相見。」說完便過世。桑生打開被子欲收斂其屍骨，屍體變成一隻狐狸。桑生不忍視其爲異類，以妻子之禮厚葬。蓮香之子名喚狐兒，燕兒撫育如己出；每逢清明，必抱狐兒到蓮香墓前痛哭。

後來，桑生於鄉試考中舉人，家境逐漸寬裕。燕兒一直沒有生育。狐兒頗爲聰慧，只是體弱多病。燕兒經常勸桑生納妾，有天，婢女忽然稟告：「門外有一老婦，帶女求賣人做妾。」燕兒喚她們進來，乍見，大驚：「此女竟是蓮姐復生！」桑生看了，果眞神似蓮香，亦大吃一驚，問：「她幾歲了？」老婦答：「十四歲。」桑生又問：「聘金多少？」老婦答：「老身只有這麼一個女兒，我只求有容身之處，有個可吃飯的地方，死後不至於棄屍荒山野嶺，於願足矣。」桑生高價買下這位姑娘，將她們留在府中。燕兒握她的手，領進寢室，抬起她下巴，笑道：「你認識我嗎？」女子答：「不認得。」燕兒問其姓氏，女子答：「我姓韋。家父是徐城賣酒的，已死三年。」燕兒屈指思索，蓮香死了有十四年，又看韋女，容貌儀態，十分神似。燕兒拍她脖子叫道：「蓮姊、蓮姊！昔日你曾約定十年後相見，你果眞沒騙我。」韋女宛如夢醒，恍然大悟：「咦！」她仔細端詳燕兒，桑生笑道：「這就是你那位『似曾相識燕歸來』的燕妹啊！」韋女流淚道：「是了。聽母親說，我出生就能說話，以爲不祥，喝了狗血，才忘卻前世之事，今日才如夢醒。夫人就是那位恥於做鬼的李妹嗎？」三人共話前生之事，悲喜交加。

有日，正逢寒食節，燕兒說：「每年此時，我和桑郎都會到蓮姊墓前哭墳。」三人便一同前往蓮墓，荒草叢生，樹木高聳。韋女也嘆息。燕兒對桑生說：「我與蓮姊兩世交好，不忍相離，應該讓我的屍骨與蓮姊合葬。」桑生照她話做，開啓李女墳塚取得屍骸，抬回與蓮香之墓合葬。桑生親朋好友聽說此怪事，亦紛紛穿著禮服前往墳前，不約而同前來者達數百人。康熙九年，我到江南，遊經沂州，遇大雨無法前行，暫留旅店歇息。有個名叫劉子敬的秀才，爲桑生表親，拿出同社友人王子章所寫〈桑生傳〉給我看，約一萬多字。此故事僅略敘梗概而已。

記下奇聞異事的作者如是說：「唉！死者求生，生者又求死，天底下最難得的，難道不是人身嗎？只可惜，擁有人身者往往不懂珍惜，以至於活著不知廉恥，還不如一隻狐狸；死的時候悄無聲息，還不如一個鬼。」

阿寶

粵西[1]孫子楚，名士也。生有枝指[2]。性迂訥，人誑之，輒信為真。或值座有歌妓，則即遙望卻走。或知其然，誘之來，使妓狎[3]逼之，則赬顏徹頸[4]，汗珠珠下滴。因共為笑。遂貌其呆狀，相郵傳[5]作醜語，而名之「孫癡」。

邑[6]大賈某翁，與王侯埒[7]富。姻戚皆貴冑。有女阿寶，絕色也。日擇良匹，大家兒爭委禽妝[8]，皆不當翁意。生時失儷，有戲之者，勸其通媒。生殊不自揣[9]，竟從其教。翁素耳其名，而貧之。媒媼[10]將出，適遇寶，問之，以告。女戲曰：「渠[11]去其枝指，余當歸[12]之。」媼告生。生曰：「不難。」媒去，生以斧自斷其指，大痛徹心，血益傾注，濱死。過數日，始能起，往見媒而示之。媼驚，奔告女。女亦奇之。戲請再去其癡。生聞而譁辨，自謂不癡；然無由見而自剖[13]。轉念阿寶未必美如天人，何遂高自位置如此？由是曩[14]念頓冷。

會值清明，俗於是日，婦女出遊，輕薄少年，亦結隊隨行，恣其月旦。有同社[15]數人，強邀生去。或嘲之曰：「莫欲一觀可人否？」生亦知其戲己；然以受女揶揄故，亦思一見其人，忻[16]然隨眾物色之。遙見有女子憩樹下，惡少年環如牆堵。眾曰：「此必阿寶也。」趨之，果寶。審諦之，娟麗無雙。少傾，人益稠。女起遽[17]去。眾情顛倒，品頭題足，紛紛若狂；生獨默然。及眾他適，回視，生猶癡立故所，呼之不應。羣曳[18]之曰：「魂隨阿寶去耶？」亦不答。眾以其素訥，故不為怪，或推之，或挽之，以歸。至家，直上牀臥，終日不起，冥如醉，喚之不醒。家人疑其失魂，招於曠野，莫能效。強拍問之，則矇矓應云：「我在阿寶家。」及細詰[19]之，又默不語。家人惶惑莫解。

初，生見女去，意不忍捨，覺身已從之行，漸傍其衿帶間，人無呵[20]者。遂從女歸，坐臥依之，夜輒與狎[21]，甚相得；然覺腹中奇餒[22]，思欲一返家門，而迷不知路。女每夢與人交[23]，問其名，曰：「我孫子楚也。」心異之，而不可以告人。生臥三日，氣休休若將澌滅[24]。家人大恐，託人婉告翁，欲一招魂其家。翁笑曰：「平昔不相往還，何由遺魂吾家？」家人固哀之，翁始允。巫執故服、草薦[25]以往。女詰得其故，駭極，不聽他往，直導入室，任招呼而去。巫歸至門，生榻上已呻。既醒，女室之香奩[26]什具，何色何名，歷言不爽[27]。女聞之，益駭，陰感其情之深。◆

生既離牀寢，坐立凝思，忽忽[28]若忘。每伺察阿寶，希幸一再遘[29]之。浴佛節[30]，聞將降香[31]水月寺，遂早旦往候道左，目眩睛勞。日涉午，女始至。自車中窺見生，以摻手搴[32]簾，凝睇不轉。生益動，尾從之。女忽命青衣[33]來詰姓字。生殷勤自展，魂益搖。車去，始歸。歸復病，冥然絕食，夢中輒呼寶名。每自恨魂不復靈。家舊養一鸚鵡，忽斃，小兒持弄於牀。生自念倘得身為鸚鵡，振翼可達女室。心方注想，身已翩然鸚鵡，遽飛而去，直達寶所。女喜而撲之，鎖其肘，飼以麻子。大呼曰：「姐姐勿鎖！我孫子楚也！」女大駭，解其縛，亦不去。女祝曰：「深情已篆[34]中心。今已人禽異類，姻好何可復圓？」鳥云：「得近芳澤，於願已足。」他人飼之不食，女自飼之則食。女坐，則集其膝；臥，則依其牀。如是三日。女甚憐之。陰使人瞷[35]生，生則僵臥氣絕，已三日，但心頭未冰耳。女又祝曰：「君能復為人，當誓死相從。」鳥云：「誑我。」女乃自矢。鳥側目若有所思。少間，女束雙彎，解履牀下，鸚鵡驟下，啣履飛去。女急呼之，飛已遠

矣。女使嫗[36]往探，則生已寤[37]。

家人見鸚鵡啣繡履來，墮地死，方共異之。生既蘇，即索履。衆莫知故。適嫗至，入視生，問履所在。生曰：「是阿寶信誓物。借口相覆：小生不忘金諾也。」嫗反命。女益奇之，故使婢泄其情於母。母審之確，乃曰：「此子才名亦不惡，但有相如之貧[38]。擇數年得壻[39]若此，恐將為顯者笑。」女以履故，矢不他。翁媼從之。馳報生。生喜，疾頓瘳[40]。翁議贅諸家。女曰：「壻不可久處岳家；況郎又貧，久益為人賤。兒既諾之，處蓬茆[41]而甘，藜藿[42]不怨也。」生乃親迎成禮，相逢如隔世懽[43]。

自是生家得奩妝，小阜[44]，頗增物產。而生癡於書，不知理家人生業；女善居積，亦不以他事累生。居三年，家益富。生忽病消渴[45]，卒。女哭之痛，淚眼不晴，至絕眠食。勸之不納，乘夜自經[46]。婢覺之，急救而醒，終亦不食。三日，集親黨，將以殮生。聞棺中呻以息，啟之，已復活。自言：「見冥王，以生平樸誠，命作部曹[47]。忽有人白[48]：『孫部曹之妻將至。』王稽[49]鬼錄，言：『此未應便死。』又白：『不食三日矣。』王顧謂：『感汝妻節義，姑賜再生。』因使馭卒控馬送余還。」由此體漸平。值歲大比，入闈[50]之前，諸少年玩弄之，共擬隱僻之題七，引生僻處與語，言：「此某家關節[51]，敬秘相授。」生信之，晝夜揣摩，制成七藝[52]。衆隱笑之。時典試者慮熟題有蹈襲弊，力反常經，題紙下，七藝皆符。生以是掄魁。明年，舉進士，授詞林[53]。上聞異，召問之。生具啟奏。上大嘉悅。後召見阿寶，賞賚[54]有加焉。

異史氏曰：「性癡則其志凝：故書癡者文必工，藝癡者技必良；世之落拓而無成者，皆自謂不癡者也。且如粉花[55]蕩產，盧雉[56]傾家，顧癡人事哉！以是知慧黠[57]而過，乃是真癡；彼孫子何癡乎！」

集癡類十：窖鏹食貧[58]。對客輒誇兒慧。愛兒不忍教讀。諱病恐人知。出貲賺[59]人嫖。竊赴飲會賺人賭。倩[60]人作文欺父兄。父子帳目太清。家庭用機械[61]。喜弟子善賭。

阿寶
倩女曾離
枕上魂癡郎
情思更温存
阿儂休說人
爲異鸚鵡前
玉卿挫孫

廣西孫子楚，是個秀才，有六根指頭。天性木訥憨厚，別人騙他，總信以爲眞。朋友聚會，若邀歌妓前來，他遠遠見到就逃走。有人故意捉弄，誘他來，讓妓女挑逗之，他登時臉頸漲紅，汗珠從額上滴下。朋友都取笑他，互相傳遞其癡傻模樣，還替他取了個「孫癡」的綽號。

當地有位經商的富翁，富可敵國，親戚皆有權有勢。他有個女兒名喚阿寶，姿容絕豔，富翁爲女招婿，富家子弟們爭相下聘，但沒一個合富翁心意。孫秀才剛喪妻，有人故意戲弄，勸他也找人說媒。孫秀才自不量力，照那人的話做。富翁對他的事頗有耳聞，嫌他家貧。媒婆從富翁家出來時，巧遇阿寶，她問媒婆替哪家公子說媒，媒婆將實情以告。阿寶玩笑道：「他要是能割斷多出的手指，我就嫁給他。」媒婆轉達了阿寶的話，孫秀才答：「此事不難。」媒婆離開後，他便用斧頭砍斷手指，痛徹心扉，血流如注，

1 粵西：廣西，今廣西壯族自治區。
2 枝指：一般人有五根手指，長有枝指的人，在手指旁又多生出一根手指，大多長在拇指旁。
3 狎：讀作「霞」，親近。
4 赬顏徹頸：臉漲紅蔓延到頸部。赬，讀作「撐」，淡紅色，通「頳」字。
5 郵傳：原指書信往來，此指互相傳播。
6 邑：此處指縣市。
7 埒：讀作「樂」，相當、等同。
8 爭委禽妝：爭相下聘。
9 不自揣：不自量力。揣，掂量、評估。
10 媪：讀作「棉襖」的襖，指老婦人。同今「媼」字，是媼的異體字。
11 渠：他，指第三人稱。
12 歸：女子出嫁。
13 自剖：自己分析。
14 曩：讀作「囊」的三聲，以前、昔日之意。
15 同社：指同一文社。文社，是古代行科舉制度時，生員學子之間講學、習作的民間團體。
16 忻：歡喜。同今「欣」字，是欣的異體字。
17 遽：就、遂。
18 曳：牽、拉。
19 詰：讀作「傑」，問。
20 訶：大聲喝斥、責罵，通「呵」字。
21 狎：讀作「霞」，親近。此處指親熱。
22 餒：飢餓。
23 交：男女交媾，發生性關係。
24 澌滅：消滅淨盡，此指死去。澌，讀作「斯」，滅絕。
25 草薦：草蓆。
26 匳：讀作「連」，女子裝梳妝用品的盒子、匣子。同今奩字，是奩的異體字。
27 爽：失也。

28 忽忽：神智迷糊、不清。

29 遘：讀作「購」，遇見。

30 浴佛節：紀念佛陀誕辰，佛寺舉行誦經法會的儀式。佛陀降生後，天降香水為他沐浴；根據此一傳說，於每年四月八日舉行法會，用花草作一花亭、亭中置誕生佛像，以香湯、水、甘茶、五色水等物，由頭頂灌浴，此外還舉行拜佛祭祖、供養僧侶等慶祝活動。此一法會即稱灌佛會，亦稱佛生會、浴化齋，佛誕節因此又稱浴佛節。

31 降香：到寺廟進香膜拜。

32 搴：讀作「千」，掀起，揭開。

33 青衣：指婢女，古時婢女穿青色衣服。

34 篆：原指一種書寫文字，大篆、小篆。此處當動詞，銘刻、銘記。

35 瞯：讀作「見」，偷看。

36 嫗：讀作「玉」，老婦人。

37 寤：讀作「物」，醒來、睡醒。

38 相如之貧：意指貧窮如司馬相如。漢代司馬相如，字長卿，漢蜀郡成都人，善文章辭賦，景帝時為武騎常侍，後稱病免官。之後以〈子虛賦〉、〈上林賦〉得武帝賞識，拜為郎。罷官時，家境貧窮，後與正值新寡的卓文君（富商卓王孫之女，有文才）私奔，傳為一段佳話。

39 壻：女婿。同今「婿」字，是婿的異體字。

40 瘳：讀作「抽」，病癒。

41 蓬茆：讀作「鵬毛」，茅屋，簡陋的房子。

42 藜藿：讀作「黎獲」，窮人吃的野菜。

43 懽：同今「歡」字，是歡的異體字。

44 小阜：小康。阜，豐厚、富裕。

45 消渴：古代的消渴之症即今日的糖尿病，病徵為多飲、多尿、多食及消瘦等症狀，故名消渴。

46 自經：自盡。

47 部曹：古代政治機構名稱，各部的司官稱為「部曹」。

48 白：讀作「博」，告訴、告知。

49 稽：查核、稽查。

50 闈：科舉考試的考場，此處指秋闈，即鄉試。

51 關節：打通關節之意，即花錢疏通相關人員。

52 七藝：清代科舉鄉試，第一場有七道題目，都要考《四書》文義三篇：《論語》、《孟子》必須各佔一題，另外一題可從《大學》或《中庸》任選；五經（《易》《書》《詩》《禮》《春秋》）文義各四題，考生可選擇專精的項目。考生須以八股文作答，當代的人稱為七藝。

53 詞林：明代洪武元年（西元一三六八年）興建翰林院，區額題為詞林，所以翰林院又稱「詞林」。

54 賚：讀作「賴」，賞賜、賜予。

55 粉花：女子梳妝打扮用的胭脂水粉，此指青樓女子。

56 盧雉：古時賭博的一種，此指賭博。

57 黠：讀作「霞」，聰明、機靈。

58 窖鏹食貧：把錢收藏起來，過清苦的日子。窖，收藏。鏹，讀作「搶」，古代串銅錢的繩索，泛指錢幣。

59 貲：指財物、錢財，通「資」字。賺：讀作「鑽」的四聲，欺騙、詐欺。

60 倩：請求、拜託。

61 機械：機心、計謀。

◆**馮鎮巒評點**：此與杜麗娘之於柳夢梅，一女悅男，一男悅女，皆以夢感，俱千古一對情癡。

明代戲曲劇作家湯顯祖的作品《牡丹亭》，描述杜麗娘春日遊花園時，夢見一書生柳夢梅，此後因相思之情而香消玉殞。本篇故事〈阿寶〉，則是孫子楚為了阿寶而離魂相隨，幾次三番險些魂歸離恨天。兩則故事相似之處在於，男女主角皆在夢中相遇、相戀，且湯顯祖也在《牡丹亭》題詞中說：「生者可以死，死可以生。生而不可與死，死而不可復生者，皆非情之至也。夢中之情，何必非真，天下豈少夢中之人耶？」杜麗娘為了柳夢梅而病死，魂魄與他交媾，後來杜麗娘又因柳夢梅而復生，此乃評點所說的「夢感」；而〈阿寶〉則是孫子楚的魂魄隨阿寶而去，在夢中與她一償情緣，亦是夢中感應。兩者皆是至情者，古今少見。

差點死去。過了數天，才能下床，去見媒婆，給她看手。媒婆嚇了一跳，趕緊告訴阿寶，阿寶也很驚訝，玩笑道要他再除去憨傻性情。孫秀才得知，說自己並不憨傻，但無法見到阿寶向她辯解；轉念又想，阿寶未必如傳說中那麼美，何以自視甚高至此？於是對她興趣頓時冷淡。

適逢清明節，習俗上，女子那天會到郊外遊玩，喜好美色的少年郎，亦結隊隨行，任意對她們品頭論足。同社的幾位友人強拉孫秀才去，有人嘲諷他：「你難道不想一睹阿寶芳容嗎？」孫秀才知道他們故意戲弄自己，然先前被阿寶捉弄，也想見她一見，便欣然隨同前往。遠遠便見一女子在樹下歇息，被一群無賴少年如一堵牆般圍住。眾人說：「此女必定就是阿寶。」孫秀才快步走去，果眞是阿寶，細細端詳，豔麗無雙。不久，圍觀者越來越多，阿寶起身離開。眾人都爲其美色所迷，對她品頭論足，議論紛紛如中邪一般，只孫秀才未作聲。待大夥離開，回頭望去，孫秀才卻仍呆立原地，叫喚也沒答應。眾人拖拉著他，說：「魂魄被阿寶勾去了嗎？」他也不答。眾人想他一向木訥寡言，也不覺奇怪，有人推他，有人挽著他，將他拉扯回家。到家後，直接躺在床上，整日不起身，如喝醉一般，叫也叫不醒。家人懷疑他失魂，到郊外招魂，也不見效；拍打他身體相詢，他只模模糊糊答稱：「我在阿寶家。」家人接著問詳細情形，他又不語。無人能弄懂情況。

原來先前孫秀才見阿寶離去，不忍分開，只覺自己隨她而去，依傍在她身側，也無人喝斥。於是與她一起回家，阿寶無論坐臥，他都與她在一起，夜裡與她親熱，兩人甚爲歡愉；孫秀才只覺腹中甚飢，想回家，卻不知返家的路。阿寶每夢見與人交媾，問其名，答：「我是孫子楚。」阿寶覺得奇怪，但未告訴別人。孫秀才躺在床上三天，氣息將絕，家人大驚，怕他一命嗚呼，託人轉告富翁，想去他家招魂。富翁笑道：「平素不相往來，魂魄何以遺落我家？」孫家的人苦苦哀求，富翁才允諾。巫師拿著孫秀才穿用過的衣服、草蓆前往，阿寶詢問原因，聞之大驚，直接將巫師帶入自己房間，任由巫師作法招魂。巫師回到孫家，孫秀才已在床榻上呻吟；醒來後，阿寶閨房中的粉盒器具什麼樣子、什麼名稱，鉅細靡遺一一說出，分毫無差。阿寶得知後，越發驚恐，暗中感念他用情至深。

孫秀才可以下床後，思念阿寶，整日恍恍惚惚，常差遣人打探她行蹤，希望能再見一面。浴佛節那天，孫秀才聽說阿寶要到水月寺進香，一大早便到寺院路旁等候，等到眼睛昏花痠痛。到了下午，阿寶才出現。她坐在車中看見他，手揭車簾，目不轉睛的望著他。孫秀才更加心動，一路尾隨。阿寶忽派婢女前來問他姓名，他便詳細自我介紹，心神更加蕩漾。車子駛去，他才回家。回去後又大病一場，不飲不食，夢中不斷呼喚阿寶，常自恨無法再同前那般靈魂出竅與阿寶相會。家中養了隻鸚鵡，突然死了，小孩將牠拿到床邊。孫秀才想，若能變成鸚鵡，便能飛到阿寶寢室。心中如此念想，魂魄已附在鸚鵡身上，振翼飛走，來到阿寶寢室。阿寶看見鸚鵡，高興的抓住，鎖起牠，餵牠芝麻。鸚鵡大喊：「姊姊勿鎖，我是孫子楚！」阿寶大驚，解開牠束縛，鸚鵡也沒飛走。阿寶喃喃自語：「我已將對你情意銘刻於心。如今我是人，你是鳥，如何成就姻緣？」鸚鵡說：「能與你在一起，已心滿意足。」別人餵牠不吃，阿寶餵牠才吃。阿寶坐著，鸚鵡就飛到她腿上；睡覺時，牠就站在她床頭。這樣過了三天。阿寶也很可憐牠，暗中派人到孫家打探，得知孫子楚僵臥在床已死，死有三日，但心口未冷。阿寶又對鸚鵡說：「你若能變回人

身，我就誓死相隨。」鸚鵡說：「你又騙我。」阿寶便發誓。鸚鵡轉頭，若有所思。不久，阿寶纏腳，脫下鞋子放於床下，鸚鵡驟然飛了下來，叼了隻鞋飛走。阿寶急忙叫喚，鸚鵡已飛了很遠。阿寶派老婦前去孫家探視，孫秀才已醒。

孫家的人見鸚鵡叼了隻繡鞋回來，而後墜地死去，無不驚異。孫秀才醒來後，索要鞋子，家人都不知何故。此時，阿寶派來的老婦已到孫家，進屋後見到孫子楚，問他繡鞋何在。孫秀才說：「這是阿寶給我的信物。請你轉達她，小生沒有忘記她的承諾。」老婦回去覆命。阿寶也覺事有蹊蹺，便派婢女告知母親此事。母親調查了整件事始末，便說：「此人頗有才名，只是家境貧窮。若招他爲婿，恐會被親戚朋友取笑。」阿寶因繡鞋被孫子楚拿走，只認定他，不嫁別人。雙親只好答應，派人向孫秀才報喜。他大悅，病立即好了。岳父商議讓他入贅，阿寶說：「女婿不可久居岳父家；況且孫郎家貧，長久下來會被人看輕。我既答應嫁他，就算住在簡陋茅屋、吃粗食，也無所埋怨。」孫秀才於是親自下聘迎親，夫妻相聚宛如隔世，欣喜重逢。

阿寶嫁到孫家帶著嫁妝，讓孫家家境變得小康，增設田產。孫秀才卻只知讀書作文章，不懂打理家業；阿寶善於營生，也不以家務瑣事勞煩他。過了三年，孫家越發富裕，孫秀才忽染糖尿病而亡。阿寶痛不欲生，終日以淚洗面，不飲不食，勸解不聽，乘夜上吊自盡；婢女發現後，急忙救下，醒來仍不飲食。三天後，眾親友聚集孫家，要爲孫子楚治喪；聽聞棺材發出呻吟聲，打開棺蓋，已然復活。他說：「死後見冥王，祂因我生前樸實誠懇，命我擔任部曹。忽有鬼卒說：『孫部曹之妻將至。』冥王查核《生死簿》：『她命不該絕。』那鬼卒又說：『她已絕食三日。』冥王看著孫子楚：『感念汝妻貞節，就賜你還陽。』於是派遣鬼卒駕馬送我還陽。」孫秀才從此身體逐漸康復。那年適逢鄉試，入考場之前，那些狐朋狗友故意戲弄他，一塊兒擬了七道生僻的題目，拉他到隱蔽處，說：「這是某人賄賂考官弄來的試題，特來告訴你。」孫秀才信其所言，日夜揣摩，寫完七道試題；大夥都暗地裡笑他。當時，考官擔心常擬的考題有舞弊之嫌，於是一反常態，出了七道與孫秀才所揣摩相符的試題。他因此得中解元；次年中進士，授翰林院之職。聖上聽聞他身上奇事，召他前來詢問；孫子楚一一稟奏，聖上龍心大悅，嘉獎他一番，又召見阿寶，賞賜有加。

記下奇聞異事的作者如是說：「性情憨厚者志向必篤，因此，醉心於書卷者必精通文章，醉心於技藝者必精通技藝；世上落魄一無所成之人，都是那些自認不癡不傻的人。看那些紈袴子弟不惜傾家蕩產，流連煙花場所，嗜賭之人把家產輸個精光，這才是真正的癡傻啊！他們正是聰明過了頭，才癡傻而不自知；像孫子楚那樣的人，怎能算得上癡傻呢！」

在此列出十種癡傻情狀——藏起錢財，清苦度日。逢人誇耀自己兒子聰明。極寵自己兒子，不忍教他讀書。隱瞞自己病情，唯恐人知。出錢誘拐別人嫖妓。偷偷赴宴，詐騙別人賭錢。請人代寫文章，欺騙父兄說是自己寫的。父子之間，帳目算得一清二楚。對家人用計謀、矇騙。歡喜見到子弟精於賭博。

九山王

曹州[1]李姓者，邑諸生[2]。家素饒。而居宅故不甚廣；舍後有園數畝，荒置之。一日，有叟來稅[3]屋，出直[4]百金。李以無屋為辭。叟曰：「請受之，但無煩慮。」李不喻其意，姑受之，以覘[5]其異。

越日，村人見輿[6]馬眷口入李家，紛紛甚夥，共疑李第[7]無安頓所，問之。李殊不自知，歸而察之，並無蹟響。過數日，叟忽來謁。且云：「庇宇下已數晨夕。事事都草創，起爐作竈[8]，未暇一修客子[9]禮。今遣小女輩作黍[10]，幸一垂顧。」李從之。則入園中，欻[11]見舍宇華好，嶄然一新。入室，陳設芳麗。酒鼎沸於廊下，茶煙裊於廚中。俄而行酒薦饌，備極甘旨。時見庭下少年人往來甚衆。又聞兒女喁喁，幕中作笑語聲。家人婢僕，似有數十百口。李心知其狐。席終而歸，陰懷殺心。每入市，市硝硫[12]，積數百斤，暗布園中殆滿。驟火之，燄亙霄漢，如黑靈芝，燔臭灰瞇[13]不可近；但聞鳴啼嗥動之聲，嘈雜聒耳。既熄，入視。則死狐滿地，焦頭爛額者，不可勝計。方閱視間，叟自外來，顏色慘慟，責李曰：「夙無嫌怨；荒園歲報百金，非少；何忍遂相族滅？此奇慘之仇，無不報者！」忿然而去。疑其擲礫為殃[14]，而年餘無少怪異。

時順治[15]初年，山中羣盜竊發，嘯聚萬餘人，官莫能捕。生以家口多，日憂離亂。適村中來一星者[16]，自號「南山翁」，言人休咎[17]，了若目睹，名大譟。李召至家，求推甲子[18]。翁愕然起敬，曰：「此真主[19]也！」李聞大駭，以為妄。翁正容固言之。李疑信半焉。乃曰：「豈有白手受命而帝者乎？」翁謂：「不然。自古帝王，類多起於匹夫，誰是生而天子者？」生惑之，前席而請。翁毅然以「臥龍」[20]自任。請先備甲冑[21]數千具、弓弩數千事。李慮人莫之歸。翁曰：「臣請為大王連諸山，深相結。使譁言[22]者謂大王真天子，山中士卒，宜必響應。」李喜，遣翁行。發藏鏹[23]，造甲冑。翁數日始還，曰：「借大王威福，加臣三寸舌，諸山莫不願執鞭靮[24]，從戲下[25]。」浹旬[26]之間，果歸命者數千人。於是拜翁為軍師；建大纛[27]，設彩幟若林；據山立柵，聲勢震動。

邑令[28]率兵來討，翁指揮羣寇，大破之。令懼，告急於兗[29]。兗兵遠涉而至，翁又伏寇進擊，兵大潰，將士殺傷者甚眾。勢益震，黨以萬計，因自立為「九山王」。翁患馬少，會都中解馬赴江南，遣一旅要路篡取之。由是「九山王」之名大譟。加翁為「護國大將軍」。高臥山巢，公然自負，以為黃袍之加，指日可俟[30]矣。東撫以奪馬故，方將進勦；又得兗報，乃發精兵數千，與六道合圍而進。軍旅旌旗，瀰滿山谷。「九山王」大懼，召翁謀之，則不知所往。「九山王」窘極無術，登山而望曰：「今而知朝廷之勢大矣！」山破，被擒，妻孥[31]戮之。始悟翁即老狐，蓋以族滅報李也。

異史氏曰：「夫人擁妻子，閉門科頭[32]，何處得殺？即殺，亦何由族哉？狐之謀亦巧矣。而壤無其種者，雖溉不生；彼其殺狐之殘，方寸[33]已有盜根，故狐得長其萌而施之報。今試執途人而告之曰：『汝為天子！』未有不駭而走者。明明導以族滅之為，而猶樂聽之，妻子為戮，又何足云？然人之聽匪言[34]也，始聞之而怒，繼而疑，又繼而信；迨至身名俱殞，而始知其誤也，大率類此矣。」◆

九山王

嘯聚山林一念
癡老人不是帝
王師婁擊駢
戮東郊日記
否園中縱火時

1 曹州：古地名，今山東省菏澤市（菏，讀作「哥」）。
2 邑：此處指縣市。諸生：秀才。
3 稅：租。
4 直：價錢，通「值」字。
5 覘：讀作「沾」，觀看、察視。
6 輿：車子、車輛。
7 第：宅院。
8 竈：生火煮飯的地方。同今「灶」字，是灶的異體字。
9 客子：房客。
10 作黍：煮飯。
11 歘：讀作「乎」，忽然之意。同今「欻」字，是欻的異體字。
12 市：買。硝硫：硝石和硫磺（可製成火藥）。
13 燔臭：肉燒焦的焦臭味，此指火藥爆炸後，狐狸死亡的焦臭味。燔，讀作「凡」，燒烤、焚燒。灰眯：煙灰漫天，睜不開眼。
14 擲礫為殃：相傳，狐仙常以拋擲瓦礫、磚瓦騷擾人類，此類故事可參見〈卷一・焦螟〉。
15 順治：清世祖（清朝入關後第一位皇帝）之年號，始於西元一六四四年，迄於一六六一年。順治十八年正月，傳位三子玄燁，是為康熙皇帝。
16 星者：古代擅長以觀星象占卜吉凶之人，也能替人算命。此處指算命先生。
17 休咎：吉凶禍福。
18 甲子：生辰八字。
19 真主：真命天子。
20 臥龍：此指軍師。諸葛孔明為劉備的軍師，世稱臥龍。《三國志・卷三五・蜀書・諸葛亮傳》：「諸葛孔明者，臥龍也。將軍豈願見之乎？」（諸葛孔明此人，是有才華的隱居者。將軍〔指劉備〕願意親自接見他嗎？）
21 甲冑：鎧甲與頭盔，身體與頭部的防禦武器。
22 譁言：以動聽、聳動言詞，加以宣傳勸說。
23 藏鏹：囤積、儲蓄的金錢。鏹，讀作「搶」，古代串銅錢的繩索，泛指錢幣。
24 執鞭靮：指替人執鞭駕馭馬車，表示願意跟隨。靮，讀作「迪」，駕馬的韁繩。
25 戲下：部屬、麾下。
26 浹旬：十天。浹，讀作「夾」。
27 纛：讀作「盜」，軍中的旗幟。
28 邑令：知縣、縣令，現今的縣長。
29 兗：兗州，山東省的一個舊府名，範圍約當今山東省南部。兗，讀作「演」。
30 俟：讀作「四」，等待、等候。
31 妻孥：妻子和兒女。孥，讀作「奴」。
32 科頭：不戴帽子，比喻悠閒自在、自得其樂。
33 方寸：指心。
34 匪言：心術不正之人的言詞蠱惑。

◆**何守奇評點**：誠為福倡，禍與妄隨，使李妄念不生，狐從何報？故昔人謂災及其身，只是一妄念所致，信然。

善念發起福亦相隨，災禍總是跟隨著惡念，倘若李某不生邪念，狐仙縱想害他也無計可施。因此古人說，災禍降臨自身，只因惡念發動所致，由此可證。

山東曹州有個姓李的人，是該縣秀才。家中頗富裕，但家宅不大，屋後有荒園數畝。有天，一名老翁前來租屋，出價百金，李某因家中無空屋便推辭。老翁說：「你只管收下，無須擔憂。」李某不解其意，姑且收下，觀看後續如何。次日，村人見車馬家眷遷入李家，人多勢眾，大家懷疑李宅哪有如此多空屋可容納，便相詢之。李某對此事毫不知情，返家查看，並無異狀。

過了數日，老翁忽來拜訪：「在你家中已住了數日。剛搬進來，還有很多事務需打點、重蓋爐灶，尚無閒暇可略盡房客之誼。今日我讓女孩們煮飯，希望你前來賞光。」李某答應。他隨老翁進入園中，忽見房舍華美，煥然一新。進入屋內，擺設華麗；廊下熱著酒，廚房中煮茶煙霧裊裊。不多時，飲酒上菜，非常可口。院內有許多少年郎不時進出，又聽聞小孩的說話聲，帷幕後有女眷的笑語聲；家人奴僕，似有數十百口。李某心知，這家人定是狐狸所化；吃完飯回家，暗懷殺心。每去市集，便買製火藥的硝石與硫磺，囤積數百斤，暗中布滿庭園。突然點火，轟隆一聲，火焰沖天，如一朵黑靈芝，焦臭味與漫天灰燼讓人難近，只聞哀嚎慘叫之聲，不絕於耳。火焰既滅，李某進入觀視，死狐遍地，屍身燒焦，血肉模糊，不可勝數。正審視間，老翁從外面回來，十分悲痛，責備道：「你我並無夙怨，我出百金租你這荒園，出價不少，何忍誅我全族？這滅族之仇，來日必報！」老翁說完憤然離去。李某擔憂他會丟擲瓦礫作祟，但過了一年多，什麼怪異之事也無。

時值清順治初年，山中群聚盜賊一萬多人，官兵一直沒法捉拿歸案。李某因家中人口眾多，擔憂盜賊會來搶劫。恰好村中來了一名善於觀星算命的先生，自稱「南山翁」，預言吉凶宛若目睹，一時名聲大噪。李某請他到家裡，告知了自己生辰八字，求他幫忙卜卦。老翁屈指一算，先是顯露訝色，接著肅然起敬，說：「你是眞命天子！」李某聽了大吃一驚，以爲他騙人；老翁一臉嚴肅的堅持己見，這才半信半疑。李某說：「哪有白手起家的帝王呢？」老翁說：「非也。自古那些能當皇帝的人，哪個不是起於草莽之間，誰一生下來就是天子？」李某不解，上前請教。老翁儼然以軍師自任，請他準備頭盔戰甲、弓箭武器等數千件。李某憂心無人歸附，老翁說：「我願爲大王聯繫那些山賊，請他們與大王結盟。我以大王乃眞命天子遊說，山中士兵當會響應。」李某大喜，派老翁前往，他則將多年積蓄拿出來造兵甲。數天後，老翁回來，說：「託大王鴻福，加上臣的三寸不爛之舌，各山頭盜匪無不願意歸附，願當大王的部下。」十日之間，前來歸附的人果有數千。於是李某拜老翁爲軍師，建大軍旗，插滿旗幟，占據山頭設立山寨，聲勢浩蕩。

知府率兵前來討伐，老翁指揮眾盜匪，大破官兵。知府害怕，向兗州告急。兗州兵馬跋山涉水而來，老翁又命賊寇埋伏攻擊，官兵大敗，殺傷將士甚眾。李某聲勢更加浩大，依附者萬人之多，於是自立爲「九山王」。老翁擔憂馬匹不足，適逢京都押送馬匹往江南而來，便派遣一隊賊寇在半路攔截搶奪。從此，九山王聲名大噪，還加封老翁「護國大將軍」。李某占山爲王，頗爲自負，當眞以爲自己是眞命天子，登基稱王，指日可待。東巡撫因九山王搶奪馬匹，正欲出兵剿滅，又傳來兗州戰敗消息，便出動數千精兵，配合各轄區軍隊前往剿匪。官兵的軍旗遍布山谷，九山王很害怕，召老翁商議，卻不知所蹤。九山王無計可施，登山遠望，嘆道：「如今才知朝廷兵力強盛啊！」山寨被破，九山王被擒，妻兒全被誅殺。

這才恍然大悟，原來老翁正是當時被他剿滅全族的狐仙，來報滅族之仇。

記下奇聞異事的作者如是說：「一個人在家抱著妻兒，悠閒自在度日，何來殺身之禍？即便有殺身之禍，於族人何辜？狐仙的計謀亦很高明；沒有種子的土地，就算灌溉也長不出植物，以李某殺狐手段之凶狠，顯已有當賊寇心念，狐仙便略施巧技，使其心中惡念發芽茁壯，終究自食惡果。如今，試著在路上找個人，對他說「你是眞命天子」，任誰都會懼怕逃跑。明知謀逆之罪將株連九族，卻仍願照老翁吩咐去做，致使妻兒被殺，又有何好說？然，人聽聞不懷好意之人的話，乍聽勃然大怒，接著懷疑動機，而後相信，最終導致身敗名裂，才知自己錯了，大概，都是像九山王這類人吧！」

遵化署狐

曹諸城[1]丘公為遵化道[2]。署[3]中故多狐。最後一樓，綏綏[4]者族而居之，以為家。時出殃人，遣之益熾。官此者惟設牲禱之，無敢迕。丘公莅任[5]，聞而怒之。狐亦畏公剛烈，化一嫗[6]告家人曰：「幸白[7]大人：勿相仇。容我三日，將攜細小避去。」公聞，亦嘿不言。次日，閱兵已，戒[8]勿散，使盡扛諸營巨炮驟入，環樓千座並發；數仞之樓，頃刻摧為平地，革肉毛血，自天雨而下。但見濃塵毒霧之中，有白氣一縷，冒烟沖空而去。眾望之曰：「逃一狐矣。」而署中自此平安。

後二年，公遣幹僕賫[9]銀如干[10]數赴都，將謀遷擢。事未就，姑窖藏于班役[11]之家。忽有一叟詣闕聲屈，言妻子橫[12]被殺戮；又訐[13]公剋削軍糧，夤[14]緣當路，現頓某家，可以驗證。奉旨押驗。至班役家，冥搜[15]不得。叟惟以一足點地。悟其意，發之，果得金；金上鐫[16]有「某郡解」字。已而覓叟，則失所在。執鄉里姓名以求其人，竟亦無之。公由此罹難。乃知叟即逃狐也。

異史氏曰：「狐之祟人，可誅甚矣。然服而舍之[17]，亦以全吾仁。公可云疾之已甚者矣。抑使關西[18]為此，豈百狐所能仇哉！」

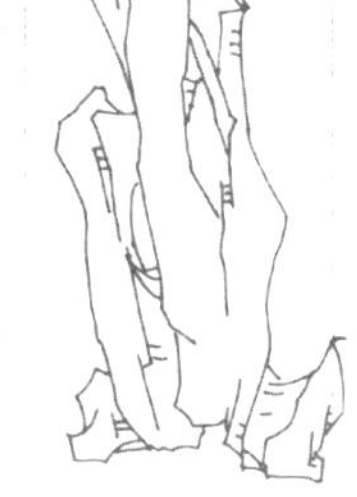

來自山東諸城的丘大人在遵化擔任道員，管轄境內治安。官衙中有很多狐狸，最後一棟樓甚至被一家子狐狸霸占居住，時常出來害人。趕牠們走，卻更加肆無忌憚，歷任官員只好以牲口祭祀，不敢得罪這些狐狸。丘大人剛上任，聞此極為憤怒，狐狸亦害怕丘大人暴躁性子，便化成一老婦告其家人：「請轉告大人，莫要趕盡殺絕。請給我三天時間，讓我攜家帶眷離開。」丘大人聽說了，也不予回應。翌日，丘大人閱兵完畢，要他們先別解散，將營區所有大砲扛到官衙，團團包圍住那棟大樓，點火齊發，數仞高的樓房，頃刻夷為平地。皮革血肉，如雨般從天而降，只見濃塵毒霧之中，有縷白氣自濃煙中沖霄而去。眾人看到，都說「有隻狐狸逃走了」，從此衙門不再有狐妖作祟。

兩年後，丘大人派遣手下帶著若干銀錢到京城，為其找後門、拉關係，籌謀升遷之事。事情尚未辦妥，暫將錢財藏在衙役家中。忽有一老翁到金鑾殿大聲喊冤，說妻兒慘遭丘大人殺害；又揭發他剋扣軍餉，拿那些錢走後門，謀升官發財之道，而這錢現存放於某位衙役家中，可派人前往查驗。官員於是奉旨押著老翁前去。到了那名衙役家中，四處遍尋不著；老翁以一腳點地，官員當即意會，從老翁指示之處挖掘，果然找到那筆錢，銀錢還刻著「某郡解」字樣。眾人再要找老翁，卻不見人影；依其姓名去找，也無所得。丘大人從此獲罪遭難，才知那名老翁正是當時逃脫的狐狸所化。

記下奇聞異事的作者如是說：「狐妖作祟，危害人間，自然該殺。然將牠們捉住再赦免，如此可保仁者之道。丘大人可說對那群狐狸恨之入骨，但實在太趕盡殺絕。若為人處世能如楊震那般清廉，狐狸就算想報仇也無計可施。」

1 諸城：古地名，今屬山東省濰坊市所管轄的一個市。

2 遵化：古地名，今屬河北省唐山市所管轄的一個市。道：明清兩代的官名，掌管某一區域特定事務的主官，亦稱「道員」。本文中的丘公，極可能是負責轄區治安的兵備道。

3 署：官府、官衙。

4 綏綏：讀作「雖雖」，緩行相隨。

5 蒞任：就任新的官職。

6 嫗：讀作「玉」，老婦人。

7 白：讀作「博」，告訴、告知。

8 戒：警告、告誡。

9 賫：讀作「機」，攜帶、持拿。同今「齎」字，是齎的異體字。

10 如干：若干、一些。

11 班役：指衙役。

12 橫：粗暴、蠻橫不講理。

13 訐：讀作「節」，揭發、攻擊別人的隱私、缺點。

14 夤：讀作「銀」，攀附權貴，找門路、拉關係。

15 冥搜：漫無目的的搜索。

16 鐫：讀作「娟」，銘刻。

17 服而舍之：先降伏狐狸，再放牠們一條生路。舍，放棄，通「捨」字。

18 關西：指楊震，東漢華陰（現今陝西）人，字伯起。因博覽經書，當時的人稱他「關西孔子」。官至太尉，為人頗公正廉明，不私相授受賄賂。

張誠

豫[1]人張氏者，其先齊[2]人。明末齊大亂，妻為北兵[3]掠去。張常客豫，遂家焉。娶於豫，生子訥。無何，妻卒，又娶繼室，生子誠。繼室牛氏悍，每嫉訥，奴畜之，啖以惡草具。使樵，日責柴一肩；無則撻楚[4]詬詛，不可堪。隱畜甘脆[5]餌誠，使從塾師讀。誠漸長，性孝友，不忍兄劬[6]，陰勸母。母弗聽。一日，訥入山樵，未終，值大風雨，避身巖[7]下，雨止而日已暮。腹中大餒[8]，遂負薪歸。母驗之少，怒不與食；飢火燒心，入室僵臥。誠自塾中來，見兄嗒然[9]，問：「病乎？」曰：「餓耳。」問其故，以情告。誠愀然便去。移時懷餅來餌兄。兄問其所自來。曰：「余竊麪倩[10]鄰婦為之，但食勿言也。」訥食之。囑弟曰：「後勿復然，事泄累弟。且日一啗[11]，飢當不死。」誠曰：「兄故弱，烏能多樵！」

次日，食後，竊赴山，至兄樵處。兄見之，驚問：「將何作？」答曰：「將助樵採。」問：「誰之遣？」曰：「我自來耳。」兄曰：「無論弟不能樵，縱或能之，且猶不可。」於是速之歸。誠不聽，以手足斷柴助兄。且云：「明日當以斧來。」兄近止之。見其指已破，履已穿。悲曰：「汝不速歸，我即以斧自剄[12]死！」誠乃歸。兄送之半途，方復回。樵既歸，詣塾，囑其師曰：「吾弟年幼，宜閑之。山中虎狼多。」師曰：「午前不知何往，業夏楚[13]之。」歸謂誠曰：「不聽吾言，遭笞[14]責矣。」誠笑曰：「無之。」明日，懷斧又去。兄駭曰：「我固謂子勿來，何復爾？」誠不應，刈薪[15]且急，汗交頤不少休。約足一束，不辭而返。師又責之，乃實告之。師嘆其賢，遂不之禁。兄屢止之，終不聽。一日，與數人樵山中，欻[16]有虎至。衆懼而伏。虎竟啣誠去。虎負人行緩，為訥追及。訥力斧之，中胯。虎痛狂奔，莫可尋逐，痛哭而返。衆慰解之，哭益悲。曰：「吾弟，非猶夫人之弟；況為我死，我何生焉！」遂以斧自刎其項[17]。衆急救之，入肉者已寸許，血溢如涌，眩瞀[18]殞絕。衆駭，裂之衣而約之，羣扶而歸。母哭罵曰：「汝殺吾兒，欲劙[19]頸以塞責耶！」訥呻云：「母勿煩惱。弟死，我定不生！」置榻上，創痛不能眠，惟晝夜依壁坐哭。父恐其亦死，時就榻少哺之，牛輒詬責。訥遂不食，三日而斃。

村中有巫走無常[20]者，訥途遇之，緬訴曩[21]苦。因詢弟所，巫言不聞。遂反身導訥去。至一都會，見一皂衫人，自城中出。巫要遮代問之。皂衫人於佩囊中檢牒[22]審顧，男婦百餘，並無犯而張者。巫疑在他牒。皂衫人曰：「此路屬我，何得差逮[23]？」訥不信，強巫入城。城中新鬼、故鬼，往來憧憧，亦有故識，就問，迄無知者。忽共譁言：「菩薩至！」仰見雲中，有偉人，毫光[24]徹上下，頓覺世界通明。巫賀曰：「大郎有福哉！菩薩幾十年一入冥司，拔諸苦惱，今適值之。」便捽[25]訥跪。衆鬼囚紛紛籍籍[26]，合掌齊誦慈悲救苦之聲，鬨[27]騰震地。菩薩以楊柳枝徧[28]灑甘露，其細如塵。俄而霧收光斂，遂失所在。訥覺頸上沾露，斧處不復作痛。巫仍導與俱歸。望見里門，始別而去。訥死二日，豁[29]然竟甦，悉述所遇，謂誠不死。母以為撰造之誣，反詬罵之。訥負屈無以自伸，而摸創痕良瘥[30]。自力起，拜父曰：「行將穿雲入海往尋弟；如不可見，終此身勿望返也。願父猶以兒為死。」翁引空處與泣，無敢留之。

訥乃去。每於衝衢訪弟耗[31]；途中資斧斷絕，丐而行。逾年，達金陵，懸鶉百結[32]，傴僂[33]道上。偶見十餘騎過，走避道側。內一人如官長，年四十已來，健卒怒馬，騰踔[34]前後。一少年乘小駟[35]，屢視訥。訥以其貴公子，未敢仰視。少年停鞭少駐，忽下馬，呼曰：「非吾兄耶！」訥舉首審視，誠也。握手大痛，失

聲。誠亦哭，曰：「兄何漂落以至於此？」訥言其情，誠益悲。騎者並下問故，以白[36]官長。官長命脫騎載訥，連轡[37]歸諸其家，始詳詰[38]之。初，虎啣誠去，不知何時置路側，臥途中經宿。適張別駕[39]自都中來，過之，見其貌文，憐而撫之，漸蘇。言其里居，則相去已遠。因載與俱歸。又藥敷傷處，數日始痊。別駕無長君[40]，子之。蓋適從遊矚也。誠具為兄告。言次，別駕入，訥拜謝不已。誠入內，捧帛衣出，進兄，乃置酒燕敘。別駕問：「貴族在豫，幾何丁壯？」訥曰：「無有。父少齊人，流寓[41]於豫。」別駕曰：「僕亦齊人，貴里何屬？」答曰：「曾聞父言，屬東昌[42]轄。」驚曰：「我同鄉也！何故遷豫？」訥曰：「明季清兵入境，掠前母去。父遭兵燹[43]，蕩無家室。先賈於西道，往來頗稔，故止焉。」又驚問：「君家尊何名？」訥告之。

別駕瞠而視，俛首[44]若疑，疾趨入內。無何，太夫人出。共羅拜，已，問訥曰：「汝是張炳之之孫耶？」曰：「然。」太夫人大哭，謂別駕曰：「此汝弟也。」訥兄弟莫能解。太夫人曰：「我適汝父三年，流離北去，身屬黑固山[45]半年，生汝兄。又半年，固山死，汝兄以補秩旗下[46]遷此官。今解任矣。每刻刻念鄉井，遂出籍，復故譜。屢遣人至齊，殊無所覓耗，何知汝父西徙哉！」乃謂別駕曰：「汝以弟為子，折福死矣！」別駕曰：「曩問誠，誠未嘗言齊人，想幼稚不憶耳。」乃以齒[47]序：別駕四十有一，為長；誠十六，最少；訥二十二，則伯而仲[48]矣。別駕得兩弟，甚歡，與同臥處，盡悉離散端由，將作歸計。太夫人恐不見容。別駕曰：「能容則共之；否則析之。天下豈有無父之國？」於是鬻[49]宅辦裝，刻日西發。

既抵里，訥及誠先馳報父。父自訥去，妻亦尋卒；塊然一老鰥[50]，形影自弔。忽見訥入，暴喜，怳怳[51]以驚；又睹誠，喜極，不復作言，潸潸以涕；又告以別駕母子至，翁輟泣愕然，不能喜，亦不能悲，蚩蚩[52]

1 豫：河南省的簡稱。
2 齊：戰國時期，山東省的簡稱。
3 北兵：此指清兵。
4 撻楚：拿鞭子抽打。撻，讀作「踏」。
5 甘脆：甘美爽口的食物。
6 劬：讀作「渠」，辛苦、辛勞。
7 巖：高峻的山崖。
8 餒：飢餓。
9 嗒然：垂頭喪氣。嗒，讀作「踏」。
10 麪：麪粉，同「麵」字。倩：請求、拜託。
11 啗：讀作「旦」，吃。
12 自剄：自刎，用刀割頭自殺。剄，讀作「景」。
13 夏楚：鞭打，古代學校的體罰。
14 笞：讀作「痴」，鞭打。
15 刈薪：砍柴。刈，讀作「義」，收割。
16 欻：讀作「乎」，忽然之意，同今「歘」字，是欻的異體字。
17 項：頸子。
18 眩瞀：眼花，視線模糊。瞀，讀作「帽」。
19 劙：讀作「離」，割。
20 走無常：古代傳說，地府有時冥官短缺，便從陽間抓活人充當官吏，讓他在當陰差時死去，差事了結又活過來。
21 曩：讀作「囊」的三聲，以前、昔日之意。
22 牒：古代用來書寫與記錄用的小冊子。
23 差逮：漏抓。
24 毫光：如毫毛般四射發散的光芒。
25 捽：讀作「族」，抓起來。此指揪著他的髮辮。
26 紛紛籍籍：形容眾多紛亂的樣子。
27 鬨：很多人聚在一起喧鬧，聲音吵雜的樣子。
28 徧：同今「遍」字，是遍的異體字。
29 豁：讀作「貨」，突然。
30 瘥：讀作「釵」的四聲，病癒。

31 衢：讀作「渠」，通達四方的大路。耗：消息、音訊。
32 懸鶉百結：比喻衣衫襤褸。鶉，讀作「純」。
33 傴僂：讀作「語樓」，駝背。此處形容狼狽的樣子。
34 騰踔：馬跳耀的樣子。踔，讀作「卓」。
35 小駟：小馬。
36 白：讀作「博」，告訴、告知。
37 連轡：並排騎馬。轡，讀作「佩」，韁繩。
38 詰：讀作「傑」，問。
39 別駕：官名，宋代以後，通判又稱別駕。漢朝官制，為州刺史的輔佐官吏，隨刺史巡行視察時另乘車駕，故稱「別駕」。
40 長君：此指兒子。
41 寓：暫住。
42 東昌：山東省的一個舊府名，約當今山東省聊城市。
43 兵燹：戰亂、兵禍。燹，讀作「顯」。
44 俛首：低頭。同今「俯」字，是俯的異體字。
45 黑固山：指姓黑的官員。
46 補秩旗下：繼承官職，列籍八旗。旗，指八旗。滿清時的戶口編制，以正黃、正白、正紅、正藍、鑲黃、鑲白、鑲紅、鑲藍八種來區別，分為滿洲八旗、蒙古八旗和漢軍八旗三類，後發展成軍籍制度。
47 齒：此指年齡。
48 伯而仲：由大哥變成二弟。古代兄弟排序：伯（大哥）、仲（二弟）。
49 鬻：讀作「玉」，賣。
50 鰥：讀作「關」，妻子過世、或年老無妻之人。
51 怳怳：讀作「謊謊」，心神不寧貌。
52 蚩蚩：讀作「痴痴」，此指呆傻的樣子。
53 媼：讀作「棉襖」的襖，指老婦人。同今「媪」字，是媼的異體字。
54 慨然：感嘆。慨，讀作「凱」。
55 王覽：晉朝人，友愛兄長，故作者將張誠比作王覽。
56 憒憒：讀作「愧愧」，糊塗、懵懂。
57 猝：讀作「促」，突然。
58 團圞：團聚。圞，讀作「鑾」。

以立。未幾，別駕入，拜已；太夫人把翁相向哭。既見婢媪[53]廝卒，內外盈塞，坐立不知所為。誠不見母，問之，方知已死，號嘶氣絕，食頃始甦。別駕出資，建樓閣；延師教兩弟；馬騰於槽，人喧於室，居然大家矣。

異史氏曰：「余聽此事至終，涕凡數墮：十餘歲童子，斧薪助兄，慨然[54]曰：『王覽[55]固再見乎！』於是一墮。至虎啣誠去，不禁狂呼曰：『天道憒憒[56]如此！』於是一墮。及兄弟猝[57]遇，則喜而亦墮；轉增一兄，又益一悲，則為別駕墮。一門團圞[58]，驚出不意，喜出不意，無從之涕，則為翁墮也。不知後世亦有善涕如某者乎？」◆

◆王漁洋（即王士禎）曰：「一本絕妙傳奇，敘次文筆亦工。」

一篇絕妙故事，敘事手法與文筆都甚佳。（編撰者按：文學作品「傳奇」，在不同時代有不同意義——唐代稱小說為傳奇，明代稱戲曲為傳奇。此處的傳奇，應是指故事。）

有個姓張的河南人，原本住山東，明末山東大亂，妻子被清兵擄走，張某因常去河南，便在那裡定居。他在河南娶了妻，生了兒子叫張訥；沒多久，妻子死去，他又續絃，又生了個兒子叫張誠。繼室牛氏很凶悍，時常嫉妒張訥，當他是奴才使喚，給他吃粗劣食物，要他負責家中砍柴工作。每天要他砍一擔的柴回來，若不夠，即鞭打、辱罵；張訥日子過得很苦。牛氏經常暗中拿好吃的食物給張誠，又讓他上學堂讀書。張誠漸漸長大，友愛兄長，不忍兄長如此勞累，私下勸母親，牛氏不理會。有天，張訥到山裡砍柴，柴還沒砍足，遇大風雨，至山崖下避雨，雨停時已是傍晚。他肚子很餓，便揹著柴回家。牛氏一看，柴砍得不夠，惱怒不給飯吃，張訥餓得受不了，便到房裡躺著一動也不動。張誠從學堂回來，見兄長垂頭喪氣，問他是否生病，張訥回答只是肚子餓罷了。張誠問了緣由，張訥據實以告，他聽了很難過遂離去。過了一小段時間，張誠拿來了幾塊餅給兄長，張訥問餅從哪裡弄來。張誠答：「我到廚房偷拿一搓麵粉，請鄰居婦人幫忙做的，你只管吃別張揚。」張訥吃完後，吩咐張誠：「以後別這麼做，事情洩漏恐牽連你。況且每天只吃一餐，也餓不死。」張誠答：「兄長體弱，如何能砍這麼多柴？」

翌日，吃完飯，張誠偷偷前往山裡，去到張訥砍柴處。張訥看見，驚訝問道：「你要做甚？」張誠答：「我要幫你砍柴。」張訥問：「誰讓你來的？」張誠答：「是我自己要來的。」張訥說：「暫且不論你不懂砍柴，就算你會，也不可如此。」便要他快些回家。張誠不聽，以手腳折斷樹枝，幫兄長增添柴薪，還說：「我明天得帶把斧頭來。」張訥上前制止。見張誠手指破了，鞋子亦磨穿，他難過的說：「你不快點回去，我就以斧頭自刎！」張誠這才返家。張訥送他到半程，這才回去砍柴。張訥帶了砍好的柴回

家，前往張誠的學堂，囑咐其師：「吾弟年幼，您要看好他。山中多虎狼，別讓他老往山裡跑。」老師說：「中午前，張誠不知跑哪兒去，已鞭打了他一頓。」張訥回到家，對張誠說：「你不聽我的話，挨鞭子了吧！」張誠笑道：「沒這回事。」翌日，張誠帶了斧頭，前去砍柴。張訥訝道：「我要你別來，爲何又來？」張誠不答，自顧自的砍柴，汗水流了滿臉也不歇息；砍了約一綑，未告辭便回去了。他再次被老師責罵，這才稟告實情；老師讚嘆他友愛兄長之德，便未約束他。張訥屢屢制止，張誠總不聽勸。有天，他們與幾名樵夫一塊兒在山中砍柴，忽有老虎跑來。眾人皆懼怕趴地，老虎叼走了張誠。老虎揹著人走不快，被張訥追上。他拿斧頭使勁的砍，砍中了老虎的腳，老虎痛得狂奔，竟不見其蹤，張訥痛哭而返。眾人無不勸慰，他越哭越傷心，說：「他可是我的親弟啊！何況，他是因我而死，我活著還有什麼意思呢！」說完便以斧頭自刎。大夥急忙救下他，傷口深達一寸，血流如注，眼花神暈，差點死去。眾人皆驚駭，撕裂他衣服包紮傷口，再扶他回家。牛氏哭罵著說：「你殺了我兒子，隨便往自己脖子上劃一刀就了事了嗎？」張訥呻吟著說：「娘親勿惱。弟若遭不測，我也絕不苟活於世。」眾人將張訥安置到床上，他痛得沒法睡，只好日夜倚壁坐哭。張某怕他也死，時常到床榻餵他吃點食物，牛氏見了，便罵他們父子倆。張訥於是拒吃，三天就死了。

村中有個巫師，被冥府抓走充當陰間官吏，張訥在黃泉路上遇見，告知其苦楚。張訥相詢弟弟所在，巫師說沒聽過此人，轉身引張訥離開。兩人來到一座城，見一名黑衫人從城裡出來，巫師攔他，代詢張誠下落。黑衫人從腰間配掛的袋子拿出小冊檢視，其中男女百餘人，並無張姓男子。巫師懷疑可能記載於其他冊子，黑衣人答：「這條路歸我管，怎可能漏捉。」張訥不信，強拉巫師進城。城中新鬼、舊鬼來來往往，每遇舊識便打聽弟弟下落，竟無一人知曉。忽焉，眾鬼喧嘩：「觀音菩薩來了！」張訥仰視著雲，有道巨大身影綻放萬丈光芒，頓時照亮整個陰間。巫師道賀：「大哥眞有福氣，菩薩幾十年才來一趟陰間，替眾鬼拔除痛苦煩惱，今日正巧遇上。」說完，拉著張訥跪下。眾鬼囚一大群，吵得亂糟糟的，一塊兒合掌唸誦觀世音菩薩慈悲救苦的咒語，誦讀聲響震徹天地。菩薩以楊柳枝遍灑甘露，露水如沙塵般細小。不久，雲霧散去，光芒消失，菩薩頓失蹤影。張訥只覺頭上沾著甘露，斧頭砍傷之處不再作痛。巫師引他回家，見其家門，才辭別而去。張訥死了兩天，突然甦醒，將所遇之事告訴雙親，說張誠沒死。牛氏以爲他捏造故事，反倒斥罵；張訥甚感委屈，無法辯白，摸摸頸間傷痕已然痊癒。他費力的下了床，在父親面前跪下：「我將上窮碧落下黃泉去尋弟弟；若找不著，此生絕不回來，父親就仍當我這兒子已經死了吧。」張某拉著兒子來到無人處相對而泣，不敢留他。

張訥於是離家。每經大街小巷，便尋弟弟音訊；途中盤纏用盡，仍一邊乞討一邊尋訪。過了一年，到達金陵，他衣衫襤褸、步履蹣跚的走在路上。偶然見到十幾匹馬從面前經過，便在路旁暫避。其中有個人像當官的，已四十餘歲，健壯的士卒騎著駿馬在前後跳躍奔騰著。有名少年騎著小馬，不斷的注視張訥。張訥以爲他是官家公子，不敢抬頭看。少年勒馬，在張訥面前停了一會兒，忽然下馬，大喊：「這不是我的兄長嗎？」張訥抬頭仔細一看，竟是張誠。張訥握他的手，痛哭失聲，張誠亦泣：「兄長何以淪落至此？」張訥便告訴事情原委，張誠聽了也很難過。馬背上的士兵下馬詢問緣由，稟告官員此事。官員命一

人下馬，讓張訥騎乘，要他一塊兒騎馬返家，這才詳細詢問了事情究竟。原來當初，張誠被老虎叼走，不知何時，被老虎丟在路邊，在路上睡了一晚。適逢張別駕自京城回來，路經，見他樣貌斯文，憐惜相救，張誠逐漸甦醒。問他家在何處，然離此地已遠，別駕便將他載回，又用藥敷其傷處，數日才痊癒。別駕沒有兒子，認他爲義子，適才正是張誠跟隨別駕出外遊玩。張誠將此中經過告知兄長，語畢，別駕進屋，張訥不斷向他拜謝。張誠進入房間，捧著帛衣出來，讓張訥換上，別駕款備酒宴，三人敘話。別駕問：「你家族在河南有幾位男丁？」張訥說：「沒有其他人。父親年輕時住山東，後來才遷徙至河南。」別駕說：「我也是山東人。你老家轄區在哪兒？」張訥答：「曾聽家父說，屬東昌府轄區。」別駕大驚：「竟與我同鄉，何以搬至河南？」張訥答：「明末清兵入關，擄走了母親。父親遭受戰亂，家產被掃蕩一空。先前於河南經商，時常往來，路徑熟悉，便到那裡定居。」別駕訝然，又問：「令尊如何稱呼？」張訥於是告知。

別駕睜大雙眼望著他，又低下頭，似有些懷疑。忙走入內室，不久，太夫人出來。張訥兄弟朝她叩拜行禮，完畢，她問張訥：「你是張炳之的孫子嗎？」張訥回答：「是。」太夫人大哭，對別駕說：「他是你弟弟。」張訥兄弟均不解其意。太夫人說：「我嫁給你們父親三年，流離到北境，嫁給黑固山半年，生了你們的兄長。又隔半年，黑固山過世，你們的兄長便繼承他於八旗中的官職，升任別駕。現今卸去職務，時常思念家鄉，遂出旗籍，恢復舊姓。我亦經常遣人至山東，可是都無音訊，誰知你們的父親已搬至河南。」太夫人對別駕說：「你將弟弟當成兒子，眞是折壽啊！」別駕答：「之前問張誠，他也沒說是山東人，大概那時尚且年幼、對這些事毫無印象吧。」若按年齡排序：別駕四十一歲，當爲長兄；張誠十六歲，最幼；張訥二十二歲，當爲二哥。別駕得兩位弟弟，甚是高興，與他們同住一屋，了解當年一家人失散緣由後，打算回歸故里。太夫人恐牛氏無法相容，別駕答：「若她能容，則一起生活；若否，咱們就搬出去住。天下豈有不識父親的兒子？」別駕於是賣宅、整理行李，訂了日子前往河南。

返回家門，張訥兄弟先去稟報父親。自張訥離家後，牛氏也過世，張某成了鰥夫，日日對影自憐。忽見張訥進屋，因過於高興而精神恍惚；又見張誠，更加高興，默不作聲，只流著淚。張氏兄弟又告知父親，別駕母子亦與他們一同前來，張某止住眼淚，一臉驚愕，看不出是喜是悲，只呆呆站立。不久，別駕進入，行拜，禮畢，太夫人拉著張某的手，兩人相對哭泣。張某見奴婢媼僕充盈屋子內外，不知該站或該坐。張誠不見母親，加以相詢，才知她已過世，嚎哭昏厥，過了一頓飯時間才醒。別駕出錢建造樓閣，請教書先生教導兩位弟弟讀書；人馬喧騰，儼然成了大戶人家。

記下奇聞異事的作者如是說：「我聽聞此事始末，哭了好幾次：十幾歲的孩子，就懂得友愛兄長，助兄長砍柴，只能感慨的說：『彷彿再見王覽。』於是一哭。後張誠被老虎叼走，不禁大喊：『老天竟如此不開眼！』於是又一哭。待兄弟相逢，又喜極而泣；他們多了一位兄長，又感到悲傷，這是爲別駕而哭。一家團圓，出乎意料，毫無來由的淚水，這是爲張某而哭。不知後世之人讀此故事，是否也會像我這般愛哭呢？」

汾州狐

汾州判[1]朱公者，居廨[2]多狐。公夜坐，有女子往來燈下。初謂是家人[3]婦，未遑顧瞻；及舉目，竟不相識，而容光豔絕。心知其狐，而愛好之，遽[4]呼之來。女停履笑曰：「厲聲加人，誰是汝婢媼[5]耶？◆」朱笑而起，曳[6]坐謝過。遂與款密，久如夫妻之好。忽謂曰：「君秩[7]當遷，別有日矣。」問：「何時？」答曰：「目前。但賀者在門，弔者即在閭[8]，不能官也。」

三日，遷報果至。次日即得太夫人訃音[9]。公解任，欲與偕旋。狐不可。送之河上。強之登舟。女曰：「君自不知，狐不能過河也。」朱不忍別，戀戀河畔。女忽出，言將一謁故舊。移時歸，即有客來答拜。女別室與語。客去乃來，曰：「請便登舟，妾送君渡。」朱曰：「向言不能渡，今何以渡？」曰：「曩[10]所謁非他，河神也。妾以君故，特請之。彼限我十天往復，故可暫依耳。」遂同濟。至十日，果別而去。

山西汾州朱通判，所居官衙狐狸甚多。有天晚上，獨自在屋裡坐著，有名女子走到燈前。剛開始，他以爲是家僕的女眷，無甚留意；一抬頭，竟是個陌生女子，美豔不可方物。他心知其爲狐狸所化，但愛其美色，便大聲喚牠過來。女子停步笑道：「呼來喝去的，你眞當我是你家婢女、僕婦嗎？」朱大人笑著起身，拉牠過來坐下，並向牠賠禮。朱大人隨即與牠親熱一番，相處既久，如同夫婦，琴瑟和鳴。有日，狐女忽對他說：「你馬上就會升官離開此地，你我分別在即。」朱大人問何時，狐女答：「就在最近。但報喜者和報喪者，接連而來，你暫時不能爲官。」

三天後，有關他升官的通報果然來到；次日，又聞老夫人過世消息。朱大人辭官，欲和狐女一同返鄉。狐女告知沒法同行，送至河畔，朱大人強拉牠上船。狐女說：「你不知道，狐狸不能過河。」朱大人不忍與之分別，便在河畔附近客棧住下，遲遲不肯啓程。狐女忽走到外面，說要拜訪一位老朋友。不久回來，有客人前來答拜，狐女便與來客至其他房間說話。客人離開後，狐女返回，對朱大人說：「請上船吧，我送你過河。」朱大人問：「你先前不是說不能過河嗎，怎麼現在可以了呢？」狐女說：「我之前去拜會的老友，不是別人，是河神。爲了你，我特向他請求。祂限我十天往還，因此暫可隨你同去。」兩人便一起上船渡河。到了第十天，狐女果然辭別而去。

1 汾州：古州名，今山西省汾陽市。判：通判，官名。五代因藩鎮作亂，宋初便設通判職位與知府、知州共同管理政事或職掌兵民獄訟，制衡各地權勢過大的藩鎮，但亦有考察知府或知州忠誠的功用。

2 廨：讀作「謝」，古時官吏辦公處。

3 家人：僕人。

4 遽：就、遂。

5 媼：讀作「棉襖」的襖，指老婦人。同今「媼」字，是媼的異體字。

6 曳：牽、拉。

7 秩：讀作「至」，指官職。

8 閭：讀作「驢」，泛指門，此指家門。

9 訃：讀作「富」，報喪的訊息。

10 曩：讀作「囊」的三聲，以前、昔日之意。

◆**但明倫評點**：以官派加人，可笑之至。

端出官威派頭待人，可笑極了。

巧娘

廣東有搢紳[1]傅氏，年六十餘。生一子，名廉。甚慧，而天閹[2]，十七歲，陰裁[3]如蠶。遐邇[4]聞知，無以女女者[5]。自分宗緒[6]已絕，晝夜憂怛[7]，而無如何。

廉從師讀。師偶他出，適門外有猴戲者，廉觀之，廢學焉。度師將至而懼，遂亡[8]去。離家數里，見一白衣女郎，偕小婢出其前。女一回首，妖麗無比。蓮步蹇緩[9]，廉趨過之。女回顧婢曰：「試問郎君，得毋欲如瓊[10]乎？」婢果呼問。廉詰[11]其何為。女曰：「倘之瓊也，有尺一[12]書，煩便道寄里門。老母在家，亦可為東道主[13]。」廉出本無定向，念浮海[14]亦得，因諾之。女出書付婢，婢轉付生。問其姓名居里，云：「華姓，居秦女村，去北郭三四里。」生附舟便去。

至瓊州北郭，日已曛暮[15]。問秦女村，迄無知者。望北行四五里，星月已燦，芳草迷目，曠無逆旅[16]，窘甚。見道側墓，思欲傍墳棲止，大懼虎狼。因攀樹猱升[17]，蹲踞[18]其上。聽松聲謖謖[19]，宵蟲哀奏，中心忐忑，悔至如燒。忽聞人聲在下，俯瞰之，庭院宛然；一麗人坐石上，雙鬟挑畫燭，分侍左右。麗人左顧曰：「今夜月白星疎[20]，華姑所贈團茶[21]，可烹一琖[22]，賞此良夜。」生意[23]其鬼魅，毛髮直豎，不敢少息。忽婢子仰視曰：「樹上有人！」女驚起曰：「何處大膽兒，暗來窺人！」生大懼，無所逃隱，遂盤旋下，伏地乞宥[24]。女近臨一諦，反恚[25]為喜，曳[26]與並坐。

睨[27]之，年可十七八，姿態豔絕，聽其言，亦土音。問：「郎何之？」答云：「為人作寄書郵[28]。」女曰：「野多暴客[29]，露宿可虞。不嫌蓬蓽，願就稅駕[30]。」邀生入。室惟一榻，命婢展兩被其上。生自慚形穢，願在下牀。女笑曰：「佳客相逢，女元龍何敢高臥[31]？」生不得已，遂與共榻，而惶恐不敢自舒。未幾，女暗中以纖手探入，輕捻脛股[32]。生偽寐，若不覺知。又未幾，啟衾[33]入，搖生，迄不動。女便下探隱處。乃停手悵然，悄悄出衾去。俄聞哭聲。生惶愧無以自容，恨天公之缺陷而已。女呼婢篝燈[34]，婢見啼痕，驚問所苦。女搖首曰：「我歎吾命耳。」婢立榻前，耽望顏色。女曰：「可喚郎醒，遣放去。」生聞之，倍益慚怍；且懼宵半，茫茫無所復之。

籌念間，一婦人排闥[35]入。婢白[36]：「華姑來。」微窺之，年約五十餘，猶風格[37]。見女未睡，便致詰問。女未答。又視榻上有臥者，遂問：「共榻何人？」婢代答：「夜一少年郎，寄此宿。」婦笑曰：「不知巧娘諧花燭。」見女啼淚未乾，驚曰：「合巹[38]之夕，悲啼不倫[39]；將勿郎君粗暴也？」女不言，益悲。婦欲捋衣視生，一振衣，書落榻上。婦取視，駭曰：「我女筆意[40]也！」拆讀歎咤。女問之。婦云：「是三姐家報，言吳郎已死，煢[41]無所依，且為奈何！」女曰：「彼固云為人寄書，幸未遣之去。」婦呼生起，究詢書所自來。生備述之。婦曰：「遠煩寄書，當何以報？」又熟視生，笑問：「何迕巧娘？」生言：「不自知罪。」又詰女。女歎曰：「自憐生適閹寺[42]，歿奔椓人[43]，是以悲耳。」

婦顧生曰：「慧黠兒，固雄而雌者耶？是我之客，不可久溷[44]他人。」遂導生入東廂，探手於袴[45]而驗之。笑曰：「無怪巧娘零涕；然幸有根蒂，猶可為力。」挑燈徧翻箱簏[46]，得黑丸，授生，令即吞下，祕囑勿吪[47]，乃出。生獨臥籌思，不知藥醫何症。將比[48]五更，初醒，覺臍下熱氣一縷，直沖隱處，蠕蠕然似有物垂股際；自探之，身已偉男。心驚喜，如乍膺九錫[49]。櫺色才分[50]，婦入，以炊餅納生室，叮囑耐坐，反

關其戶。出語巧娘曰：「郎有寄書勞，將留招三娘來，與訂姊妹交。且復閉置，免人厭惱。」乃出門去。生回旋無聊，時近門隙，如鳥窺籠。望見巧娘，輒欲招呼自呈[51]，慚訥而止。延及夜分，婦始攜女歸。發扉曰：「悶煞郎君矣！三娘可來拜謝。」途中人逡巡[52]入，向生斂衽[53]。婦命相呼以兄妹。巧娘笑曰：「姊妹亦可。」並出堂中，團坐置飲。飲次，巧娘戲問：「寺人亦動心佳麗否？」生曰：「跛者不忘履，盲者不忘視。」相與粲然[54]。

巧娘以三娘勞頓，迫令安置。婦顧三娘，俾[55]與生俱。三娘羞暈不行。婦曰：「此丈夫而巾幗者，何畏之？」敦促偕去。私囑生曰：「陰為吾壻[56]，陽為吾子，可也。」生喜，捉臂登牀，發硎新試[57]，其快可知。既於枕上問女：「巧娘何人？」曰：「鬼也。才色無匹，而時命蹇落[58]。適毛家小郎子，病閹，十八歲而不能人[59]，因邑邑[60]不暢，齎恨入冥[61]。」生驚，疑三娘亦鬼。女曰：「實告君，妾非鬼，狐耳。巧娘獨居無耦[62]，我母子無家，借廬棲止。」生大愕。女云：「無懼，雖故鬼狐，非相禍者。」由此日共談讌[63]。雖知巧娘非人，而心愛其娟好，獨恨自獻無隙。生蘊藉[64]，善詼噱[65]，頗得巧娘憐。

一日，華氏母子將他往，復閉生室中。生悶氣，繞屋隔扉呼巧娘。巧娘命婢，歷試數鑰，乃得啟。生附耳請間[66]。巧娘遣婢去。生挽就寢榻，偎向之。女戲掬[67]臍下，曰：「惜可兒此處闕[68]然。」語未竟，觸手盈握。驚曰：「何前之渺渺，而遽[69]纍然！」生笑曰：「前羞見客，故縮；今以誚謗難堪，聊作蛙怒[70]耳。」遂相綢繆[71]。已而恚曰：「今乃知閉戶有因。昔母子流蕩棲無所，假[72]廬居之。三娘從學刺繡，妾曾不少祕惜；乃妒忌如此！」生勸慰之，且以情告。巧娘終啣[73]之。生曰：「密之，華姑囑我嚴。」語未及已，華姑掩入。二人皇遽[74]方起。華姑瞋目，問：「誰啟扉？」巧娘笑逆[75]自承。華姑益怒，聒絮不已。巧娘故哂[76]曰：「阿姥亦大笑人！是丈夫而巾幗者，何能為？」三娘見母與巧娘苦相抵，意不自安，以一身調停兩間，始各拗怒為喜。巧娘言雖憤烈，然自是屈意事三娘。但華姑晝夜閑防，兩情不得自展，眉目含情而已。

一日，華姑謂生曰：「吾兒姊妹皆已奉事君。念居此非計，君宜歸告父母，早訂永約。」即治裝[77]促生行。二女相向，容顏悲惻；而巧娘尤不可堪，淚滾滾如斷貫珠，殊無已時。華姑排止之。便曳生出。至門外，則院宇無存，但見荒冢。華姑送至舟上，曰：「君行後，老身攜兩女僦屋[78]於貴邑。倘不忘夙好，李氏廢園中，可待親迎。」生乃歸。

時傅父覓子不得，正切焦慮，見子歸，喜出非望[79]。生略述崖末[80]，兼致華氏之訂。父曰：「妖言何足聽信？汝尚能生還者，徒以閹廢故；不然，死矣！」生曰：「彼雖異物，情亦猶人；況又慧麗，娶之亦不為戚黨笑。」父不言，但嗤之。生乃退而技癢，不安其分，輒私婢；漸至白晝宣淫，意欲駭聞翁媼[81]。一日，為小婢所窺，奔告母。母不信，薄[82]觀之，始駭。呼婢研究，盡得其狀。喜極，逢人宣暴[83]，以示子不閹，將論婚於世族。生私白母：「非華氏不娶。」母曰：「世不乏美婦人，何必鬼物？」生曰：「兒非華姑，無以知人道，背之不祥。」傅父從之，遣一僕一媼往覘[84]之。出東郭四五里，尋李氏園。見敗垣[85]竹樹中，縷縷有炊煙。媼下乘，直造其闥[86]，則母子拭几濯溉[87]，似有所伺。媼拜致主命。

見三娘，驚曰：「此即吾家小主婦耶？我見猶憐，何怪公子魂思而夢繞之。」便問阿姊。華姑歎曰：「是我假女[88]。三日前，忽殂謝[89]去。」因以酒食餉[90]媼及僕。媼歸，備道三娘容止，父母皆喜。末陳巧娘死耗，生惻惻欲涕。至親迎之夜，見華姑親問之。答云：「已投生北地矣。」生欷歔久之。迎三娘歸，而終

1 搢紳：讀作「進深」，指仕宦。古代官員將笏插入紳於腰間一端下垂的腰帶上，故稱。搢，插。紳，束在腰間的大帶。
2 天閹：男子生殖器官畸形，天生無生育能力。
3 陰：陰莖，男性生殖器官。裁：僅、只之意，通「纔」、「才」二字。
4 遐邇：遠近，此指四處。
5 無以女女者：無人肯將女兒嫁給他。
6 宗緒：子嗣。
7 怛：讀作「妲」，恐懼、害怕。
8 亡：逃。
9 蹇緩：緩步慢行、行動遲緩。蹇，讀作「簡」，跛腳。
10 瓊：瓊州，古州名，範圍約當今海南省海口市、瓊海市、定安縣、屯昌縣、臨高縣。
11 詰：讀作「傑」，問。
12 尺一：書信的代稱。
13 東道主：作為主人招待或宴請客人，典出《左傳．僖公三十年》：「若舍鄭以為東道主，行李之往來，共其乏困，君亦無所害。」（春秋時，鄭大夫燭之武見秦穆公，說：如果捨去鄭國不予攻打，那麼今後秦國的使者到鄭國出使，就由鄭國作為東道（鄭國在秦國東邊）的主人，款待秦國的使者。國君您也沒甚麼損失。）
14 浮海：出海航行。
15 曛暮：傍晚。曛，讀作「勳」，黃昏落日時刻。
16 逆旅：旅館。逆，迎接。
17 猱升：像猴子一樣攀爬上樹。猱，讀作「撓」，猿猴。
18 踞：讀作「據」，蹲。
19 謖謖：讀作「簌簌」，狀聲詞，形容風聲。
20 疎：稀少。同今「疏」字，是疏的異體字。
21 團茶：製成圓形的餅狀茶葉。
22 琖：讀作「展」，玉製的酒杯。此指茶杯。
23 意：猜想、揣測，通「臆」字。
24 宥：讀作「右」，容忍、寬容、寬恕。
25 恚：讀作「惠」，惱怒、生氣。
26 曳：牽、拉。
27 睨：讀作「逆」，斜眼看、偷窺。
28 寄書郵：傳遞書信的人，即郵差。
29 暴客：前來偷東西的人，即盜賊。
30 稅駕：休息、住宿。
31 女元龍何敢高臥：即成語「元龍高臥」，比喻怠慢客人，典出《三國志．卷七．魏書．呂布傳》。許汜往見陳登（東漢陳登，字元龍），陳登看不起他，自己睡大床，讓許汜睡地舖。
32 脛：膝蓋以下至腳踝以上的地方，又稱小腿。股：大腿。
33 衾：讀作「親」，被子。
34 篝燈：讀作「勾」，燈籠；此處當動詞用，指點燈。
35 排闥：推開門。闥，讀作「踏」。
36 白：讀作「博」，告訴、告知。
37 猶風格：風韻猶存。
38 合巹：指成婚。古時，成親的夫婦要對飲合巹酒。巹，讀作「錦」。
39 不倫：不合理、不恰當。
40 筆意：此指筆跡。
41 煢：讀作「瓊」，沒有親人可依靠，孤身一人。
42 閹寺：宦官。
43 歿奔椓人：死後還與受過宮刑的人私通。椓，讀作「卓」，古代割去男子生殖器之刑罰。
44 溷：讀作「混」，打擾。
45 袴：同今「褲」字，是褲的異體字。
46 徧：同今「遍」字，是遍的異體字。簏：讀作「路」，圓形的竹箱。
47 吪：讀作「額」，行動、走動。
48 比：讀作「碧」，等到。
49 乍膺九錫：突然得到皇上的恩賜。膺，讀作「櫻」，接受。九錫，天子賞賜的九種物品，車馬、衣服、樂器等。

50 櫺色才分：意指晨曦曙光剛從雕花窗格透進來。櫺：讀作「凌」，窗戶框上或欄杆上雕花的格子。
51 自呈：自我顯露身體的變化。
52 逡巡：徘徊不前進。逡，讀作「群」的一聲。
53 斂衽：整理衣襟，表示恭敬。衽，讀作「任」，衣襟。此指女子的拜禮。
54 粲然：大笑貌。
55 俾：使，讀作「必」。
56 壻：女婿。同今「婿」字，是婿的異體字。
57 發硎新試：初次嘗試。硎，讀作「刑」，磨刀石。
58 時命蹇落：時運不濟。蹇，讀作「簡」，艱困不順。
59 不能人：不能人道，不能行房。
60 邑邑：鬱鬱寡歡之意，通「悒悒」二字。
61 齎恨入冥：含恨而終。齎，讀作「機」，挾帶。
62 耦：配偶，此指丈夫。
63 談讌：宴飲談話。
64 蘊藉：溫柔敦厚。
65 諛噱：讀作「於決」，講笑話逗人開心。
66 請間：要求屏退下人，單獨談話。
67 掬：讀作「菊」，以雙手捧取東西。
68 闕：缺少之意，通「缺」字。
69 遽：忽然、突然。
70 蛙怒：展現雄風。
71 綢繆：讀作「愁謀」，纏綿、親密。此指男女交歡。
72 假：借。
73 啣：此指懷恨在心。
74 皇：驚慌、慌張。遽：急忙、立刻、馬上。
75 逆：迎接。
76 哂：讀作「審」，嘲笑、諷刺。
77 治裝：整理行裝。
78 僦屋：租房子。僦，讀作「舊」。
79 非望：不在意料之中。
80 崖末：事情始末。
81 媼：讀作「棉襖」的襖，指老婦人。同今「媪」字，是媼的異體字。
82 薄：迫近、接近。
83 宣暴：宣傳。
84 嫗：讀作「玉」，老婦人。覘：讀作「沾」，觀看、察視。
85 垣：讀作「圓」，矮牆。
86 直造其闥：直接登門拜訪。造，拜訪。闥，讀作「踏」，指門。
87 濯溉：清洗器具。濯，讀作「卓」，清洗。
88 假女：義女、養女。
89 殂謝：亡故、辭世。殂，讀作「醋」的二聲。
90 餉：讀作「想」，贈送。
91 輿：車子、車輛。
92 繃：即襁褓，用以背負幼兒的布條與小被。
93 入泮：童生通過州縣考試錄取為生員，意即考中秀才。古代學宮內有泮池（半月形的水池），故稱學宮為「泮宮」，稱「入泮」。泮，讀作「判」。
94 高郵：古縣名，今屬江蘇省揚州市所管轄的一個市。

◆**何守奇評點**：鬼能生子，異與聶小倩同。

鬼能生孩子，與鬼物聶小倩亦能生子的奇聞如出一轍。

不能忘情巧娘，凡有自瓊來者，必召見問之。或言秦女墓夜聞鬼哭。生詫其異，入告三娘。三娘沉吟良久，泣下曰：「妾負姊矣！」詰之，笑云：「妾母子來時，實未使聞。茲之怨啼，將無是姊？向欲相告，恐彰母過。」生聞之，悲已而喜。即命輿[91]，宵晝兼程，馳詣其墓。叩墓木而呼曰：「巧娘，巧娘！某在斯。」俄見巧娘繃[92]嬰兒，自穴中出，舉首酸嘶，怨望無已。生亦涕下。探懷問誰氏子，巧娘曰：「是君之遺孽也，誕三月矣。」生歎曰：「誤聽華姑言，使母子埋憂地下，罪將安辭！」乃與同輿，航海而歸。抱子告母。母視之，體貌豐偉，不類鬼物，益喜。二女諧和，事姑孝。後傳父病，延醫來。巧娘曰：「疾不可為，魂已離舍。」督治冥具，既竣而卒。兒長，絕肖父；尤慧，十四入泮[93]。高郵[94]翁紫霞，客於廣而聞之，地名遺脫，亦未知所終矣。◆

廣東有位姓傅的官員，六十多歲，生一子，名廉。傅廉天資聰慧，可惜天生無法生育，十七歲大，陰莖如蠶般小；遠近鄰人聽說，無人敢把女兒嫁他。傅大人自忖子嗣斷絕，日夜擔憂，卻想不出解決辦法。

傅廉跟隨老師讀書，老師有事外出，恰好門外有人耍猴戲，遂前往觀看，荒廢課業；暗忖，老師將歸來，心中懼怕，於是逃走。離家數里，見一白衣女子帶著小婢女出現眼前，女子回首，豔麗無比。女子蓮步行走極爲緩慢，傅廉快步跟上。女子回頭對婢女說：「你去問問這位公子，是否前往瓊州？」婢女便喚傅廉相詢，傅廉問她有何用意，女子答：「假若公子要去瓊州，我有封書信，想勞煩你順便替我送達家中。老母在家中，可做東道主款待賓客。」傅廉本無特定去向，心想可趁機坐船出海，便應了下來。女子將書信交給婢女，婢女轉交傅廉。他問信要寄給誰、住在何處，女子答：「姓華，住在秦女村，離城北約三四里路。」傅廉於是搭船出發。

來到瓊州北郊，已是傍晚。向人打聽秦女村在何處，無人知曉。往北走四五里，星星月亮已現，沿途雜草叢生，難辨方向，四處空曠，又無旅店可休息，傅廉十分困窘。見路旁有座墳墓，想倚靠墓碑休息，又怕虎狼來襲，於是如猴子般爬樹，蹲在樹上。聽風聲颯颯，夜晚蟲鳴淒涼，心中忐忑不安，後悔接下此差事。忽聞樹下有人說話，往下瞧，儼然是座庭院；有位佳麗端坐石頭上，兩名丫鬟手持華燭，分別侍候左右。美人對左邊丫鬟說：「今夜星月皎潔，華姑贈送的團茶，可煮一杯，以賞良辰美景。」傅廉思忖其爲鬼魅，毛髮直豎，不敢大聲喘氣。忽有一名婢女抬頭看，叫道：「樹上有人！」美人驚訝的連忙起身，喝道：「哪裡來的人，眞是大膽，竟敢偷看我！」傅廉惶恐，沒地方躲，從樹上爬下來，跪在地上乞求美

人原諒。美人走近一看，轉怒爲喜，拉傅廉坐到自己身旁。

傅廉偷偷看她，年約十七八歲，姿容豔麗絕倫；聽她說話，是當地口音。美人問：「公子要去哪裡？」傅廉答：「替人送信。」美人說：「荒野之中多有盜匪，露宿安全堪虞。若不嫌寒舍簡陋，願借你住一晚。」便邀請傅廉入屋。房中僅一張床榻，美人命婢女將兩張被褥鋪於床。傅廉自慚形穢，願睡地上，美人笑道：「貴賓蒞臨，我哪裡敢學陳登睡床，讓客人睡地上呢？」傅廉不得已，只好與她同睡一張床，內心惶恐，身子不敢亂動。不久，美人纖纖玉手暗中探入被褥，輕捏他的腿；傅廉裝睡，佯裝不知。過沒多久，美人掀開他被子鑽了進去，搖動傅廉，他仍一動也不動。美人便伸手探入他隱密之處，一觸摸便停手，顯得很失望，悄悄離開他的被子，躺於一旁。不久，聞其哭聲，傅廉羞慚得無地自容，暗恨老天爲何要給他殘缺的身體。美人呼喚婢女點燈，婢女見主人臉上有淚痕，訝然問道發生何事如此悲傷。美人搖頭：「我只是感嘆命苦而已。」婢女站在床前，注意主人臉上神情變化。美人說：「可將公子喚醒，讓他離開。」傅廉聽了，更加羞慚，且害怕深更半夜，天黑無處可去。

正煩惱時，有個婦人推門進來。婢女說：「華姑來了。」傅廉偷偷窺視，華姑年約五十多歲，風韻猶存。見美人尚未就寢，詢問緣由，未見答腔。華姑看床上還躺著個人，便問：「與你一同睡的是什麼人？」婢女代爲回答：「晚上有名年輕公子在此借宿。」華姑笑道：「不知巧娘今夜洞房花燭。」見美人淚痕未乾，訝道：「合巹之夜，悲傷啼哭實在不像話，該不是新郎太粗暴吧？」美人默不作聲，更加傷心。華姑欲拉傅廉衣衫，拽他出來瞧個仔細，才一振衣，有封書信掉落床上。華姑撿起觀看，訝道：「是我女兒的筆跡啊！」拆開閱讀，唏噓驚歎。美人問信中寫些什麼，華姑答：「是我三女兒的家書，說我女婿吳郎已死，孤獨無依，不知該如何是好！」美人說：「這位公子說是幫人送信，還好沒趕他走。」華姑喚起傅廉，問這封書信從何而來，他便告知了經過。華姑說：「勞煩你這麼遠前來送信，不知如何回報？」她又細細看著傅廉，笑問：「爲何惹巧娘不高興？」傅廉說：「我也不知哪裡得罪她。」華姑又問巧娘，巧娘嘆道：「我只是可憐自己在世時嫁給一個閹人，死後與人私通又遇上無法行房的人，因此悲傷難抑。」

華姑看著傅廉：「你看起來挺聰明的，居然是個不男不女的？既是來找我，不可打擾別人太久。」便引傅廉進入東廂房，伸手進他褲裡探驗。華姑笑道：「也難怪巧娘要流淚，幸好根蒂尚在，還有辦法可治。」便提著燈翻遍箱子，找到一枚黑丸，遞給傅廉，要他服下，囑咐不可洩漏此事，這才離開房間。傅廉獨自躺在床上尋思，不知此藥醫治何病。近清晨五時，剛睡醒，覺肚臍下方有股熱氣直衝私密處，如蟲般蠕動，似有東西垂在胯間；伸手一探，玉莖已然碩大無比，他如受到恩賜般又驚又喜。曙光剛透進窗櫺，華姑便進來屋裡，拿餅給他吃，囑他留在此，還反鎖住門。華姑對巧娘說：「傅公子送信有功，要將他留下，待我將三女兒叫回來，可與他結爲姊妹。暫且將他關在房裡，免得讓人看了生厭。」說完便出門。傅廉在屋中踱步，覺得無聊，時常湊近門縫，如關在籠中的鳥朝外窺視。他望見巧娘經過，想跟她打招呼，說自己身體的變化，又覺慚愧，因而作罷。等到半夜，華姑才攜女兒回來，打開房門，道：「悶壞你了吧！三娘快來拜謝。」傅廉途中所遇白衣女子緩步進入，向傅廉行禮。華姑命兩人以兄妹相稱，巧娘笑道：「姊妹相稱亦可。」眾人一起來到大廳，圍坐飲酒。飲宴間，巧娘戲弄傅廉，問：「你這閹人見到美女也會動心嗎？」傅廉答：「跛腳的人仍想要走路，瞎眼的人仍想看見東西。」眾人大笑。

巧娘心想三娘趕了一天的路，定然勞累，便要她趕緊回房休息。華姑朝三娘使了個眼色，要她與傅廉一同歇息，三娘羞怯不去。華姑說：「這個人看起來是個男的，實際上和女子差不了多少，有何好怕？」便催促他們同去。華姑又私下囑咐傅廉：「你暗中是我女婿，明為我兒子。」傅廉心喜，一進房便抓著三娘手臂上床，牛刀初試，其中暢快不言而喻。完事後，他在枕邊問三娘：「巧娘是什麼人？」三娘答：「它是鬼，才色無雙，命運坎坷。嫁給毛家小公子，因患病之故，才十八歲就不能行房，巧娘因此鬱鬱寡歡，含恨而終。」傅廉一聽大驚，懷疑三娘也是鬼。三娘說：「實話告訴你，我不是鬼，而是狐狸所化。巧娘獨居無伴，我母女無家可歸，借住在此。」傅廉很害怕，三娘說：「你無須害怕，我們雖是鬼狐，卻不會害人。」從此，夫妻倆感情和睦。傅廉雖知巧娘非人，卻極愛它美色，暗恨沒機會顯露床上功夫。傅廉溫柔敦厚，善說笑話逗人笑，頗得巧娘喜愛。

有天，華氏母女外出，傅廉又被關在房中，無聊得很，在屋裡走來走去。隔門呼喚巧娘，它命婢女開門，試了幾把鑰匙才打開。傅廉附在巧娘耳畔，要求單獨談話，巧娘擯退婢女。傅廉拉它的手到床上，身體湊近它，巧娘開玩笑似的摸他肚臍底下私密處，說：「可惜俊俏郎君這裡少了些東西。」話未說完，手掌握得滿滿的，訝道：「何以之前什麼都沒有，現在竟變得如此碩大？」傅廉笑道：「之前羞於見客，所以玉莖縮回去；現在受人毀謗，情何以堪，所以重展雄風。」兩人於是雲雨纏綿一番。完事後，巧娘不悅，道：「今日才知華姑反鎖住門，是有原因的。昔日她母女流離在外無所居處，是我將房子出借牠們。三娘向我學刺繡，我也不藏私全都傳授；不想，牠們卻嫉妒我至此。」傅廉勸慰巧娘，這才說出眞相，巧娘依然懷恨。傅廉說：「務必保守祕密，華姑不讓我到處宣揚。」話未說完，華姑突然走進來，兩人慌張，急忙起床穿衣。華姑怒目而視，問：「是誰將門打開？」巧娘笑迎，自行招認。華姑更加生氣，嘮嘮叨叨罵個不停。巧娘冷言嘲諷：「姥姥也未免太好笑！他樣貌雖是男子，內裡卻是個女人，就算我倆獨處，他又能做出何事來？」三娘見母親與巧娘唇槍舌戰，心中過意不去，便充當和事佬居間調停，這才讓兩人轉怒爲喜。巧娘言詞雖激憤，仍將三娘當成姊姊般尊敬。華姑日夜防範，巧娘與傅廉雖有情卻無法傾訴，只能眉目傳情。

有天，華姑對傅廉說：「我女兒姊妹倆皆已侍奉你，你一直住在此處也不是辦法；應當回家稟告父母，早日前來迎娶爲好。」便整理行裝促他上路。三娘與巧娘望著傅廉，悲傷難抑；巧娘尤爲傷心，眼淚如斷線珍珠般流個不停。華姑勸住她們，將傅廉拉了出去。一走出大門，庭院華宅蕩然無存，只見荒塚。華姑送他上船，說：「你走後，我會帶她們在你家鄉租房子住下；若你不忘舊情，李家廢園，等你來提親。」傅廉於是返家。

當時，傅父到處找不到兒子，正焦慮時，見兒子回來，喜出望外。傅廉告知事情始末，並稟告與華氏的婚約。傅父說：「妖物的話何足採信？你現在還能安然無恙回來，皆因你天生是個閹人之故；否則，你早就死了！」傅廉答：「它們雖非人類，情感與人無異；況且又聰慧豔麗，娶了它們也不會受親戚朋友

嘲笑。」傅父默不作聲，卻很不屑。傅廉只好退下，很想展現自己床上功夫，因而坐立不安，遂與婢女私通，甚至連白天都在交歡，想讓父母大吃一驚。有天，婢女偷偷撞見此情景，趕緊告訴傅母；傅母不信，走近去看，這才嚇了一跳。喚來所有婢女質問，了解全盤狀況，大喜，逢人便大肆宣揚自己兒子是正常男人，想在名門望族間爲他物色妻子。傅廉私下對母親說：「我非華氏不娶。」傅母說：「世上不缺美女，何必一定要娶鬼狐？」傅廉說：「若非華姑醫好了我，我怎能嘗到男女間的床笫之歡，背叛牠，恐遭報應。」傅父於是答應這門婚事，差遣一名僕人、一名老媽子往觀究竟。兩人來到城東郊區四五里處，找到李氏庭園，見殘垣竹林之中炊煙裊裊。老媽子下車，直訪其家門，見到母女倆擦桌子、洗滌器具，似早知有客人到訪。老媽子告知了主人的吩咐。

老媽子見到三娘，訝道：「這就是我們家將迎娶的少奶奶嗎？我見猶憐，難怪公子魂牽夢縈。」又問起巧娘。華姑嘆道：「它是我的義女。三天前，突然過世了。」便拿出酒菜，招待老媽子與僕人。老媽子回去，詳加描述三娘容貌舉止，傅家二老都很歡喜；最後說了巧娘死訊，傅廉難過得掉下淚來。到了迎親當晚，見到華姑，便親自問她巧娘之事。華姑答：「她已投胎到北方了。」傅廉感嘆良久。他迎娶三娘，可終究忘不了與巧娘的海誓山盟，凡有人自瓊州來，必定召見，相詢巧娘下落。後聽人說，秦女墓晚上有鬼哭之聲，傅廉詫異，進屋告訴三娘。三娘沉吟良久，淚道：「是我對不起義姊！」傅廉問了緣由，三娘答：「我與母親來此時，未告知巧娘。在墳裡哭泣的，恐怕就是義姊，我想告訴你實情，又怕揭穿娘親過錯。」傅廉聽了，轉悲爲喜，命人備車，馳奔那座墓。他叩墓碑呼喚道：「巧娘、巧娘，我來了。」不久，見巧娘懷抱襁褓中的嬰兒自墓穴而出，抬頭望著傅廉，神情酸楚，眼裡充滿怨恨。傅廉流下了淚，問這是誰的孩子，巧娘答：「是你的孽種，已經出生三個月了。」傅廉感歎的說：「是我誤信華姑的話，讓你們母子在地下受苦，難辭其咎！」巧娘便抱嬰兒與傅廉同乘一車，坐船回家。傅廉抱著孩子，告訴傅母事情經過。傅母見孩子體格健壯，不似鬼物，更加歡喜。巧娘與三娘和睦相處，侍奉公婆至孝。後來傅父染病，請醫生診治，巧娘說：「已病入膏肓，無法可救，魂魄已然離體。」傅廉督促家人籌辦喪事用品，備齊後，傅父便過世了。傅廉的兒子長大後，容貌像極父親，亦十分聰慧，十四歲便考中秀才。江蘇高郵的翁紫霞先生，客居廣東時，聽人說起這故事；實際地名已忘，亦不知後來發展如何。

吳令

吳令[1]某公，忘其姓字。剛介[2]有聲。吳俗最重城隍之神[3]，木肖之，被錦藏機[4]如生。值神壽節，則居民斂貲[5]為會，輦遊通衢[6]；建諸旗幢雜鹵簿[7]，森森部列，鼓吹行且作，闐闐咽咽[8]然，一道相屬[9]也。習以為俗，歲無敢懈。公出，適相值，止而問之。居民以告。又詰[10]知所費頗奢。公怒，指神而責之曰：「城隍實主一邑[11]。如冥頑無靈，則淫昏之鬼，無足奉事；其有靈，則物力宜惜，何得以無益之費，耗民脂膏？」言已，曳[12]神於地，笞[13]之二十。從此習俗頓革。

公清正無私，惟少年好戲。居年餘，偶於廨中梯簷探雀鷇[14]，失足而墮，折股[15]，尋卒。人聞城隍祠中，公大聲喧怒，似與神爭，數日不止。吳人不忘公德，羣集祝而解之，別建一祠祠公，聲乃息。祠亦以城隍名，春秋祀之，較故神尤著。吳至今有二城隍云。◆

江蘇吳縣有個縣令，姓名或忘，爲人極剛正耿直。吳縣的習俗之中，最重要的便是祭祀城隍；以木頭雕刻神像，身上穿著錦緞，內部暗藏機關，控制神像動作，宛若眞人一般。每逢城隍壽誕，吳縣民眾便籌錢辦廟會，用轎輦扛著城隍神像在大街遊行；迎神儀隊拿著旗幟，排成一列隊伍，一邊走一邊吹吹打打，鑼鼓喧天，整條路全是人。此爲當地風俗，沒有一年例外。縣令外出時，正逢遊行隊伍，便停下腳步詢問民眾，居民便告知了此項風俗。縣令又得知，辦廟會需花費許多金錢，很是生氣，指著神像斥道：「城隍是掌管一縣的神祇。如若冥頑不靈，充其量就是個糊塗鬼，無須民眾侍奉；城隍如有靈驗，應當愛惜資源，如何要民眾花這些不必要的錢財，損耗民脂民膏？」說完，將神像拽於地，鞭打二十杖。習俗從此廢除。

縣令清廉無私，然畢竟年少，好戲耍。他在吳縣住了幾年，有天在官衙中，偶然爬梯登上屋簷，欲抓鳥窩中的小鳥，不意失足掉下，大腿折斷，不久便死了。後來當地居民聽見，城隍廟中傳出縣令大聲斥喝，似與城隍爭吵，數日不止。吳縣的人不忘這位大人恩德，於是聚集城隍廟前祭祀祈禱，幫忙勸解，還另建一間廟宇祭祀這位縣令，斥罵之聲這才平息。縣令所屬廟祠亦稱城隍廟，每年春秋兩季祭祀，較原先的城隍還要靈驗。吳縣至今仍有兩位城隍的傳說。

1吳令：江蘇吳縣的縣令。吳，今江蘇省蘇州市吳中區與相城區。
2剛介：為人正直無私。
3城隍之神：原指城池的守護神，此處指掌管亡魂賞罰的陰間地方官員。
4藏機：暗藏機關，可以控制神像的動作。
5貲：指財物、錢財，通「資」字。
6輦：讀作「鯰」，以人力拉行的車。衢：讀作「渠」，通達四方的大路。
7鹵簿：原指古代皇帝出行時的護衛隊，後來一般官員出行的儀仗，亦稱鹵簿。
8闐闐咽咽：讀作「田田頁頁」，皆形容鼓聲。此指敲鑼打鼓之聲傳遍街里巷尾。
9屬：讀作「主」，連接、跟隨。
10詰：讀作「傑」，問。
11一邑：一縣。
12曳：拉。
13笞：讀作「癡」，鞭打。
14廨：讀作「謝」，古時官吏辦公處。鷇，讀作「扣」，剛出生的雛鳥。
15股：大腿。

◆**耆島（胡泉）評點**：城隍非淫祀也，列諸祀典久矣。曳而笞之，不亦過乎？而責數之語，則生氣凜然。意公之剛介清正，有以厭之也。然戲探雀鷇，則不仁甚矣。死而為神，豈天上以其無私耶？抑人奉之而或而憑焉者耶？

城隍廟會並非不正當的祭祀，歷來列在各種大慶典之中已久。將神像拽於地下，並鞭打之，也未免太過分了吧？而縣令斥責城隍的話語，如此正氣凜然，想來是這名縣令為人公正清廉、厭惡浪費之故。然而，他為了好玩，跑去鳥巢抓小鳥，此舉著實太殘忍。他死後之所以能成神，大概是上天體察祂剛正無私這一點吧？民眾供奉祂，應該也是因為祂清廉無私吧？

口技

村中來一女子，年二十有四五。攜一藥囊，售其醫。有問病者，女不能自為方，俟[1]暮夜問諸神。晚潔斗室[2]，閉置其中。眾繞門窗，傾耳寂聽；但竊竊語，莫敢欬[3]。內外動息俱冥。至夜許，忽聞簾聲。女在內曰：「九姑來耶？」一女子答云：「來矣。」又曰：「臘梅從九姑來耶？」似一婢答云：「來矣。」三人絮語間雜，刺刺不休[4]。俄聞簾鉤復動，女曰：「六姑至矣。」亂言曰：「春梅亦抱小郎子來耶？」一女曰：「拗哥子[5]！嗚嗚不睡，定要從娘子來。身如百鈞重，負累煞人！」旋聞女子殷勤聲，九姑問訊聲，六姑寒暄聲，二婢慰勞聲，小兒喜笑聲，一齊嘈雜。即聞女子笑曰：「小郎君亦大好耍，遠迢迢抱貓兒來。」既而聲漸疏[6]，簾又響，滿室俱譁，曰：「四姑來何遲也？」有一小女子細聲答曰：「路有千里且溢，與阿姑走爾許時始至。阿姑行且緩。」遂各各道溫涼[7]聲，並移坐聲，喚添坐聲，參差並作，喧繁滿室，食頃始定。

即聞女子問病。九姑以為宜得參，六姑以為宜得芪[8]，四姑以為宜得朮[9]。參酌移時，即聞九姑喚筆硯。無何，折紙戢戢然[10]，拔筆擲帽丁丁然[11]，磨墨隆隆然；既而投筆觸几，震震作響，便聞撮藥包裹蘇蘇然[12]。頃之，女子推簾，呼病者授藥並方。反身入室，即聞三姑作別，三婢作別，小兒啞啞，貓兒唔唔，又一時並起。九姑之聲清以越，六姑之聲緩以蒼，四姑之聲嬌以婉，以及三婢之聲，各有態響，聽之了了[13]可辨◆。羣訝以為真神。而試其方，亦不甚效。此即所謂口技，特借之以售其術耳。然亦奇矣！

昔王心逸[14]嘗言：在都偶過市廛[15]，聞絃歌聲，觀者如堵。近窺之，則見一少年曼聲度曲。並無樂器，惟以一指捺[16]頰際，且捺且謳[17]；聽之鏗鏗，與絃索[18]無異。亦口技之苗裔也。

◆**馮鎮巒評點**：許多小節次，寫來一絲不亂，耳際分明，眼中如見，而又能出筆簡老，亦包括，亦變幻，鬼神於文者也。

許多小細節寫來一絲不亂、分毫不差，耳朵所聞事事分明，如眼睛所見歷歷在目，兼之下筆簡約老練。眾人的寒暄、動作、物品聲響一一涵蓋，鬼神的神妙亦在其中，鬼神情態躍然紙上。

村中來了個女子，年約二十四五歲，攜一藥袋，賣其醫藥。有人問病，她推稱無法自己開藥方，要等到晚上請問神仙。夜晚，收拾了一間房，她關起門，待在裡面。好奇之人圍繞著門窗，拉長耳朵靜聽，只敢竊竊私語，不敢咳嗽。房裡房外俱靜。到了夜半，忽聞掀簾聲，女子問：「九姑來了嗎？」另有一女子答：「來了。」那女子又問：「臘梅也跟九姑來了嗎？」似有一婢女答：「來了。」三人閒聊起來，喋喋不休。不久又聞掀簾聲，那女子說：「六姑來了。」大夥七嘴八舌的問：「春梅也抱著小少爺來了嗎？」另聽一女子說：「這孩子也太倔強！哭著不睡，定要跟夫人一起來。身重如百斤，一路上揹著他，累死我了！」不久，聽到那女子殷勤招呼客人聲音，九姑、六姑彼此寒暄的聲音，兩名婢女相互慰勞的聲音，以及小孩嘻笑聲；頓時，一陣嘈雜。又聽那女子笑道：「小少爺太貪玩，路途遙遠，還抱貓兒來。」接著，說話聲漸少。簾子響起，整屋子的人又喧譁了起來，眾人問：「四姑怎麼來得這樣慢？」一小女子輕聲回答：「路途有千里之遙，我和阿姑走了許久才到，阿姑走路比較慢。」於是眾人寒暄、搬動座位，眾聲齊發，頓時滿室喧鬧，經過一頓飯時間才安靜下來。

這才聽那女子問何病要開何藥。九姑以爲要用人參，六姑以爲當用黃耆，四姑以爲要用白朮。眾人斟酌良久，後聞九姑喚人送上筆硯。不久，剪裁紙的聲音、拿筆扔擲筆蓋的金屬碰撞聲，以及磨墨聲隆隆作響；接著，筆放到桌案上震震作響，又聞指間取藥、包藥的蘇蘇作響。不久，那女子推簾而出，叫喚病患姓名交給藥方。又回到屋裡，聽她向三位仙姑、三女婢道別，又傳來小兒咿啞聲、貓兒喵喵叫聲，房內又響起了一片話語。九姑聲音清脆悠揚，六姑聲音緩慢蒼老，四姑聲音嬌啼婉轉，三女婢的聲音亦各有特色，可清楚分辨。眾人都很驚訝，以爲眞是神仙下凡開藥方，但吃了祂們開的藥，也沒什麼療效。這就是所謂的口技，只不過是用來販賣其醫藥罷了。不過，確實很奇妙。

從前，王心逸曾對我說，有次在京城偶經市集，聽見絲竹管絃聲音，見圍觀者眾。他走近一看，看到一少年正唱著歌，然手中並無彈奏任何樂器，只以一指用力按著臉頰，一邊按一邊唱歌；聽起來叮叮噹噹作響，如同以樂器演奏，這也是口技的一種。

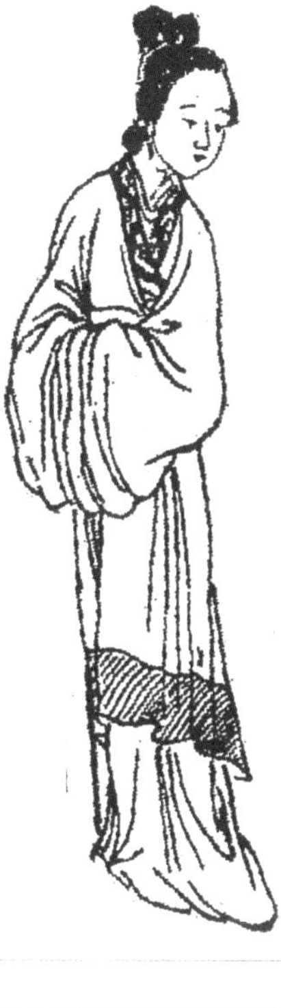

1 俟：讀作「四」，等待、等候。
2 斗室：形容狹小的房屋或房間。
3 欬：讀作「慨」，咳嗽之意。同今「咳」字，是咳的異體字。
4 刺刺不休：喋喋不休。
5 拗哥子：脾氣倔強的小孩。拗，讀作「扭」的四聲。
6 踈：稀少。同今「疏」字，是疏的異體字。
7 溫涼：此處指賓主寒暄。
8 芪：讀作「其」，黃耆。
9 朮：讀作「竹」，即白朮，常用於中藥。
10 戢戢然：形容剪裁紙的聲音。戢，讀作「吉」。
11 丁丁然：形容金屬碰撞之聲。
12 蘇蘇然：形容細碎的聲響。
13 了了：讀作「瞭瞭」，清晰。
14 王心逸：王居正，字心逸，蒲松齡的朋友。
15 市廛：市集。廛，讀作「禪」，店鋪之意。
16 捺：讀作「納」，以手重按。
17 謳：讀作「歐」，歌唱。
18 絃索：借指樂器。

狐聯

焦生，章丘①石虹先生之叔弟②也。讀書園中。宵分，有二美人來，顏色雙絕。一可十七八，一約十四五，撫几展笑。焦知其狐，正色拒之。長者曰：「君髯如戟，何無丈夫氣③？◆」焦曰：「僕生平不敢二色④。」女笑曰：「迂哉！子尚守腐局耶？下元⑤鬼神，凡事皆以黑為白，況牀笫間瑣事乎？」焦又咄⑥之。女知不可動，乃云：「君名下士⑦，妾有一聯，請為屬對，能對我自去：戊戌同體，腹中止欠一點。」焦凝思不就。女笑曰：「名士固如此乎？我代對之可矣：己巳連蹤，足下何不雙挑。」一笑而去。長山李司寇⑧言之。

山東章丘的石虹先生，有個堂弟名喚焦生。一晚，他在園中讀書，夜半來了兩位絕色佳人，一位較年長約十七八歲，一位較年幼約十四五歲，她們以手按著茶几，其迷人無比的笑著。焦生知牠倆皆狐狸幻化，厲色拒絕。年長的女子說：「你堂堂鬚眉男子，怎無半點男子氣概？」焦生答：「我生平不亂搞男女關係。」女子笑道：「眞是冥頑不靈啊！居然抱持如此守舊的觀念。時下，人與鬼神都已黑白顚倒錯亂，更何況男歡女愛這等小事呢？」焦生又趕牠們走。女子心知難以打動焦生，便說：「你是個讀書人，我有個對聯，想請你對一下，若你能對，我便自行離去：戊戌同體，腹中止欠一點。」焦生想了半天，對不出來。女子笑道：「想不到讀書人也不過如此嘛？我代你對也可以：己巳連蹤，足下何不雙挑。」說完，即笑著離去。這故事是山東長山的李司寇告訴我的。

1 章丘：古地名，今屬山東省濟南市所管轄的一個市。

2 石虹：姓焦，名毓瑞，字輯五，別字石虹。清順治三年（西元一六四七年）進士，官至戶部左侍郎。叔弟：堂弟。

3 君髯如戟，何無丈夫氣：此處暗用南朝褚彥回加以回拒山陰公主求婚的典故，以示挑逗焦生之意。《南史・褚彥回傳》：「山陰公主淫慾，窺見彥回悅之，以白帝。帝召彥回西上閣宿十日，公主夜就之，備見逼迫，彥回整身而立，不為移志。公主謂曰：「君鬚髯如戟，何無丈夫意？」」（山陰公主喜與俊美男子交歡，偶窺見褚彥回，喜其容貌，回去告訴帝王。帝王召彥回到西上閣住十天，公主晚上去找他，逼他與自己歡好，褚彥回意志堅定，不為公主美色引誘。公主就對他說：你堂堂鬚眉男子，怎無男子氣概？）髯：臉頰上的鬍鬚。

4 二色：納妾、外遇。

5 下元：此指人。

6 咄：讀作「惰」，喝斥、怒罵。

7 名下士：頗負盛名的讀書人。在《聊齋志異》中，名士多指秀才。

8 長山：地名，今山東省鄒平縣。李司寇：名化熙，字五絃，明崇禎七年（西元一六三四年）考中進士，官四川巡撫。入清後，官拜刑部尚書，後世稱刑部尚書為大司寇。

◆**但明倫評點**：有丈夫氣者不必髯如戟，狐之所謂丈夫氣者，自別有所指也。此氣無則腐之矣，一笑。

有男子氣概的人，鬍鬚不一定要長得像長戟那樣威風凜凜。狐仙這裡所指男子氣概，指的是男子當有與女子交歡的膽色。若無此氣概，則顯迂腐，因此被看不起。

濰水狐

濰邑[1]李氏有別第。忽一翁來稅[2]居，歲出直[3]金五十，諾之。既去無耗[4]，李囑家人別租。翌日，翁至，曰：「租宅已有關說，何欲更僦[5]他人？」李白[6]所疑。翁曰：「我將久居是；所以遲遲者，以涓吉[7]在十日之後耳。」因先納一歲之直，曰：「終歲空之，勿問也。」李送出，問期，翁告之。過期數日，亦竟渺然。及往覘[8]之，則雙扉內閉，炊煙起而人聲雜矣。訝之，投刺[9]往謁。翁趨出，逆[10]而入，笑語可親。既歸，遣人饋遺[11]其家；翁犒賜豐隆。又數日，李設筵邀翁，款洽甚歡。問其居里，以秦中[12]對。李訝其遠。翁曰：「貴鄉福地也。秦中不可居，大難將作。」時方承平，置未深問。越日，翁折柬[13]報居停之禮，供帳飲食，備極侈麗。李益驚，疑為貴官。翁以交好，因自言為狐。李駭絕，逢人輒道。

邑搢紳[14]聞其異，日結駟[15]於門，願納交翁，翁無不傴僂[16]接見。漸而郡官亦時還往。獨邑令[17]求通，輒辭以故。令又託主人先容，翁辭。李詰[18]其故。翁離席近客而私語曰：「君自不知，彼前身為驢，今雖儼然[19]民上，乃飲糙而亦醉者[20]也。僕固異類，羞與為伍。」李乃託詞告令，謂狐畏其神明，故不敢見。令信之而止。此康熙十一年[21]事。未幾，秦罹兵燹[22]。狐能前知，信矣。

異史氏曰：「驢之為物龐然也。一怒則踶趹[23]嗥嘶，眼大於盎，氣粗於牛；不惟聲難聞，狀亦難見。倘執束芻[24]而誘之，則帖耳輯首[25]，喜受羈勒[26]矣。以此居民上，宜其飲糙而亦醉也。願臨民者，以驢為戒，而求齒於狐，則德日進矣。」◆

◆**但明倫評點：**此狐與彼狐之事同，此李與彼李之心異。彼則心知其狐而陰害之，此則自言為狐而益親之。然則居停主人亦不可不擇。前狐之受奇慘禍，亦其無知人之明耳。觀此狐之所以處大令者，可以見矣。

這裡的狐仙和〈九山王〉的狐仙一樣，都是向人租貸房子，但兩位李姓房東的心腸卻有天淵之別。〈九山王〉的房東知道房客是狐狸所化，便暗中加害；此故事中的房東，知道房客是狐狸後反倒更加親近。因此向人租屋時，不可不慎選房東。〈九山王〉中的狐狸一家遭受滅門之災，只怪那位狐仙無知人之明；反觀此故事中的狐仙則有識人之慧眼，從牠能與官員打交道這點可見一斑。

1 濰邑：濰，讀作「維」，即濰縣，今山東省濰坊市。
2 稅：租。
3 直：價錢，通「值」字。
4 耗：消息、音訊。
5 僦：讀作「舊」，租。
6 白：讀作「博」，告訴、告知。
7 涓吉：選擇黃道吉日。
8 覘：讀作「沾」，觀看、察視。
9 剌：拜帖。古代在竹簡上刻姓名，作為拜見的名帖。
10 逆：迎接。
11 饋遺：讀作「潰魏」，贈與財物。
12 秦中：古代秦國故地，今陝西省。
13 折柬：發出簡式請帖。柬，讀作「檢」，信件。
14 搢紳：讀作「進深」，指仕宦。古代官員將笏插入綁於腰間一端下垂的腰帶上，故稱。搢，插。紳，束在腰間的大帶。
15 結駟：四馬駕車，併轡（韁繩）而行。門外車輛來往眾多，意指前來拜訪的達官貴人很多。
16 傴僂：讀作「語樓」，恭敬從命貌。
17 邑令：知縣、縣令，現今的縣長。
18 詰：讀作「傑」，問。
19 儼然：肅穆莊嚴。儼，讀作「演」。
20 飲𩟖而亦醉者：指貪財而不顧廉恥之輩。𩟖，讀作「堆」，餅也。
21 康熙十一年：西元一六七二年。
22 秦羅兵燹：康熙十三年（西元一六七四年）冬，陝西提督王輔臣叛變，清廷派兵鎮壓，至康熙十五年（西元一六七六年）王輔臣投降，戰亂才得以平息。兵燹，讀作「兵顯」，戰亂、兵禍。
23 踶趹：讀作「地決」，腳亂踢的樣子。
24 芻：餵馬的草料。
25 輯首：縮著頭。
26 羈勒：套在馬頭上的韁繩，此處指制約、控制。

山東濰縣的李某，有間別院，忽來一老翁欲租屋，一年出價五十兩銀子，李某便答應了。老翁這一去音訊全無，李某便吩咐家人另外招租。翌日，老翁前來，說：「之前說好了的，這房子要租我，爲何現在要租給別人？」李某便告知心中疑慮。老翁說：「我要定居此地；之所以遲遲不搬入，是因卜得良辰吉日在十天後。」便先繳了一年租金，又說：「即便一整年屋子都空著，也不要多問。」李某送老翁出門，問何時搬入，老翁說了確切日期。過了預定日子好幾天，一直遲遲不見老翁，李某往別院一探，兩扇門從裡鎖上，見炊煙裊裊升起，人聲嘈雜。他很吃驚，備了名帖前往拜訪；老翁接到後速來相迎，有說有笑，極爲和藹。

李某返家，派人送禮給老翁；老翁回禮甚豐，亦打賞了送禮之人。又過數日，李某設宴邀請老翁，兩人相處甚歡。李某問老翁家鄉何處，老翁說在陝西。李某訝道著實相隔遙遠，老翁說：「你們這裡太平啊！陝西那裡不可久居，不久將有災禍發生。」時值太平盛世，李某便未多問。翌日，老翁送請帖回報房東款待，備了酒與食物，房子布置得很華麗。李某更驚訝了，以爲對方是達官貴人，老翁因與之交情不錯，便將自己是狐狸一事相告。李某非常驚駭，逢人便說起此事。

當地搢紳聽聞這件異事，爭相前來拜訪，願與老翁結交，老翁也都一一接見。漸漸的，府城官員也與老翁有所往來，唯獨知縣想結交，老翁總藉故推辭。知縣又託李某幫忙說好話，老翁仍拒絕。李某相詢緣由，老翁離開自己座位，坐到他身旁小聲的說：「你當然不知道其中緣由。那知縣前世是頭驢，今世雖變成人、也當了官，卻是個貪財無恥之人。我雖異類，亦恥於和這種人打交道。」李某便要人轉達知縣，託言狐仙懼其威嚴不敢接見。知縣信了，不再前往求見。這是康熙十一年的事，不久，陝西即遭兵禍。狐仙能預知未來，由此可見一斑。

記下奇聞異事的作者如是說：「驢子是種身軀龐大的動物，一生氣，又踢又嘶叫，眼睛瞪得比碗大，喘起氣來比牛還大聲；不只聲音難聽，樣子也很難看。若拿乾草餵牠，便俯首貼耳，甘心受人擺布。這種人來當父母官，自然追求錢財而不顧廉恥。在此希望當官之人能以驢子作借鏡，時刻警惕自己；效仿狐仙，則德行便能每日有所精進。」

紅玉

廣平[1]馮翁有一子，字相如。父子俱諸生[2]。翁年近六旬，性方鯁[3]，而家屢空[4]。數年間，媼[5]與子婦又相繼逝，井臼[6]自操之。一夜，相如坐月下，忽見東鄰女自牆上來窺。視之，美。近之，微笑。招以手，不來亦不去。固請之，乃梯而過，遂共寢處。問其姓名，曰：「妾鄰女紅玉也。」生大愛悅，與訂永好，女諾之。夜夜往來，約半年許。翁夜起，聞女子舍[7]笑語，窺之，見女。怒，喚生出，罵曰：「畜產[8]所為何事！如此落寞，尚不刻苦，乃學浮蕩耶？人知之，喪汝德；人不知，亦促汝壽！」生跪自投，泣言知悔。翁叱女曰：「女子不守閨戒，既自玷，而又以玷人。倘事一發，當不僅貽[9]寒舍羞！」罵已，憤然歸寢。女流涕曰：「親庭[10]罪責，良足愧辱！我二人緣分盡矣！」生曰：「父在不得自專。卿如有情，尚當含垢[11]為好。」女言辭決絕，生乃灑涕。女止之曰：「妾與君無媒妁之言，父母之命，踰牆鑽隙，何能白首？此處有一佳耦[12]，可聘也。」告以貧。女曰：「來宵相俟[13]，妾為君謀之。」次夜，女果至，出白金四十兩贈生。曰：「去此六十里，有吳村衛氏，年十八矣，高其價，故未售也。君重啗[14]之，必合諧允。」言已，別去。

生乘間語父，欲往相之。而隱饋金不敢告。翁自度無貲[15]，以是故，止之。生又婉言：「試可乃已。」翁頷之。生遂假[16]僕馬，詣衛氏。衛故田舍翁[17]。生呼出引與閒語。衛知生望族，又見儀采軒豁[18]，心許之，而慮其靳[19]於貲。生聽其詞意吞吐，會其旨，傾囊陳几上。衛乃喜，浼[20]鄰生居間，書紅箋而盟焉[21]。

生入拜媼。居室偪側[22]，女依母自幛[23]。微睨[24]之，雖荊布之飾，而神情光豔，心竊喜。衛借舍款壻[25]，便言：「公子無須親迎。待少作衣妝，即令舁[26]送去。」生與期而歸。詭告翁，言衛愛清門[27]，不責貲。翁亦喜。至日，衛果送女至。

女勤儉，有順德，琴瑟甚篤。踰二年，舉一男，名福兒。會清明抱子登墓，遇邑紳[28]宋氏。宋官御史，坐行賕免[29]。居林下，大煽威虐。是日亦上墓歸，見女豔之。問村人，知為生配。料馮貧士，誘以重賂，冀[30]可搖，使家人風示之。生驟聞，怒形於色；既思勢不敵，斂怒為笑，歸告翁。大怒，奔出，對其家人，指天畫地，詬罵萬端。家人鼠竄而去。宋氏亦怒，竟遣數人入生家，毆翁及子，洶若沸鼎。女聞之，棄兒於牀，披髮號救。羣篡舁之，鬨[31]然便去。父子傷殘，呻吟在地，兒呱呱啼室中。鄰人共憐之，扶之榻上。經日，生杖而能起。翁忿不食，嘔血尋斃。生大哭，抱子興詞[32]，上至督撫，訟幾徧[33]，卒不得直。後聞婦不屈死，益悲。冤塞胸吭[34]，無路可伸。每思要路刺殺宋，而慮其扈從繁，兒又罔[35]託。日夜哀思，雙睫為之不交。

忽一丈夫弔諸其室，虬髯[36]闊頷，曾與無素[37]。挽坐，欲問邦族。客遽[38]曰：「君有殺父之仇，奪妻之恨，而忘報乎？」生疑為宋使之偵，姑偽應之。客怒眦[39]欲裂，遽出曰：「僕以君人也；今乃知不足齒之傖[40]！」生察其異，跪而挽之，曰：「誠恐宋人餂[41]我。今實布腹心：僕之臥薪嘗膽者，固有日矣，但憐此褓中物，恐墜宗祧[42]。君義士，能為我杵臼否？」客曰：「此婦人女子之事，非所能。君所欲託諸人者，請自任之；所欲自任者，願得而代庖焉。」生聞，崩角在地[43]。客不顧而出。生追問姓字，曰：「不濟，不任受怨；濟，亦不任受德。」遂去。生懼禍及，抱子亡[44]去。至夜，宋家一門俱寢，有人越重垣[45]入，殺御史父

子三人，及一媳一婢。

宋家具狀告官。官大駭。宋執謂相如，於是遣役捕生，生遁不知所之，於是情益真。宋僕同官役諸處冥搜[46]。夜至南山，聞兒啼，迹[47]得之，繫縲[48]而行。兒啼愈嗔，羣奪兒拋棄之。生冤憤欲絕。見邑令[49]，問：「何殺人？」生曰：「冤哉！某以夜死，我以晝出，且抱呱呱者，何能踰垣殺人？」令曰：「不殺人，何逃乎？」生詞窮，不能置辯，乃收諸獄。生泣曰：「我死無足惜，孤兒何罪？」令曰：「汝殺人子多矣；殺汝子，何怨？」生既褫革[50]，屢受梏慘[51]，卒無詞。令是夜方臥，聞有物擊牀，震震有聲，大懼而號。舉家驚起，集而燭之，一短刀，銛利[52]如霜，剁牀入木者寸餘，牢不可拔。令睹之，魂魄喪失。荷戈[53]遍索，竟無蹤跡。心竊餒。又以宋人死，無可畏懼，乃詳諸憲[54]，代生解免，竟釋生。

生歸，甕無升斗，孤影對四壁。幸鄰人憐餽食飲，苟且自度。念大仇已報，則囅然[55]喜；思慘酷之禍，幾於滅門，則淚潸潸墮；及思半生貧徹骨，宗支不續，則於無人處，大哭失聲，不復能自禁。如此半年，捕禁益懈。乃哀邑令，求判還衛氏之骨。及葬而歸，悲怛[56]欲死，輾轉空牀，竟無生路。忽有款門者，凝神寂聽，聞一人在門外，譨譨[57]與小兒語。生急起窺覘[58]，似一女子。扉初啟，便問：「大冤昭雪，可幸無恙？」其聲稔熟，而倉猝不能追憶。燭之，則紅玉也。挽一小兒，嬉笑胯下。生不暇問，抱女嗚哭。女亦慘然。既而推兒曰：「汝忘爾父耶？」兒牽女衣，目灼灼視生。細審之，福兒也。大驚，泣問：「兒那得來？」女曰：「實告君：昔言鄰女者，妄也。妾實狐。適宵行，見兒啼谷口，抱養於秦。聞大難既息，故攜來與君團聚耳。」生揮涕拜謝。兒在女懷，如依其母，竟不復能識父矣。

天未明，女即遽起。問之，答曰：「奴欲去。」生裸跪牀頭，涕不能仰。女笑曰：「妾誑君耳。今家道新創，非夙興夜寐[59]不可。」乃翦莽擁篲[60]，類男子操作。生憂貧乏，不能自給。女曰：「但請下帷[61]讀，

紅玉
劫妻殺父大
仇平義
士相逢而乃
生有子
有家詐盜汝
不期巾
幗有程嬰
紅玉

勿問盈歉，或當不殍餓死。」遂出金治織具；租田數十畝，僱傭耕作。荷鑱[62]誅茅，牽蘿補屋[63]，日以為常。里黨聞婦賢，益樂貲助之。約半年，人煙騰茂，類素封[64]家。生曰：「灰燼之餘，卿白手再造矣。然一事未就安妥，如何？」詰[65]之，答曰：「試期已迫，巾服[66]尚未復也。」女笑曰：「妾前以四金寄廣文[67]，已復名在案。若待君言，悞[68]之已久。」生益神之。是科遂領鄉薦[69]。時年三十六，腴田[70]連阡，夏屋渠渠[71]矣。女嬝娜如隨風欲飄去，而操作過農家婦；雖嚴冬自苦，而手膩[72]如脂。自言三十八歲，人視之，常若二十許人。

異史氏曰：「其子賢，其父德，故其報之也俠。非特人俠，狐亦俠也。遇亦奇矣！然官宰悠悠[73]，豎人毛髮[74]，刀震震入木，何惜不略移牀上半尺許哉？使蘇子美[75]讀之，必浮白[76]曰：『惜乎擊之不中！』」◆

1 廣平：古縣名，今屬河北省邯鄲市所管轄的一個縣。
2 諸生：秀才。
3 鯁：正直、耿直。
4 屢空：經常衣食匱乏，一無所有。後也用以指貧窮。
5 媼：讀作「棉襖」的襖，指老婦人。同今「媪」字，是媪的異體字。
6 井臼：打理家務。井，指從井裡汲水。臼，指擣米去糠，變成白米。
7 舍：屋舍。
8 畜產：畜生。
9 貽：遺留。
10 親庭：父親。
11 含垢：忍辱。
12 耦：配偶，此指妻子。
13 俟：讀作「四」，等待、等候。
14 啗：讀作「旦」，吃。此指以利益誘惑他人。
15 貲：指財物、錢財，通「資」字。
16 假：借。
17 田舍翁：鄉下人。
18 軒豁：開朗。
19 靳：讀作「進」，吝惜。
20 浼：讀作「每」，拜託、請求。
21 書紅箋而盟焉：以紅色紙條書寫柬帖，訂立婚約。
22 偪側：相迫近。偪，讀作「逼」，同逼字。
23 幛：讀作「障」，遮蔽。
24 睨：讀作「逆」，斜眼看、偷窺。
25 壻：女婿。同今「婿」字，是婿的異體字。
26 舁：讀作「魚」，抬、扛舉。
27 清門：寒素之家，非大富大貴的人家。
28 邑紳：邑，本縣。紳，退休官員或地方上有名望的人。
29 坐行賕免：因賄賂罪，而被罷官。賕，讀作「球」，賄賂。
30 冀：希冀、期望。
31 閧：很多人聚在一起喧鬧，聲音吵雜的樣子。
32 興詞：挑起訴訟，告狀。
33 徧：同今「遍」字，是遍的異體字。
34 吭：讀作「航」，喉嚨。
35 罔：無、沒有。
36 虬髯：讀作「求然」，蜷曲的鬍鬚。虬，同「虯」，是虯的異體字。

37 無素：沒有交情，沒有來往。

38 遽：就、遂。

39 眦：讀作「字」，眼眶。同今「眥」字，是眥的異體字。

40 傖：讀作「倉」，淺陋庸俗的人。

41 餂：讀作「舔」，探取、套騙。

42 宗祧：香煙、香火。

43 崩角在地：跪地磕頭。

44 亡：逃。

45 垣：讀作「圓」，矮牆。

46 冥搜：漫無目的的搜索。

47 迹：蹤跡、行跡、痕跡。同今「跡」字，是跡的異體字。

48 縲：讀作「雷」，用來綁犯人的繩子。

49 邑令：知縣、縣令，現今的縣長。

50 褫革：卸去秀才所穿戴帽子和衣服（秀才有固定穿戴之冠服以示身分），此指革除其生員身分。褫，讀作「尺」，脫下。

51 梏慘：嚴刑拷打。梏，讀作「固」，古代套在犯人手上的刑具。

52 銛利：銳利。銛，讀作「仙」，挖土或捕魚的器具。

53 荷戈：揹著武器。荷，讀作「賀」，背負。戈，泛指武器。《說文解字．段玉裁注》：「止戈為武。」（能平息天下干戈的武力，才是真正的武。）

54 憲：上級。

55 囅然：開懷大笑貌。囅，讀作「產」。

56 悲怛：悲傷、悲痛。怛，讀作「達」。

57 譨譨：多話的樣子。譨，讀作「ㄋㄡˊ」。

58 覘：讀作「沾」，觀看、察視。

59 夙興夜寐：早起晚睡，比喻勤勞。興，讀作「星」，起身。

60 翦莽擁篲：指勤勞工作。篲，讀作「會」，掃帚。

61 帷：帳幕。

62 荷鑱：讀作「賀禪」。荷，背負。鑱，古代一種挖土的鐵器，類似鏟子。

63 牽蘿補屋：牽拉蘿藤補房屋漏洞，比喻家境貧困艱難。

64 素封：指無官爵封邑、卻財產豐厚的人。

65 詰：讀作「傑」，問。

66 巾服：本指秀才的冠帽和衣服，此指秀才的身分。

67 廣文：明、清時期，對儒學教官的別稱。

68 悞：耽誤、錯過。同今「誤」字，是誤的異體字。

69 領鄉薦：指考中舉人。唐代科舉制度，參加進士考試的人，依例由地方官員推薦，此稱鄉舉或鄉薦。後代考中舉人，稱領鄉薦，或簡稱領薦。

70 腴田：肥沃的田地。

71 渠渠：深廣的樣子。

72 膩：觸感滑潤。

73 悠悠：荒謬而昧於事理。

74 豎人毛髮：因恐懼或痛恨而毛髮豎立，猶言令人髮指。

75 蘇子美：蘇舜欽，字子美，梓州銅山（今四川省中江縣）人。宋仁宗景祐元年（西元一〇三五年）進士，歷任蒙城、長垣縣令，為人喜好飲酒。他的詩與梅堯臣齊名，世稱「蘇梅」，被讚為宋詩「開山祖師」，〈城南感懷呈永叔〉、〈吾聞〉〈淮中晚泊犢頭〉為代表詩作，感情奔放，風格豪邁而筆力雄健。散文風格則崇尚韓愈、柳宗元，代表作有〈滄浪亭記〉。

76 浮白：暢飲。

◆**王阮亭（即王士禎）評點**：「程嬰、杵臼，未嘗聞諸巾幗，況狐耶？」

只聽過程嬰、公孫杵臼這兩個大男人拯救、撫育趙氏遺孤一事，沒聽說哪個大義女子這麼做過，更何況是狐狸所為，就更加聞所未聞了。（編撰者按：《史記．趙世家》提到，春秋時期晉國大夫趙家世族被奸臣屠岸賈滅族，當時趙朔的妻子正懷孕，後生下遺腹子。為保全趙氏遺孤，趙朔好友程嬰、門下食客公孫杵臼構思一計，由公孫杵臼另找一嬰躲匿山中誘屠岸賈殺之，慷慨成仁。真正的趙氏遺孤趙武則由程嬰撫養長大，而後復仇滅屠岸氏，程嬰自盡，以報公孫杵臼大義。然此事僅見於《史記》，與《左傳》記載明顯有異。）

河北廣平的馮姓老翁，有個兒子名叫相如，父子倆都是秀才。馮翁年近六十，個性耿直，常三餐不繼；短短數年間，妻子、媳婦相繼過世，他只好自己打理家務。有天晚上，相如在月下獨坐，忽見東鄰女子從牆上窺視。他一看，此女美豔不可方物，便走近些，見她朝自己微笑。向她招手，她不過來亦不離去；相如不斷邀請，這才爬梯子過來，兩人於是同眠共枕。相如問其名姓，答：「我是隔壁鄰家女，名喚紅玉。」相如很喜歡她，想與她白頭偕老。紅玉答允，每夜都來，這樣約莫過了半年。一晚，馮翁半夜起床，聽見兒子屋裡傳來女子笑聲，到窗外偷看，見一女子在他房中。馮翁很生氣，把相如叫出來，罵道：「畜生，瞧你做的好事！我們家已經夠窮了，你還不奮發圖強、力求上進，反倒學那些浪蕩公子哥兒與女人廝混！別人要是知道，你的操守就全沒了；別人要是不知道，也會折你的壽！」相如伏跪在地，乞求父親原諒，哭著說知道錯了。

馮翁斥責紅玉：「女子不守閨訓，既玷污自己名節，又玷污別人名聲。若東窗事發，可不僅讓我們家蒙羞而已。」罵完，憤然回房睡覺。紅玉流著淚，說：「尊翁怪罪，小女子羞愧得無地自容，看來我二人緣分就到此為止了。」相如說：「父親尚在，我作不了主。你若對我有情，暫且忍耐屈辱，還是能繼續來往。」紅玉堅決分手，相如淚流滿面。紅玉相勸：「我與你既無媒妁之言、亦無父母之命，這樣偷偷摸摸，如何能白頭偕老？此地倒有一佳偶，你可前往求親。」相如卻說自己家貧，紅玉答：「明晚在此等候，我幫你籌謀。」隔晚，紅玉果然前來，拿出四十兩白銀相贈，說：「離此處六十里有個吳村，住著一名衛姓女子，十八歲年紀，因聘金出得太高，所以還未出嫁。你重金禮聘，她必答允。」說完，便離開。

相如找了個機會對父親說此事，欲前往相親，惟隱瞞紅玉贈錢一事。馮翁自忖家貧拿不出聘金，不讓他去，相如又婉言相勸：「試試也無妨。」馮翁這才點頭。相如僱了僕人和馬匹，前去衛家拜訪。衛老爺是鄉下人，相如請他出來，表明來意。衛老爺知道相如出身望族，又見其儀表堂堂，內心暗自稱許，卻擔心他捨不得重金下聘。相如見老翁說話吞吞吐吐，知其意，便將紅玉所給的錢全都放上茶几。衛老爺很高興，託一位鄰居書生當中間人，以紅紙寫下婚約。相如進屋拜見岳母，房間非常窄小，衛女躲在母親背後。相如偷瞧一眼，儘管身穿粗布衣裳、打扮平常，卻容貌豔麗、風采照人，心中暗自竊喜。衛老爺向人借房子款待女婿，說：「公子無須親自迎娶。待備妥嫁妝，便命人抬送到你家。」相如與衛老爺訂下日子後即返家。他騙父親，稱衛家也喜貧窮人家，對聘禮無特別要求，馮翁聽了也很高興。迎娶當日，衛家果然把女兒送來。

衛女很勤儉、亦很孝順，夫妻感情和睦。過了兩年，生了個男孩，取名福兒。適逢清明節，她抱福兒去掃墓，遇當地一宋姓退休官員。宋某原本當御史，因收受賄賂被罷官，雖被貶爲平民，仍作威作福。那日，衛女掃完墓準備回家，被姓宋的瞧見，極喜其美貌，便四處向村民打聽，得知是相如之妻。他料想馮家很窮，以重金賄賂，應可動搖其志、讓出妻子，便遣家人前去試探。相如甫聽聞，非常生氣，心想畢竟不比宋家家世聲威，便忍著怒意、陪著笑臉，回房後告知老父。馮翁聽了勃然大怒，衝出房門，在宋家人面前指手畫腳、辱罵一番。宋家人抱頭鼠竄逃走，宋某得知後極爲生氣，竟來勢洶洶的派遣數人到馮家，毆打馮翁與相如。衛女在房中聽見，將兒子放於床上，披頭散髮的四處呼救，那幾人便將她抬走，鬨鬨一番離去。父子被打得重傷殘廢，倒地呻吟，嬰兒在房間啼哭。鄰人無不同情馮氏父子遭遇，便將他們扶至床上休養。幾日後，相如已可拄拐杖下床行走；馮翁氣憤絕食，不久吐血而死。相如大哭，抱著兒子到官

府告狀，從縣衙一路告到總督府，幾乎所有官司都打遍，仍無法伸冤。他常想著到路邊埋伏刺殺宋某，又顧慮其隨從太多，下手不易，兒子又不知能託付給誰。他日夜悲傷，無法闔眼睡覺。

忽有一名男子來到家中哀悼馮翁，他蓄著蜷曲鬍子、下巴很寬，與相如素昧平生。相如邀他坐下，欲相詢家世，虯髯客開門見山的說：「你有殺父之仇、奪妻之恨，難道不想報了嗎？」相如懷疑是宋某派來刺探的細作，隨便敷衍了一下。虯髯客大怒，氣得眼眶差點裂開，直接步了出去，道：「我本以為你是正人君子，今日才知原只是個膽小怕事的卑鄙小人。」相如察覺其真正來意，跪著挽留，解釋道：「我怕你是宋某派來要套我的話。聽你此言，這才對你推心置腹：我將效法句踐臥薪嘗膽，待有朝一日可一雪深仇，又擔憂吾兒尚在襁褓，怕自己有個萬一，馮家香火無人繼承。你是個義士，可願意替我照顧兒子？」虯髯客說：「這是女人家做的事，我做不來。若要人照顧兒子，你自己想辦法；你自己想做的事，我倒可以代勞。」相如聽了，跪倒在地，朝他叩拜。虯髯客不理，逕自走了出去。相如追出門問其名姓，虯髯客說：「事情若辦不成，你不能怨我；事情若辦成，你也無須感激我。」說完離去。相如擔心大禍臨頭，抱著兒子逃跑。到了晚上，宋家全家都在睡覺，有人越過重重圍牆，殺了御史父子三人，以及一名媳婦、一名婢女。

宋家寫狀子告上衙門，知縣大為震驚。宋家一口咬定相如所為，知縣便派捕快搜捕，相如已然逃得不知所蹤，眾人越發覺得此事眞是相如所為。宋家僕人與官差四處搜捕，夜晚來到南山，聽聞嬰兒啼哭，循聲找到了相如，以粗繩綑綁，帶回去交差。相如懷中嬰兒越哭越慘，眾人便奪走孩子，棄於荒山野嶺。相如感到冤屈，十分氣憤。見到知縣，知縣問他為何殺人，相如答：「冤枉啊！宋某晚上被殺，我白天就逃走了，而且抱著嬰兒，如何能越牆殺人？」知縣就問：「人既然不是你殺的，你逃走做甚？」相如不知如何自辯，知縣便判他收押監獄。相如哭道：「我死不足惜，我孩兒有何罪過，你們要把他扔在荒山野嶺？」知縣說：「你殺了這麼多別人的孩子，你兒被殺，有何可怨？」相如於是被革去秀才資格，遭嚴刑拷打，但始終不認罪。夜晚，知縣正要睡覺，聽見有東西打在床上，發出震震聲響，他大驚喊叫。全家都被驚動，大夥起床拿燭火一照，發現床上插著一柄短刀，鋒利如冰霜，刀身插入木床一寸有餘，牢固得拔不出。知縣一看，嚇得魂飛魄散。眾人拿著武器，屋裡屋外找了個遍，絲毫不見有人闖入。知縣心虛，思忖反正姓宋的已死無對證，也沒什麼好怕的，便上報案情，代相如開脫罪名，釋放了他。

相如回家，米甕中毫無米糧，一人對著四面牆。幸鄰居憐其遭遇，贈他飲食，勉強可爲生。他尋思，大仇已報，心中欣喜；又轉念一想，遭此慘禍，家幾乎滅門，而淚流滿面；又想半生貧寒，如今連唯一可承接香煙的兒子都沒了，便跑到無人處痛哭失聲，無法自止。就這樣過了半年，拘捕宋家一案的風聲越來越鬆，相如便求知縣，將妻子屍骸歸還給他。他葬了妻子後返家，悲傷欲絕，在空蕩蕩的床上翻來覆去，想不出有何理由可獨活。忽有人敲門，相如凝神靜聽，聽有人在門外與一小兒竊竊私語。忙起身窺視，似是一名女子。一開門，女子便問：「你的冤情已經昭雪，身體沒什麼大礙吧？」這聲音聽起來極熟悉，倉促間，相如一時記不起。拿燭火一照，那女子原來是紅玉。她牽著一個小男孩，孩子在她膝下嬉笑。相如還不及追問怎麼回事，便抱著紅玉哭了起來。紅玉亦很悲傷，將小男孩推往相如那邊，說：「你忘了父親了嗎？」小男孩牽著紅玉的衣服，睜著雙眼，直盯相如瞧。相如仔細一看，那男孩竟是福兒。他大驚，哭著問：「你在哪裡找到福兒的？」紅玉說：「實話告訴你吧，以前我說是你鄰居，那是騙你的，我其實是

隻狐狸。那晚，剛好見到福兒在谷口啼哭，便抱回陝西撫養。得知你平安無事後，才帶他來與你團聚。」相如哭著拜謝。福兒在紅玉懷中，如同依偎母親一般，竟認不出自己父親。

天還沒亮，紅玉便起，相如問要去哪兒，紅玉答：「我要離開了。」相如赤身裸體的跪於床頭，哭得挺不起身。紅玉笑道：「騙你的。如今，你家道正要重新振作，非夙興夜寐、刻苦用功不可。」牠便剪草掃地，像個男人一樣幹這些粗重活。相如擔心家貧無以自濟，紅玉說：「你只管用功讀書就行，家中瑣事全交由我打理，包管你餓不死。」牠拿錢出來買織布、紡紗器具，又租田數十畝，僱傭人耕田、織布。剷除雜草、修補房子，牠習以為常。鄉里聽說紅玉很有賢德，也願出錢資助。約莫過了半年，馮家便人丁興旺，像個有錢人家。相如說：「家道中落之際，是你一磚一瓦幫我打理起來。如今只剩一事沒能辦妥，要如何是好？」紅玉問他何事，相如答：「試期已迫在眉睫，可我秀才資格還未恢復。」紅玉笑著說：「我日前已託人繳了四兩銀子給教官，如今你秀才身分已然恢復。若等到你開口，早就誤事了。」相如深覺牠料事如神。後來相如考中舉人，那年他三十六歲，家中肥田千畝，住的是大屋豪宅。紅玉身形瘦弱，彷彿隨時會被風吹走，可做起事來幹練如農家婦女，即便在寒冬中幹活，一雙纖手依舊滑潤如脂；牠自言三十八歲，別人看起來，倒像只有二十幾歲。

記下奇聞異事的作者如是說：「相如賢良，馮翁為人正直，因而有俠客義士前來相助。不僅有俠客相助，還有俠狐幫忙。這遭遇真是奇特啊！然，知縣昏庸無能，令人髮指，刀入木三分，惜未再略移半尺。若讓蘇子美讀到這篇故事，他必定喝上一大杯酒，說：『可惜沒擊中知縣！』」

龍

北直界[1]有墮龍入村。其行重拙，入某紳[2]家。其戶僅可容軀，塞而入。家人盡奔。登樓譁譟，銃[3]砲轟然。龍乃出。門外停貯潦[4]水，淺不盈尺。龍入，轉側其中，身盡泥塗；極力騰躍，尺餘輒墮。泥蟠[5]三日，蠅集鱗甲。忽大雨，乃霹靂拏空[6]而去。

房生與友人登牛山[7]，入寺游矚。忽椽[8]間一黃塼墮，上盤一小蛇，細裁[9]如蚓。忽旋一周，如指；又一周，已如帶。共驚，知為龍，羣趨而下。方至山半，聞寺中霹靂一聲，天上黑雲如蓋，一巨龍夭矯[10]其中，移時而沒。

章丘[11]小相公莊，有民婦適野，值大風，塵沙撲面。覺一目眯[12]，如含麥芒，揉之吹之，迄不愈。啟瞼[13]而審視之，睛固無恙，但有赤綫[14]蜿蜒於肉分。或曰：「此蟄龍也。」婦憂懼待死。積三月餘，天暴雨，忽巨霆一聲，裂眦[15]而去。婦無少損。

袁宣四[16]言：「在蘇州值陰晦，霹靂大作。眾見龍垂雲際，鱗甲張動，爪中摶[17]一人頭，鬚眉畢見；移時，入雲而沒。亦未聞有失其頭者。」◆

北直境內有條龍墜入村中，走起路來笨重且緩慢，進了某位鄉紳的家。大門能容納牠軀體，勉強塞了進去。這家人驚駭，紛紛逃跑，跑到樓上大吼，以火槍朝龍亂射，發出轟隆隆聲響。龍這才離開。門外積了些水，水很淺不到一尺深，龍入，在裡面翻滾，身上沾滿泥漿；勉強飛躍，不到一尺就墜地。龍在泥沼中盤旋了三日，一群蒼蠅飛到牠鱗甲上；忽下起大雨，這才突然霹靂一聲騰空飛去。

房生與友人登山東臨淄的牛山，進到一間寺廟遊覽。忽見屋梁落下一塊黃磚，上面盤著一條小蛇，細如蚯蚓。小蛇突然轉了一圈，身體變得如指頭大；又轉了一圈，已如腰帶般粗。眾人皆驚，這才知牠是條龍。大夥趕緊衝下山，才走到半山腰，聽聞寺中霹靂一聲轟然巨響，天上黑雲遮蔽天際，一條巨龍騰旋天空，過了段時間即消失無蹤。

山東章丘的小相公村莊，有個民婦來到郊外，遇大風，塵沙撲面。忽覺異物跑進眼睛，如麥芒跑進眼中，無論怎麼揉或吹，就是無法弄出來。打開眼瞼觀視，眼睛無恙，但有條紅色小線在眼中蜿蜒。有人說：「這是潛伏的龍。」婦人憂慮，坐以待斃。過了三個月，忽降傾盆大雨，只聽一聲雷霆巨響，龍衝出眼眶而去。婦人眼睛未受傷害。

袁宣四說：「江蘇蘇州，天空陰暗時，霹靂轟然巨響，眾人見龍在天際，鱗甲張動，爪中抓著一人頭，鬍鬚眉毛清晰可見；不多久，龍入雲中消失無蹤，也沒聽說有人掉腦袋。」

1 北直：涵蓋北京、天津及河北省大部分、山東省一部分界，分界，此指境內。
2 紳：退休官員或地方上有名望的人。
3 銃：讀作「衝」的四聲，古代一種槍械火器。
4 潦：讀作「老」，積水。
5 蟠：讀作「盤」，當動詞用，盤伏、盤曲。
6 拏空：騰空。拏，讀作「拿」。
7 牛山：山名，位於今山東省淄博市臨淄區南方。
8 椽：讀作「船」，架於屋梁的橫木上，用以承接木條及屋頂的木材。
9 裁：僅、只之意，通「纔」、「才」二字。
10 夭矯：飛騰的樣子。
11 章丘：古地名，今屬山東省濟南市所管轄的一個市。
12 眯：讀作「米」，有異物跑進眼睛，暫時無法睜開。
13 啟瞼：打開眼皮觀看。瞼，讀作「減」，眼皮。
14 綫：同今「線」字，是線的異體字。
15 眦：讀作「字」，眼眶。同今「眥」字，是眥的異體字。
16 袁宣四：名藩，號松籬，字宣四，康熙二年（西元一六六三年）中舉人。蒲松齡的友人，年長他十三歲。
17 摶：讀作「團」，用手將東西捏成一團。此處應解作「抓」。

◆**何守奇評點**：龍不得雲雷，與蛇蚓何異！龍蟄於目，古來有之，可謂之神物矣。

龍若不能從雲雷奔騰，那麼與蛇、蚯蚓有何不同？龍蟄伏在眼睛，自古即有，可說是神物也。

林四娘

青州道[1]陳公寶鑰[2]，閩人。夜獨坐，有女子搴幃[3]入。視之，不識；而豔絕，長袖宮裝[4]。笑云：「清夜兀坐[5]，得勿寂耶？」公驚問何人。曰：「妾家不遠，近在西鄰。」公意[6]其鬼，而心好之。捉袂挽坐，談詞風雅[7]，大悅。擁之，不甚抗拒。顧曰：「他無人耶？」公急闔戶，曰：「無。」促其緩裳，意殊羞怯。公代為之殷勤。女曰：「妾年二十，猶處子也，狂將不堪。」狎褻[8]既竟，流丹浹[9]席。

既而枕邊私語，自言「林四娘」。公詳詰[10]之。曰：「一世堅貞，業為君輕薄殆盡矣。有心愛妾，但圖永好可耳，絮絮何為？」無何，雞鳴，遂起而去。由此夜夜必至。每與闔戶雅飲。談及音律，輒能剖悉宮商[11]。公遂意其工於度曲。曰：「兒時之所習[12]也。」公請一領雅奏。女曰：「久矣不託於音，節奏強半遺忘，恐為知者笑耳。」再強之，乃俯首擊節[13]，唱伊涼之詞[14]，其聲哀婉。歌已，泣下。公亦為酸惻，抱而慰之曰：「卿勿為亡國之音[15]，使人悒悒[16]。」女曰：「聲以宣意[17]，哀者不能使樂，亦猶樂者不能使哀。」兩人燕昵，過於琴瑟[18]。

既久，家人竊聽之，聞其歌者，無不流涕。夫人窺見其容，疑人世無此妖麗，非鬼必狐；懼為厭蠱[19]，勸公絕之，公不能聽。但固詰之，女愀然曰：「妾衡府[20]宮人也。遭難而死，十七年矣。以君高義，託為燕婉，然實不敢禍君。倘見畏疑，即從此辭。」公曰：「我不為嫌；但燕好[21]若此，不可不知其實耳。」乃問宮中事。女緬述，津津可聽[22]。談及式微[23]之際，則哽咽不能成語。女不甚睡，每夜輒起誦準提[24]、金剛[25]

諸經咒。公問：「九原能自懺[26]耶？」曰：「一也。妾思終身淪落，欲度來生耳。」又每與公評騭[27]詩詞，瑕輒疵之；至好句，則曼聲嬌吟。意緒風流，使人忘倦。公問：「工詩[28]乎？」曰：「生時亦偶為之。」公索其贈，笑曰：「兒女之語，烏足為高人道。」

居三年，一夕忽慘然告別。公驚問之。答云：「冥王以妾生前無罪，猶不忘經咒，俾[29]生王家。別在今宵，永無見期。」言已，愴然。公亦淚下。乃置酒相與痛飲。女慷慨[30]而歌，為哀曼之音，一字百轉；每至悲處，輒使哽咽。數停數起，而後終曲，飲不能暢。乃起，逡巡[31]欲別。公固挽之，又坐少時。雞聲忽唱，乃曰：「必不可以久留矣。然君每怪妾不肯獻醜；今將長別，當率成一章。」索筆構[32]成，曰：「心悲意亂，不能推敲，乖音錯節，慎勿出以示人。」掩袖而去。

公送諸門外，湮然沒。公悵悼良久。視其詩，字態端好，珍而藏之。詩曰：「靜鎖深宮十七年，誰將故國問青天？閒看殿宇封喬木，泣望君王化杜鵑[33]。海國波濤斜夕照，漢家簫鼓靜烽煙。紅顏力弱難為厲，惠質心悲只問禪。日誦菩提[34]千百句，閒看貝葉[35]兩三篇。高唱梨園[36]歌代哭，請君獨聽亦潸然。」詩中重複脫節，疑有錯悞[37]。◆

1 青州：古地名，今屬山東省濰坊市所管轄的一個市。道：明清兩代的官名，掌管某一區域特定事務的主官，亦稱「道員」。

2 陳公寶鑰：陳寶鑰，字綠崖，福建晉江人，康熙二年（西元一六六三年）任青州道僉事。「公」是尊稱，因其為政府官員，猶今之「大人」。

3 搴幃：掀起門簾。搴，讀作「千」。幃，帳幕，通「帷」字。

4 長袖宮裝：明朝宮女的打扮穿著。

5 兀坐：獨自端坐不動。

6 意：猜想、揣測，通「臆」字。

7 風雅：本指《詩經》中的〈國風〉（各國民間歌謠）、〈小雅〉（雅正之樂歌）、〈大雅〉（王公貴族間流傳的雅正樂歌），後指通曉詩詞文章。

8 狎褻：讀作「霞謝」，親熱、男女交歡之意。

9 浹：讀作「夾」，濕透。

10 詰：讀作「傑」，問。

11 宮商：五音（宮商角徵羽）中的宮、商二音：代指音律。

12 習：熟稔、知曉。

13 擊節：打拍子。

14 伊涼之詞：悲涼的曲調。伊、涼，均為唐代的邊郡，即伊州、涼州（此二地約涵蓋新疆、甘肅、寧夏、青海一帶）。唐天寶後，多以邊地為樂曲命名。唐玄宗時，西涼節度使蓋嘉運作〈伊州〉（商調曲：商，五音之一，清勁、淒愴）；〈涼州曲〉（又稱涼州破），晉末西涼羌族改制的中原古樂。此兩種曲調皆哀婉悲惻，令聽者同情共感。

15 亡國之音：國家將亡時，所演奏的滿懷愁苦哀思音樂。此指哀傷的曲調。

16 悒悒：讀作「亦亦」，鬱鬱寡歡的樣子。

17 宣意：抒發心中的情感。

18 琴瑟：琴瑟和鳴，借指夫妻。

19 厭蠱：操縱法術、或以符咒來害人。厭，讀作「鴨」。

20 衡府：指明代青州的衡王府。朱祐楎，明憲宗朱見深第七子，封衡王，謚號恭王。

21 燕好：夫妻情深。

22 津津可聽：聽得入迷。

23 式微：明代沒落、衰敗之時。

24 準提：梵文「Cund」，意譯作「清淨」。護持佛法，並為短命眾生延壽護命之菩薩。禪宗以準提為觀音部之一尊，深加尊崇。此處指準提咒。

25 金剛：指《金剛經》，原名《金剛般若波羅蜜經》，內容闡釋一切法無我之理；其中，最知名的一段經文為：「一切有為法，如夢幻泡影，如露亦如電，應作如是觀。」（世上一切事物都處於變動之中〔即佛教所說的無常〕，所以有如夢幻泡影，如朝露雷電般瞬息萬變，若心執著這些變動的事物，就會感到痛苦，所以應當去除心的執著，即不把一切事物視為永恆不變，如此心就能夠清淨自在。）此段經文最能體現《金剛經》的「一切法無我之理」。

26 九原能自懺：在九泉之下也能禮佛、念經懺悔。

27 評騭：評論。騭，讀作「至」，判別。

28 工詩：善於寫詩、作詩。

29 俾：使，讀作「必」。

30 慷慨：情緒激昂。

31 逡巡：徘徊不前進。逡，讀作「群」的一聲。

32 搆：同「構」字。

33 杜鵑：鳥名，指杜鵑鳥，相傳為古蜀王杜宇之魂所化，也稱「杜宇」、「子規」等名。此處指明朝滅亡。

34 菩提：此指佛經。

35 貝葉：古印度人會在貝多樹（亦稱「貝葉樹」、「多羅樹」）的葉子上，書寫佛經。

36 梨園：唐玄宗時，訓練、培養宮中演員之處。此處應指宮中樂曲。

37 悮：同今「誤」字，是誤的異體字。

◆**何守奇評點**：林四娘直是不能忘情耳，乃知情固非死物。

林四娘直到最後仍無法忘懷與陳寶鑰之間的情感，可見鬼也是有感情的。

山東青州道臺陳寶鑰大人，出身福建。某個深夜，他獨坐房裡，有名女子掀簾而入；仔細一瞧，並不相識，但長得極美豔，一身長袖宮女裝扮。女子笑道：「深夜獨自端坐，不會寂寞嗎？」陳大人驚訝問她是誰，女子答：「我家就住在你家西邊。」陳大人心想可能是鬼，內心卻暗自喜歡她。陳大人拉其衣袖，坐到自己身旁，此女言談之間頗見文學修養，他便更加喜歡她了。擁她入懷，也不抗拒，女子環顧四周，問：「此處沒有旁人嗎？」陳大人這才趕緊關上門，說：「沒有。」他促她脫了衣服，女子有些害羞，陳大人便替她寬衣解帶。女子說：「我二十歲，還是個處女，你這麼急躁，教我情何以堪。」兩人翻雲覆雨一番後，女子的落紅染濕了枕席。

接著兩人在枕邊說悄悄話。女子自稱「林四娘」，陳大人細問其家世來歷，她說：「我一生的貞操都獻給了你。若有心憐愛我，只須長相廝守即可，又何必問東問西呢？」不多久，天亮雞鳴，林四娘起身離去。從此她每晚必來，陳大人也總是關起門來與她飲酒作樂。談到音律，她亦略知一二，陳大人猜想她善於譜曲，林四娘說：「幼時曾學過一些。」陳大人請她彈奏一曲，林四娘答：「許久沒彈琴了，旋律已忘得差不多，恐怕班門弄斧。」陳大人繼續請求，這才低頭打著拍子，唱起哀傷悲涼的曲調，聲音哀婉動聽；唱完，淚流滿面。陳大人聽了亦心有戚戚焉，抱著她，安慰道：「你別唱那些哀傷的曲調了，讓人鬱鬱寡歡。」林四娘說：「音樂乃抒發人心中的情感，悲傷的人無法演奏快樂的音樂，正如快樂的人沒法演奏悲傷的音樂。」兩人親密無間，感情猶勝夫妻。

時間久了，家人隱約聽見林四娘唱歌，舉凡聽到，無不悲傷落淚。陳夫人偷窺其顏，疑心不是人間

物，非鬼即狐仙；怕是有人施咒加害陳大人，便勸他斷絕來往。陳大人不聽，但仍問林四娘是否爲鬼物。林四娘哀戚的說：「我本明朝衡王府的宮女，遇難而死，已經十七年了。感君高義，特來與你成就一段情緣，絕無加害之心。若你害怕，那我們就此分手吧。」陳大人說：「我不嫌棄你是鬼，只是你我感情如同夫妻，不可不知實情。」他又問了衡王府之事，林四娘一邊緬懷一邊說，陳大人聽得入迷；談到明朝衰敗之時，它哽咽不能說話。林四娘不太睡覺，每晚起來誦準提咒、《金剛經》等經文。陳大人問：「黃泉之下也能唸經懺悔嗎？」林四娘答：「這與人世誦經的功德是一樣的。我一生悲苦，希望來生解脫煩惱。」又經常與陳大人品評詩詞，見拙劣之作，便指出作品缺失；讀到佳句，則緩慢的吟誦。此女神韻超凡，使人忘倦。陳大人問：「你會寫詩嗎？」林四娘答：「生前偶爾也會寫。」陳大人要它寫首詩相贈，它笑答：「女兒家寫著玩的，怎能入高人的法眼。」

住了三年，某晚，林四娘忽悲傷的辭別，陳大人驚訝問道發生何事。它回答：「冥王因我生前沒犯罪，死後亦不忘唸誦經咒，便讓我投胎到富貴人家。今宵一別，後會無期。」說完，十分悲痛。陳大人亦哀傷哭泣，備酒與之暢飲。林四娘引吭高歌，全是哀傷的曲調，一字百轉千迴，柔腸寸斷；每唱到悲傷處，便哽咽起來。唱唱停停，曲終之時，喝酒也無能盡興。這才起身，依依不捨的辭別；陳大人又予以挽留，它只得多坐些時候。聽聞雞啼，它才說：「我實在不可久留，只是你每次都怪我不肯作詩，今日訣別，就獻醜寫詩贈與你。」林四娘索要了一枝筆，隨意揮灑成篇，說：「我心緒紛亂，沒法細細思考，格律上恐有不當之處，切勿出示人前，以免遭人笑柄。」即掩袖而去。

陳大人送林四娘到門外，忽消失不見，悵然良久。看它寫的詩，字跡端正秀麗，便妥善收藏。這首詩是這麼寫的：「靜鎖深宮十七年，誰將故國問青天？閒看殿宇封喬木，泣望君王化杜鵑。海國波濤斜夕照，漢家簫鼓靜烽煙。紅顏力弱難為厲，惠質心悲只問禪。日誦菩提千百句，閒看貝葉兩三篇。高唱梨園歌代哭，請君獨聽亦潸然。」詩中有許多重複脫節之處，恐傳抄或記憶有誤。

參考書目

王邦雄，《莊子內七篇．外秋水．雜天下的現代解讀》（台北：遠流出版社，2013 年 5 月）
王邦雄等著，《中國哲學史》（台北：里仁書局，2006 年 9 月）
牟宗三，《中國哲學十九講》（台北：台灣學生書局，1999 年 9 月）
馬積高、黃鈞主編，《中國古代文學史 1-4 冊》（台北：萬卷樓圖書股份有限公司，2003 年）
張友鶴，《聊齋誌異會校會注會評本》（台北：里仁書局，1991 年 9 月）
郭慶藩，《莊子集釋》（台北：天工出版社，1989 年）
樓宇烈，《王弼集校釋．老子指略》（台北：華正書局，1992 年 12 月）
盧源淡注譯，蒲松齡原著，《聊齋志異》（新北市：台科大圖書股份有限公司，2015 年 3 月）
何明鳳，〈《聊齋誌異》中的「異史氏曰」與評論〉，《文史雜誌》2011 年第 4 期
馮藝超，〈《子不語》正、續二書中殭屍故事初探〉，《東華漢學》第 6 期，2007 年 12 月，頁 189-222
楊清惠，〈論《聊齋志異》王士禎評點的小說敘事觀〉，《彰化師大國文學誌》第 29 期，2014 年 12 月
楊廣敏、張學豔，〈近三十年《聊齋志異》評點研究綜述〉，《蒲松齡研究》2009 年第 4 期
邱黃海，《從「任勢為治」說的形成論韓非思想的蛻變》，國立中央大學哲學研究所博士論文，2007 年 7 月

電子工具書

中央研究院漢籍電子文獻 https://hanji.sinica.edu.tw/
百度百科 http://baike.baidu.com/
佛光大辭典 https://www.fgs.org.tw/fgs_book/fgs_drser.aspx
教育部重編國語辭典修訂本 http://dict.revised.moe.edu.tw/cbdic/
教育部異體字字典 http://dict.variants.moe.edu.tw/
漢語大辭典 http://www.guoxuedashi.net/
維基百科 https://zh.wikipedia.org/zh-tw/

圖說經典25

聊齋志異二：倩女幽魂

原　　著／(清)蒲松齡
編　　撰／曾珮琦
繪　　圖／尤淑瑜
總 編 輯／鄧茵茵
文字編輯／簡綺淇
美術編輯／王廷芬、許志忠
圖片整輯／鄧語葶

發 行 所／好讀出版有限公司
台中市407西屯區工業30路1號
台中市407西屯區大有街13號（編輯部）
TEL:04-23157795　FAX:04-23144188
http://howdo.morningstar.com.tw
(如對本書編輯或內容有意見，請來電或上網告訴我們)
法律顧問／陳思成律師

讀者服務專線：(02)23672044 / (04)23595819#212
讀者傳真專線：(02)23635741 / (04)23595493
讀者專用信箱：service@morningstar.com.tw
晨星網路書店：http://www.morningstar.com.tw
郵政劃撥：15060393（知己圖書股份有限公司）
如需詳細出版書目、訂書，歡迎洽詢

初版／西元2016年09月15日
初版三刷／西元2023年10月25日
定價／299元
ISBN 978-986-178-390-1
如有破損或裝訂錯誤，請寄回台中市407工業區30路1號更換（好讀倉儲部收）

國家圖書館出版品預行編目資料

聊齋志異二：倩女幽魂／(清)蒲松齡原著；曾珮琦編撰 —— 初版 ——
臺中市：好讀出版有限公司，2016.09
面：　公分 ——（圖說經典；25）
ISBN　978-986-178-390-1（平裝）
857.27　　105009110